Katrin Müller-Wipfler, 1983 in Bruchsal geboren, hat Germanistik, Anglistik und Journalismus studiert und das Schreiben ist schon immer ihre große Leidenschaft. Sie ist Chefredakteurin eines Magazins für Pferdesport und reitet in ihrer Freizeit aktiv auch im Turniersport. Katrin Müller-Wipfler lebt mit ihrem Mann, ihren beiden Hunden und vier Pferden in der badischen Provinz zwischen Heidelberg und Karlsruhe.

Besser Neurosen als gar keine Blumen

Ein „etwas anderer" Roman

von Katrin Müller-Wipfler

Basierend auf
„Das Positiv-Experiment"
bei Facebook

Bibliografische Information der Deutschen Nationalbibliothek: Die Deutsche Nationalbibliothek verzeichnet diese Publikation in der Deutschen Nationalbibliografie. Detaillierte bibliografische Daten sind im Internet unter www.dnb.de abrufbar

© 2015 Katrin Müller-Wipfler
Titelillustration: Jannik Frank
Titelgestaltung: www.gav-werbeagentur.de
Herstellung und Verlag:
BoD – Books on Demand, Norderstedt

ISBN: 978-3-73920-354-6

Für die Lieben meines Lebens – eine zweibeinige und ganz viele vierbeinige

Ein Leben ohne Hund ist möglich, aber sinnlos.

(frei nach Loriot)

Vorwort

Es war der 24. Juni 2014 – ein Datum, das ich mir nicht nur merken kann, weil meine Eltern an diesem Tag ihren 36.(!) Hochzeitstag feierten. Dieser Tag wird mir wohl auf ewig im Gedächtnis bleiben.

Zum einen, weil mein Auto beschloss, sich auf der Autobahn im wahrsten Sinne des Wortes in Rauch aufzulösen.

Zum anderen, weil ich mich eigentlich nur auf der Autobahn befand, weil ich auf dem Weg zum exzessiven Frustshopping war, das ich eigentlich nur aus einem Grund betreiben wollte: Der 24. Juni war genau der Tag, an dem mein Ehegatte nach 14,5 Jahren Beziehung und davon 5,5 Jahren Ehe beschlossen hatte, auszuziehen – nicht ohne jedoch vorher noch einen sehr süßen, sehr unerzogenen, sehr inkontinenten und sehr nicht-stubenreinen Straßenköter aus Griechenland zu adoptieren und diesen dann selbstverständlich bei mir in meinem noch längst nicht abbezahlten Haus zu lassen.

Ich hatte also innerhalb einer Stunde keinen Mann und kein Auto mehr und außerdem hatte ich meinen Traumjob gekündigt, weil mein Chef leider, um es vorsichtig auszudrücken, sehr „speziell" war und mir genau die eine Person auf der Welt ins Büro gesetzt hatte, von der ich gesagt hatte, dass ich nur über meine Leiche mit ihr zusammenarbeiten würde.

Nun ja, meine Leiche wär's ja dann tatsächlich fast geworden (dank des Koreaners und seines Turboladers), aber den Job wollte ich unter diesen Bedingungen nun wirklich nicht mehr. Also war ich autolos, mannlos und nicht joblos (ich hatte natürlich einen neuen, sonst hätte ich niemals gekündigt. So abenteuerlustig bin ich nun auch wieder nicht.) und dementsprechend etwas deprimiert. Also etwas sehr.

Irgendwie fand ich es dann auch nicht so witzig, als ich bei Facebook zu einer Challenge herausgefordert wurde. Die Biertrink-Challenge und die Poste-ein-Foto-von-Deinem-Pferd-Challenge hatte ich ja noch angenommen, ebenso die Ice-Bucket-Challenge, aber jetzt kam es richtig dicke. „Poste fünf Tage lang jeden Tag drei positive Dinge".

WAT? Ich hatte aktuell nicht mal drei positive Dinge in einem MONAT zu vermelden, geschweige denn an einem Tag!

Aber da ich Herausforderungen noch nie gescheut habe, begann ich nach einigem Kopfzerbrechen schließlich doch damit – mit der Beschreibung, wie ich ein scheußliches altes Küchenhandtuch dazu benutzte, das hundepfotenbedingte Loch in meiner Couch zu stopfen.

Fand ich positiv: Das hässliche Handtuch war aus der Küche verschwunden und ich musste vorerst keine neue Couch kaufen. Jedenfalls fanden ziemlich viele meiner Facebook-Freunde das ziemlich witzig und nach Ablauf der fünf Tage wurde ich unter Androhung sanfter Gewalt dazu genötigt, weiterzuschreiben.

Ich beschloss kurzerhand, eine eigene Facebook-Seite zu gründen („Das Positiv-Experiment") und das Ganze auf ein Jahr auszuweiten. Um es ehrlich zuzugeben: Das Jahr habe ich nicht durchgehalten...zumindest bis jetzt noch nicht. Aber es ist trotzdem ganz schön viel Material zusammengekommen. Ich habe so unfassbar skurrile Dinge erlebt, so seltsame und ulkige Menschen kennengelernt und hatte solch extreme Erlebnisse, dass ich beschlossen habe, die Geschichte in eine Story zu verpacken und ein Buch zu schreiben.

Das Wichtigste vorweg: Einige Dinge sind wahr, vieles hat sich tatsächlich so ähnlich zugetragen. ABER ich habe auch etliches hinzugedichtet, Charaktere erfunden oder Aspekte meines Lebens weggelassen, weil sie einfach den Rahmen gesprengt hätten.

(So zum Beispiel die Tatsache, dass ich leidenschaftliche Springreiterin bin und vier Pferde besitze. Natürlich machen diese einen bedeutenden Teil meines Lebens aus, aber ich erlebe täglich so viel, dass allein die Pferdegeschichten schon ein ganzes Buch füllen würden. Schade eigentlich, weil so zwei ganz besondere Menschen nicht im Buch vorkommen: die bipolar gestörte Kackbratze, von der ich jahrelang dachte, dass sie zwei Persönlichkeiten hätte. Ist aber nicht so, sie hat nur eine – und die ist ganz schön scheiße. Und das blonde Beispiel für die Wunder moderner Chirurgie, das (wäre sie denn eine Indianerin. Was man aufgrund des Make-up- indizierten Teints vermuten könnte) den Namen „Die mit gespaltener Zunge spricht" tragen könnte.)

Manche Ereignisse gab es auch, aber an einem ganz anderen Punkt in meinem Leben als im Buch beschrieben.

Andere Ereignisse gab es überhaupt nicht. Ich hatte schon immer eine blühende Vorstellungskraft.

Was ich damit sagen will: Der eine oder andere wird sich sicherlich irgendwie wiederfinden. Manchen Figuren habe ich auch gewisse Charakterzüge verliehen, die ich bei real existierenden Personen entliehen habe. Manche Figuren, Ereignisse und Episoden sind aber einfach komplett erfunden. Es liegt jetzt an Ihnen, lieber Leser, zu erraten, welche. Ich verrate nichts.

Ich betone das auch so explizit, damit alle, die sich auf den Schlips getreten fühlen, gleich wissen: DU warst erfunden. Genau Du. Selbst wenn alles andere im Buch real sein sollte. Verklagen nützt gar nichts, Du entspringst meiner Fantasie.

Dies ist keine Autobiografie, sondern ein rein fiktives Werk, das nur zufällig meinem Leben sehr ähnelt. Ähnlichkeiten mit lebenden oder bereits verstorbenen Personen sind natürlich nicht beabsichtigt oder selbstverständlich nur zufällig.

Deshalb – regt Euch nicht auf, Ihr könntet ein reines Fantasiegebilde meinerseits sein.

Die einzigen „Figuren" im Buch, die es wirklich gibt und die ganz real und echt sind und auch mit ihren unverfälschten Namen vorkommen, sind meine Hunde, Muppet und Mielchen. Wenn es die beiden nicht schon gäbe, müsste man sie erfinden. Zum Glück gibt es sie ja aber bereits.

Man darf also eins beim Lesen nie vergessen: Es ist ein Roman!

Ich dachte mir aber außerdem – wenn ich schon mal ein Buch schreibe (wer weiß, wie oft das wohl noch vorkommt), dann kann ich gleich noch einer zweiten Leidenschaft meinerseits freien Lauf lassen. Ich bin nämlich etwas zwangsgestört. Nicht im Monk-artigen Sinn (wobei ich zugeben muss, dass ich noch nie auch nur eine einzige Folge der Serie gesehen habe), indem ich nicht auf die Fugen zwischen den Bodenfliesen treten darf oder etwas ähnlich Unsinniges. Nein, ich habe einen leichten Spleen was die deutsche Sprache betrifft und es nervt mich abnormal, wenn ich

Emails, Whatsapp-Nachrichten oder Facebook-Posts lese, in denen ich vor lauter Rechtschreibfehlern nicht mehr kapiere, um was es ursprünglich gehen sollte.

Dass etwa 90 Prozent der Deutschen das und dass nicht unterscheiden können, habe ich, wenn auch nicht akzeptiert, so doch zumindest leidend hingenommen. Aber es gibt ja noch so viele andere Dinge, die man in unserer schönen Sprache falsch machen kann – da bin ich ja froh, dass mich das nur ärgert und mir keine eitrigen Pickel beschert, sonst würde ich wohl permanent aussehen wie ein 13-Jähriger Akneträger am Beginn der Pubertät, wenn weltweit alle Clerasil-Vorräte zur Neige gingen.

Ich werde also versuchen, ein klein wenig Bildung (Wir leben schließlich im Land der Dichter und Denker, hallo? Was würden Goethe und Schiller denn sagen, wenn sie einmal die Chance hätten, nen halben Tag im Internet zu surfen? Die armen Tröpfe) ganz unauffällig einfließen zu lassen. Vielleicht bleibt ja tatsächlich das eine oder andere hängen.

Und als allerletzte Anmerkung: Ich weiß, ich habe ein Faible für Klammern und Gedankenstriche. Kann man nix machen. Isso.

Aber jetzt genug gelabert. Viel Spaß beim Lesen!

Katrin Müller-Wipfler im November 2015

13

Zwei Monate zuvor

„Ach übrigens", sagte Nils und ich ahnte Schreckliches. Ach übrigens war meist die Einleitung zu einer unangenehmen Eröffnung wie „Ach übrigens, ich geh am Wochenende zum Fußballspiel nach Buxtehude, wo ich dann einen über den Durst trinke, aus Versehen einem Hooligan auf den Fuß trete, zusammengeschlagen werde, mein Gedächtnis verliere, von einer thailändischen Krankenschwester gesund gepflegt werde, mich in sie verliebe und mit ihr auf Koh Samui eine Oben-Ohne-Bar eröffne." (Hätte ich gewusst, was diesem bestimmten „Ach übrigens" dann tatsächlich folgte, hätte ich ihn mit Freuden selbst nach Thailand befördert. Mit dem Gummiboot).

„Hm, Hase?", brummte ich geistesabwesend, es war halb sieben am Morgen und ich versuchte gerade, gleichzeitig Müsli in mich hineinzuschaufeln und meine Haare in eine zumindest halbwegs ansehnliche Form zu bringen.

Die Hasifizierung meines Mannes war übrigens etwas, gegen das ich mich lange Jahre erfolgreich gewehrt und das ich immer zutiefst verachtet hatte. Ich hatte mich sogar über ein anderes Paar, das einander Hase nannte, mehr oder weniger subtil lustig gemacht, indem ich Nils ebenfalls Hase genannt hatte, aber halb gesungen. „Haaaaaase". Dumm nur, dass es hängengeblieben war. Das andere Paar hatte längst ausgehast, ich bezeichnete meinen Gatten noch immer so.

„Ich gehe.", kam es aus der Küche. Na ja, so ungewöhnlich war das für einen berufstätigen Mann morgens nun auch nicht, aber Nils war nie der ganz Innovative.

„Alles klar, bis heut Abend, nimmst Du noch den Müll mit raus?", rief ich aus dem Badezimmer zurück.

„Äh...ich glaube Du kapierst es nicht ganz. Ich gehe. Ich ziehe aus."

Nun stand er im Türrahmen und sah mich mit einem seiner seltenen Keine-Widerrede-Blicke an. Oh. Das war ganz eindeutig eine Ach übrigens-Situation. Ich versuchte, das Glätteisen von meinem Schopf zu entfernen, ohne dabei eine allzu große Menge an Haaren abzusengen und drehte mich langsam zu ihm um.

„Du ziehst aus." Ich war mir sicher, dass sich die völlige Verständnislosigkeit, die ich empfand, in meiner Miene widerspiegelte.

„Ja." Er nickte nachdrücklich.

„Und, äh – wohin?"

Erst mal zu meinen Eltern und dann werde ich schauen. Mir eine kleine Wohnung nehmen oder so."

Er meinte das wirklich ernst?!

„Okaaaay", sagte ich gedehnt , „und – warum?"

„Das erklär ich Dir mal in Ruhe. Ich muss jetzt los. Schönen Tag."

Schönen Tag? Ist klar. Geht's noch?

August

So, dachte ich. Jetzt passiert es. Jetzt krieg ich zum ersten Mal in meinem Erwachsenenleben eins auf die Schnauze. Als Kind konnte das ja schon mal vorkommen, besonders wenn man kein Rosa-Tutu-und-Barbie-Mädchen war, sondern, wie ich, lieber in Latzhosen mit den Jungs Fußball bolzte oder auf Bäume kletterte – aber wenn man 31 Jahre alt war, mitten im Berufsleben stand und abgewetzte Jeans, Kapuzenpullis und Turnschuhe zumindest zeitweise gegen dunkelblaues Business-Kostüm und seriöse Hochsteckfrisur tauschte, rechnete man ja schon eher weniger damit, gleich den Hintern versohlt zu bekommen.

Und nein, ich meinte nicht auf „Fifty Shades of Grey"-Art. (Damit könnte man ja rechnen, wenn man denn wollen würde. Alt genug wäre man ja immerhin.) Sondern auf die Art, bei der man lose Zähne ausspuckte und sich die Oberlippe nähen lassen musste.

Na ja, ich war ja selber schuld. Irgendwann, so sagte meine Mama schon immer, rächt sich deine große Klappe mal. Und jetzt war es wohl so weit.

„Die Stunde der Abrechnung ist gekommen", sagte Clint Eastwood in meinem Kopf, mit Grashalm im Mundwinkel und halb zugekniffenen Augen, während im Hintergrund eine missgestimmte Geige eine Melodie von Ennio Morriccone krächzte.

Ich hatte gerade etwas Törichtes getan. Da ich von Berufs wegen ziemlich viel mit der Bahn unterwegs war, befand ich mich (ach was) auch ziemlich oft an irgendwelchen Bahnhöfen und an jenem Tag, ziemlich spät am Abend – ich war eigentlich müde genug, um ohnmächtig ins Koma zu sinken, meine Füße taten weh und der Akku meines Iphones war schon seit Stunden leer, was mir immer ein gewisses Gefühl der Weltabgeschnittenheit vermittelte (kurzum, ich hatte schlechte Laune und wollte ins Bett) – ertappte ich einen jungen Kerl mit dem Hosenzwickel zwischen den Beinen in der Bahnhofsunterführung.

Nein, ein Exhibitionist war er nicht, da hätte ich ihn ja einfach auslachen können.

Es handelte sich um einen dieser Möchtegern-Gangster in übergroßem Basketball-Trikot, tief hängender Jeans, mit fetter Goldkette um den dürren Hals und umgedrehter Schirmmütze. Irgendwie hatte ich ja gedacht, diese Gattung sei Ende der Neunziger ausgestorben, aber ich hatte wohl das zweifelhafte Glück, dem letzten überlebenden Exemplar über den Weg laufen zu dürfen und das auch noch bei seinem Vorhaben, sich unsterblich zu machen.

In der rechten Hand eine Sprühdose, in der Linken eine verdächtig nicht nach Zigarette aussehende Zigarette, war der kleine Hosenscheißer nämlich gerade dabei, sich an der Wand des Bahnhofstunnels zu verewigen. Riesige Kopfhörer, die das mit dem ernsthaften Versuch eines Bartansatzes verzierte Schrumpfköpfchen einrahmten, verhinderten, dass Tupacs Erbe mich kommen hörte.

Ich stand hinter ihm, betrachtete das Graffiti und wurde plötzlich so wütend, dass ich einfach nicht an mich halten konnte. Nein, nicht wegen des Graffitis. Fand ich zwar auch nicht so cool, wenn man fremdes (und noch dazu öffentliches) Eigentum verschandelte, aber viel schlimmer fand ich einfach, WAS Picasso da gerade an die Wand schmierte.

„Fahrt zur Hölle, ihr seit alle-", stand da zu lesen. Weiter war er noch nicht gekommen.

Das ging ja nun mal gar nicht. Wenn ich so was sah, ging mir das Messer in der Tasche auf, also blieb mir einfach nichts anderes übrig, als dem jungen Künstler auf die Schulter zu tippen. Als hätte er in das Angesicht des Leibhaftigen geblickt, fuhr er herum und starrte mich mit großen Augen an.

„Was wird denn das für ein Mist?", fragte ich und sah ihn mit schief gelegtem Kopf interessiert an. „Hä?", war die Antwort, was ein weiteres Indiz dafür war, dass ich es nicht gerade mit der Reinkarnation von Albert Einstein zu tun hatte.

„Na, das was Du da schreibst!", sagte ich mit in die Hüfte gestemmten Händen. Ich stemmte übrigens oft die Hände in die Hüften, auch wenn ich gerade nicht empört war – was ich in diesem Moment jedoch zweifellos war –, weil ich damit meine „Love Handles" (ein viel schönerer Ausdruck als die guten deutschen Rettungsringe) so schön überdecken konnte.

„Das ist doch scheiße! Seid schreibt man doch nicht mit t, Du Trottel!", schleuderte ich ihm entgegen, seine zunehmend ärgerlich verengten Augen geflissentlich ignorierend, und ließ ihm gar keine Zeit für eine Entgegnung.

„Pass auf, ich erklär's Dir. Seit und seid find ich wirklich nicht schwer zu unterscheiden, aber es ist trotzdem ein Fehler, der andauernd gemacht wird. Mit ner Eselsbrücke kannst Du es Dir aber gut merken. Seit hat immer etwas mit einem Zeitraum zu tun. Seit drei Wochen, seit acht Jahren, seit einer halben Stunde.

Praktischerweise reimt sich dieses seit auch noch auf Zeit und wird ebenso mit t geschrieben. Und seid, im Sinne von Ihr seid eingeladen, seid Ihr auch auf der Party oder wo seid Ihr gewesen, hat a) nichts mit einem Zeitraum zu tun und wird b) nicht mit t geschrieben. Kapiert?"

Ich holte tief Luft und sah den Jungen an. Siebzehn, achtzehn höchstens und eigentlich ein Milchgesicht mit ein paar verirrten Aknespuren um die Nase. Trotzdem sah er gerade ganz schön bedrohlich aus. Die Spraydose hielt er mittlerweile wie eine Waffe, die andere Hand hatte er zu einer Faust geballt und seine Nasenflügel bebten vor unterdrückter Wut.

„Spinnst Du eigentlich, Alte? Du hast ja nen Vogel!", spuckte er mir förmlich ins Gesicht und trat mit vorgereckter Hühnerbrust einen Schritt auf mich zu.

Ich hatte keine Angst vor dieser halben Portion, allerdings war ich auch nicht gerade erpicht darauf, mir ein blaues Kinn überschminken zu müssen, also hob ich beschwichtigend die Hände und murmelte: „Ich wollt's ja nur mal gesagt haben!".

„Nur gesagt, hä? Nur gesagt?" fauchte er und ich weiß nicht, was passiert wäre, hätte sich nicht in diesem Moment eine Hand auf seine Schulter gelegt und ein Kumpel (oder wie man heutzutage offenbar sagte, Kollege. Warum auch immer. Kollegen waren für mich Leute, die mit mir zusammenarbeiten und wenn es eines gab, das die heutige Jugend wohl eher vermied, war es arbeiten. Aber gut, Kumpel waren ja eigentlich auch Männer, die unter die Erde fuhren, um Kohle abzubauen), den ich zuvor nicht bemerkt hatte und auch keine Ahnung hatte, woher er sich plötzlich materialisiert hatte, geraunt: „Ey, mach mal low, Alter, die Olle hat eigentlich recht, Mann. Ist doch voll geil, jetzt kann ich mir das merken!"

Für einen winzigen Moment sah der Künstlerknabe verunsichert aus, dann grinste er.

„Ey stimmt, Digger, das ist ja echt easy, jetzt vergess' ich das nicht mehr so leicht."

Ich war erleichtert – und eine Idee war geboren.

Genau genommen war mir die Idee sogar schon viel, viel früher gekommen. Schon Monate, nein, Jahre zuvor – wenn nicht sogar schon immer, hatte ich mir geschworen, die Welt zu einem intelligenteren Platz zu machen. Ich hatte echt die Schnauze voll von dummen Menschen. Ich fand ja, dass man quasi von ihnen umzingelt war.

In der realen Welt sowieso. (Man musste sich nur mal zwei Stunden in den Zug von Stuttgart nach München setzen, dann dachte man, vorne in der Lok sei ein Nest, in dem große, dumme Flugsaurier Horden dämlicher Menschen ausbrüteten, die dann von den netten Zugbegleitern bevorzugt in den Sitz neben mir platziert und im Abteil rund um mich herum drapiert wurden). Im TV logischerweise noch viel extremer, wenn man an die ganzen ach so lebensechten Reality-Dokus dachte. (Munkelte man. Genau wusste ich es nicht. Ich besaß zwar ein Gerät, sogar ein flaches mit einer ganz ansehnlichen Bildschirmdiagonale (Wobei ich, ehrlich gesagt, den Sinn der Bildschirmdiagonale noch nie verstanden hatte. Die Schauspieler gingen doch vertikal durchs Bild oder, je nach Sendung, vielleicht auch mal horizontal, aber ganz sicher nie diagonal?), aber ich benutzte es aus zwei Gründen nie: Erstens, weil ich Werbepausen hasste wie die Pest und mir grundsätzlich immer vornahm, in genau diesen vier bis acht Minuten dringend benötigten Schlaf nachzuholen und dann so fest einschlummerte, dass ich mitten in der Nacht davon aufwachte, dass ich mein Sofakissen vollsabberte. Und zweitens, weil ich nicht mehr umschalten konnte, seit mein Hund als niedlicher verspielter Welpe die Fernbedienung zerkaut hatte).

Am Schlimmsten jedoch, und das wusste ich ganz genau, weil ich nämlich zufällig leider ein wenig süchtig war, war das Phänomen unfassbarer Dummheit in dem Organ menschlichen Selbstdarstellungsdrangs, das immer so nonchalant als „soziale Medien" umschrieben wurde, obwohl jeder genau wusste, dass Facebook gemeint war.

Und genau da begann das Problem. Jeder schrieb alles über sich, dokumentierte den sprießenden Pickel am Kinn ebenso wie das erste feste Häufchen des Nachwuchses (wie gesagt, ich nahm mich da nicht aus. Nur hatte ich weder Pickel noch Kinder, Gott sei Dank zu ersterem und schade zu letzterem) und teilte sich eifrig mit – aber wie?

Halt. Ich merkte gerade, dass ich mich mal wieder ereifert hatte (eine Eigenschaft, die ich ständig vorgeworfen bekam, vor allem von meiner Mutter) und die ganze Sache falsch angepackt hatte.

Also beginnen wir mal besser am Anfang. An jenem Tag im August, an dem ich beschlossen hatte, die Welt zu verbessern, oder zumindest die deutsche Sprache (was für alle, die in Deutschland leben, ja schonmal ein guter Anfang ist. Wie will man denn die Klimakatastrophe eindämmen oder einen weiteren Weltkrieg verhindern, wenn man nicht mal seine Muttersprache beherrscht?), hatte sich mein Leben gerade auf verblüffende Art um 180 Grad gedreht.

Zum ersten Mal seit 14,5 Jahren war ich (zugegeben, nicht ganz freiwillig) Single, weil mein Angetrauter beschlossen hatte, dass er nach Feierabend doch eher der „Couch-und-Bier-Typ" war als der „Ich-renoviere-ein-100-Jahre-altes-Haus-Typ".

Dumm nur, dass wir zwar auch eine Couch hatten (leider nicht ganz so eine makellose und intakte Couch, wie andere Menschen sie besaßen, dank einer aus der Athener Rush Hour geretteten Promenadenmischung aus Dackel und Terrier, die nichts lieber tat als Löcher zu buddeln, ganz egal ob im neu angelegten Blumenbeet oder in der Schaumstofffüllung unseres Sofas), diese aber ungünstigerweise eben in einem 100 Jahre alten Haus stand, das trotz aller Bemühungen auch noch fünf Jahre nach unserem Einzug ein paar kleinere (ok, ich gab es zu...eher größere) Schönheitsfehlerchen aufwies.

Mir war das schnuppe, ich liebte mein kleines Schlösschen heiß und innig, trotz schiefen Holzfußbodens, noch immer nicht abgeschliffener Treppe und trotz der nie ganz sauberen Raupuztwände, die mein anderer Köter (der Fernbedienungszerkauer, der mittlerweile zu einem sehr stattlichen 52 kg-Rüden herangewachsen war. Das reinste Düngemittel, so ne Fernbedienung) mit Vorliebe als Kratzbaum verwendete und die im kompletten Haus ungefähr auf 75 cm Höhe einen dekorativen braunen Balken aufwiesen.

Ich liebte den prächtigen Nussbaum im Hof (auch wenn ich Nüsse nun doch nicht so sehr mochte, dass ich 95 Kilo davon im Jahr gebraucht hätte und das tägliche Zusammenfegen der Zillionen Blätter im Herbst für streichelzarte Damenpfötchen auch nicht unbedingt zuträglich war), ich liebte meine Balkone und Erker, die riesige Scheune, in der von der Vorbesitzerin, der bösen Hilde, sicherlich noch Tausende von deutschen Mark versteckt waren, die ich nur noch nicht gefunden hatte, ich liebte den verwilderten kleinen Garten – kurzum, für mich und die zwei vierbeinigen Stinkstiefel war es der perfekte Ort, Nils sah das etwas anders.

Ich hätte auch gerne noch einen dritten Stinkstiefel dazu gepflanzt, in diesem Fall einen zweibeinigen. Und spätestens da waren meinem sonst so in sich ruhenden Angetrauten die schönen blauen Augen aus dem Kopf getreten und er hatte sich aus dem Staub gemacht.

In jenem August stand ich also, im wahrsten Sinne des Wortes, an einem Scheideweg. Ich war wie erwähnt 31 Jahre alt, nicht ganz verblödet, nicht ganz hässlich (auch nicht ganz dünn, aber das hatte natürlich mit den Genen zu tun. Schokolade war dabei völlig unschuldig, sowieso klar) und zum ersten Mal seit beinahe 15 Jahren nicht in einer festen Beziehung.

Nach dem ersten Schock und der tagelangen Heulerei (und ja, ok, vielleicht auch ein bisschen zu viel Trostschokolade. Kontraproduktiv, ich wusste es schon) war mein erster Gedanke:

Geil, jetzt konnte ich ja mal hemmungslos in der Gegend herumpoppen. (Machte man ja als 16-Jährige nicht und als verheiratete Frau dann schon dreimal nicht.)

Oder, noch besser, einen neuen Mann finden, der alte Häuser und junge Kinder mochte, sprich: nichts gegen ein Baby hatte.

Problem nur: Wenn man nicht ganz anspruchslos war und noch dazu zeitlich sehr eingespannt, war es gar nicht so leicht, ein entsprechendes Objekt zu finden – weder für eine Nacht noch fürs restliche Leben. Dabei verlangte ich nichts Unmögliches!

Schöne Zähne musste er haben, gut riechen und die deutsche Sprache zumindest halbwegs fehlerfrei beherrschen. Schreiben können, hieß das.

Beim Sprechen haperte es bei mir ja selbst, getreu dem wundervollen und oft zitierten Motto: „Baden-Württemberg. Wir können alles. Außer hochdeutsch."
Jedenfalls hatte ich drei Kriterien, die ich jetzt nicht unerfüllbar fand. Die ersten beiden trafen recht häufig auch zu, beim dritten Punkt trennte sich jedoch allzu oft die Spreu vom Weizen.

Dabei war es dank erwähnter sozialer Medien sogar halbwegs einfach, mit dem anderen Geschlecht in Kontakt zu treten oder kontaktiert zu werden.

Kaum war der Beziehungsstatus „verheiratet" zwar noch nicht aus meiner Lebensakte, aber zumindest von meiner Facebookseite gelöscht, ebenso wie sämtliche Hochzeits- und Pärchenfotos, trudelten die ersten seltsamen Nachrichten ein.

Mein erklärter Favorit dabei: ein junger Mann, der neben einer Rechtschreib- auch noch eine Rechenschwäche hatte. (Eins vorweg: Ich war selbst kein Mathegenie, ganz und gar nicht. Besonders bei Zehnersprüngen und zumindest dann, wenn die Finger nicht ausreichten, wurde es bei mir schwierig. 17 plus 36? Oh je. Das ging dann bei mir nach dem Motto: 20 plus 36 ist 56, minus 3 ist 53. Oder so ähnlich. Man musste sich nur zu helfen wissen.)

Wenigstens war er originell, er fragte mich, ob wir uns nicht von irgendwo kannten. Ich stand total auf Männer, die witzig und selbstironisch waren, also hatte der Kandidat schonmal 100 Punkte. Nicht.

Ich schaute mir kurz das Bild an und antwortete (Hatte ich schon erwähnt, dass ich hervorragend im Nicht-Beantworten von Fragen war?): „Ich denke mal, Du bist ne ganze Ecke jünger als ich." Woraufhin Casanova antwortete: „Das glaube ich nicht. Wie alt bist Du denn?"

Meine ehrliche Antwort: „Jahrgang 1983!" (Und jetzt kommst Du!)

Doch Obacht, jetzt kam Bewegung in seine grauen Zellen. „Und ich 1990. Drei Jahre – ne ganze Ecke? Ha ha!"

Zugegebenermaßen, ich rechnete kurz nach. Und schüttelte den Kopf. Unfassbar.

Das Schlimme dabei war jedoch: Ich wollte sofort Nils anrufen und ihm von der Geschichte erzählen. Er hätte sich kaputtgelacht. Ich hatte das Handy (in dem ich seinen Namen übrigens postwendend von Hase in Nils umbenannt hatte) bereits in der Hand, legte es aber schnell wieder weg. Das würde ich NICHT tun. Er wollte mich nicht mehr. Also wollte ich ihn auch nicht mehr. Punkt.

Nicht rechnen können war wie gesagt eine verzeihliche Sünde. Unverzeihlich hingegen und ausgesprochen unerotisch, schlimmer als Fußpilz im Gesicht oder Mundgeruch (obwohl, nee, schlimmer als Mundgeruch nicht – aber nahezu auf demselben Level) war die das-und-dass-Legasthenie. Was konnte daran bitte SO schwer sein?

Für mich waren „das und dass" wirklich die Königsdisziplin und einer der Faktoren, der darüber entschied, ob ich einen Mann sexy fand oder nicht. Man stelle sich vor, Gerard Butler mit dem Körper aus „300" und dem schiefen Lächeln aus „P.S.: Ich liebe Dich" stünde vor mir, mit einem Trinity-Ring von Cartier, verpackt in einer Handtasche von Louis Vuitton, nach dem nackten Matrosen von Gaultier duftend und mit frisch gebleachten Zähnen, einen Liebesbrief in der Hand und darin wäre zu lesen: „Ich habe erkannt, das ich Dich liebe!"

Wie fände ich das? Hm? (Ok, ich gab es zu. Ich würde in Ohnmacht fallen. Nicht nur, weil Gerard Butler einfach ne geile Sau war, sondern weil er in diesem Fall extra deutsch gelernt hätte und ich ihm alle Grammatikfehler verzeihen würde. In diesem, also genau DIESEM Fall würde es mir tatsächlich NICHTS ausmachen. Wenn ein Mann aber nicht Gerard Butler war, schon. Sehr viel sogar).

Nichts wurde häufiger falsch gemacht als der Artikel oder das Pronomen das (mit einem s) und die Konjunktion dass (mit zwei s). Fingen wir mal mit der einfachsten Variante an: Der Artikel. Das Haus, das Pferd, das Sofa. Immer mit einem s.

Etwas schwieriger wurde es schon beim Relativpronomen. „Ich zeige Dir mal das Haus, das wir mieten wollen". Auch hier mit einem s, es ging ja um das Haus, das einfach näher beschrieben wurde.

Eselsbrücke hier: Wenn man das durch „welches" ersetzen konnte, schrieb man es mit einem s. Ebenfalls mit einem s schrieb man das Demonstrativpronomen: „Wie meinst Du das?".

Jetzt wurde es komplizierter (oder auch nicht): Trat keine dieser drei Möglichkeiten ein, schrieb man dass mit zwei s. Das geschah immer, wenn das Wörtchen dass einen Nebensatz einleitete.

Meistens hing er dabei von einem Verb ab: „ Ich freue mich, dass Du gekommen bist.", „Es ist schön, dass es doch noch geklappt hat." Und so weiter. Im Zweifelsfall machte man die Probe: „Ich freue mich, welches Du gekommen bist?"...äh...nein. Klappt nicht. Also – dass mit ss.

Nun war ich glatt schon wieder abgeschweift. (Da stelle ich gerade fest, dass nicht einmal ich weiß, ob es nicht mittlerweile abgeschwiffen heißen müsste. Wenn man Möbel restauriert, heißt es ja auch abgeschliffen und nicht abgeschleift. Oder doch?)

Eigentlich wollte ich ja von meinem Leben erzählen, wie es sich zu diesem bemitleidenswerten Zeitpunkt in meinem Dasein darstellte.

September

Also, ich war wie gesagt Single, das erste Mal seit langer Zeit und völlig raus aus diesem Dating-Zirkus.

Ich lebte mit meinen beiden Hunden, einem eher netten Ridgeback und einem total süßen, aber unmöglichen Terroristen aus Griechenland, in einem leider noch recht verschuldeten Haus, zwar mit einem guten Einkommen aus einem eher unspannenden neuen Job (euphemistisch umschrieben als „Ich arbeite im Vertrieb", was natürlich nichts anderes hieß als „Ich bin Klinkenputzerin. Für Hundefutter. Aus Frankreich. Und das, obwohl ich weder die französische Sprache beherrsche noch die französischen Gepflogenheiten nachvollziehen kann noch mir das französische Essen schmeckt."), aber trotzdem vermutlich nicht auf Dauer in der Lage, die Hypothek abzuzahlen, nachdem mein Ehegatte sich verkrümelt hatte, und zwar mit einem unfehlbaren Sinn für die deutsche Sprache und auch mit einem ganz schön guten Sinn für Humor ausgestattet, aber leider auch nicht mit sehr viel mehr.

Der einzige Mann, der mich halbwegs interessierte, war (neben Gerard Butler, natürlich) James Blunt. Dazu musste erklärt werden, dass eine ausgesprochen angenehme Seite am unfreiwillig aufoktroyierten (ja, mir war klar, das war dreifach gemoppelt. Wenn man etwas (auf-)oktroyiert bekommt, war das nie freiwillig, aber ich wollte nochmal die ungeheure Unfreiwilligkeit meines Zustands betonen) neuen Beziehungsstatus die Tatsache war, dass ich nach Lust und Laune meinem eigenwilligen Musikgeschmack frönen konnte Und zwar so laut ich wollte.

Keiner da, der die Augen verdrehte, wenn ich laut "Kronleuchter, Kronleuchter" (sehr empfehlenswert bei Aggressionen der einen oder anderen Art: Chandelier von Sia) gröhlend durchs Haus tanzte – Nils fand damals auch schon "Regenschirm, Regenschirm" doof – und ich durfte auch so oft "Bang, bang, er hat mich erschossen" anhören wie ich wollte.

Und eben auch die Lieder von James, insbesondere da er sie ja nur für mich sang. Dadurch hatte der kleine Schlingel mich schon dazu gebracht, ihn zu mögen, obwohl er eigentlich so gar nicht meinem Beuteschema entsprach. Zu klein, zu piepsig und zu viele Models, aber auf der andren Seite halt auch Engländer.

Reicher Engländer noch dazu.

Und, die Krönung des Ganzen, ein reicher Engländer, dem man vielleicht nicht unbedingt gern beim Reden zuhören wollte, beim Singen aber umso lieber. Ganz besonders dann, wenn man, wie bereits erwähnt, der Grund für seinen berühmtesten Hit war. Schließlich hatte er mir schon direkt ins Gesicht gesagt, dass er mich für wunderschön hielt und zwar nicht nur einmal, sondern schon öfter.

Ja, richtig gesehen. Öfter. Nicht öfters. Öfter. Dieses Wort schrieben ungefähr 90 Prozent der Menschen, die ich kannte, falsch (und ich würde mal behaupten, dass ich ziemlich viele kluge Menschen kannte.. Na ja, ok, ich kannte auch ein paar dumme Menschen, aber die meisten schrieben mir ja zum Glück nicht) – nämlich, wie gesagt, „öfters". „Da habe ich schon öfters dran gedacht". Hä? Warum? Öfter ist eine Art Steigerung von oft.

Wer dreimal in der Woche zum Sport ging, ging oft. Wer sieben Mal in der Woche zum Sport ging, ging öfter.

Dachten wir mal an das Wort schön. Die Steigerung davon war schöner und nicht schöners. Von groß war sie größer und nicht größers und von lieb war sie lieber und nicht liebers.

Also hieß es auch öfter und nicht öfters. (Am öftesten gab es übrigens auch nicht. Aber das war ein anderes Thema).

Jedenfalls stand ich vor gleich mehreren Herausforderungen in meinem neuen Leben: Wie sollte ich das hinkriegen, wie sollte ich James endlich dazu bringen, mich zu finden auf dieser ganz schön großen Erde mit ganz schön vielen Menschen und wie sollte ich genug Geld verdienen um mich und die Hunde über Wasser zu halten?

Es schien ein wenig ausweglos. Doch dann, an jedem Morgen im August, den ich nun schon mehrmals erwähnt hatte, aber immer so weit abgeschweift bin, wie es nur menschenmöglich ist, hatte ich die zündende Idee.

Ich würde eine Deutsch-Missionarin werden und die Welt bekehren. Ich würde der gesammelten Facebook-Gemeinde beweisen, dass man auch Posts mit korrekter Rechtschreibung in den Äther schicken konnte. Ich würde reich werden und berühmt und nicht nur im deutschen Frühstücksfernsehen auftreten, sondern auch im amerikanischen, japanischen und natürlich britischen. Und dort wäre auch James eingeladen, der mich so witzig, schlagfertig und clever fände, dass er mir auf der Stelle einen Heiratsantrag machen würde, live in der Sendung und alle meine Probleme wären auf einen Schlag gelöst. Doch erst hatte ich mal noch ein ganz anderes Problem, das da lautete: Wo fange ich an? Und wie?

6

Im Kleinen, beschloss ich. Rom wurde schließlich auch nicht an einem Tag gebaut.

Und wo wäre der erste Schritt zur Verbesserung der grammatikalischen Welt besser aufgehoben als beim Bäcker meines Vertrauens? Ich musste übrigens vorausschicken, dass ich eine wahnsinnige treue Seele war. Wenn ich etwas gut fand, fand ich es gut und dann brachte mich auch nichts so schnell davon ab.

Ganz besonders galt dies beim Thema Essen, meinem Lieblingsthema überhaupt. In der göttlichen Eisdiele, die sich gemeinerweise gerade einmal 100 Meter Luftline von meinem Häuschen befand, war das eine Kugel ACE und eine Kugel Mon Cherie, beim Bäcker um die Ecke ein Rosinenbrötchen und ein Schokobrötchen und bei der Pizzeria Insolventia im Nachbarort (die hieß nicht so, müsste aber so heißen, meiner Meinung nach, weil es mir selbst nach 10 Jahren noch ein Rätsel war, wie die Gewinn machten. Die kleine Pizza war größer als die Tische, die sie auf der Terrasse stehen hatten, eine große Pizza hatte – abgesehen von meinem nicht mehr aktuellen Gatten – noch nie ein lebender Mensch geschafft und dazu kostete das alles dann 6 Euro. Hä?) immer Schinken, Pilze, Artischocken.

IMMER.

Außer ich wollte die Jutta beim Bäcker verwirren. Wenn sie mich nämlich kommen sah, packte sie manchmal freundlicherweise schon ein Rosinenbrötchen und ein Schokobrötchen ein. Und ich sagte dann, „Nee, heute nehm' ich nen Schoko-Vanillebogen", nur um sie komplett durcheinanderzubringen. Hihi.

Aber nein, so war ich doch nicht. Manchmal war ich eben einfach nur abenteuerlustig. Und gerade war ich außerdem mal wieder in diesem schrecklichen Zwiespalt, ob ich etwas gut oder sehr erbärmlich finden sollte. Es ging um Single-Rationen. Oh Gott, noch vor drei Monaten hatte ich NIE gedacht, dass ich überhaupt mal über Single-Rationen nachdenken musste!

Immerhin war der nicht mehr aktuelle Gatte 15 Jahre an meiner Seite, da denkt man an Familienpackungen, an Alete und Windel-Sparpacks!

Und plötzlich stand ich vor der Aufgabe, Brot so zu rationieren, dass es nicht nach drei Tagen alleine über die Küchentheke wanderte.

Zum Glück hatte eine meiner zwei Lieblings-Bäckereien (die ohne Jutta) ja Single-Brot im Angebot. Da kam man sich einfach auch gar nicht dumm vor, wenn man das bestellte.

Ich sagte es dann ganz leise, damit's auch ja keiner mitkriegte (JA, genau, ICH bin die, die vor drei Monaten noch mit Ehering hier stand und Ciabatta zum Grillen gekauft hat und ich will jetzt ein beschissenes Single-Brot!!!) und dann kreischte die Verkäuferin "Hä? Was? Ein Single-Brot?"

Hajo, ein Single-Brot, mein Männer-Harem zu Hause hat eine Weizen-Allergie, Du Spackfrosch! Fast hätte ich mich aufgeregt, aber dann sagte sie einen Satz, der mir endlich, endlich die Gelegenheit gab, meine Genialität zu beweisen und zur lebenden Legende zu werden.

„Eins haben wir noch. Ist zwar ein wenig dunkel, aber es ist das einzigste, das noch da ist!"

Plötzlich schien ein Strahl güldenen Lichts genau vom Himmel herab, auf die füllige Dame Ende Vierzig in ihrem roten Poloshirt. Die himmlischen Chöre wetzten ihre Harfen und leises Glockengeschell untermalte diesen denkwürdigen Moment.

„Einzige", sagte ich freundlich und lächelte sie an. Zu Versuchskarnickeln musste man ja schließlich nett sein.

„Wie bitte?" Ihre gerunzelte Stirn wies darauf hin, dass sie mich nicht ganz so toll fand wie ich mich selbst.

„Es heißt einzige, nicht einzigste", wiederholte ich geduldig und holte tief Luft. „Eigentlich ist es gar nicht so schwierig. Einzigste ist nämlich ein ganz ähnlicher Fall wie öfters. Eine falsch verwendete Steigerung. Kann man sich aber relativ leicht merken. Es gibt nämlich das Wort „einzige", egal ob im Sinne von „Du bist der Einzige für mich" oder „Das ist die einzige richtige Lösung" und dieses Wörtchen bedeutet, dass es nur und ausschließlich ein einziges davon gibt. Punkt. Steigern kann man das nicht. Genausowenig wie man töter als tot sein kann oder schwangerer als schwanger. Also ist bei einzige Schluss. Einzigste, was bedeuten würde, dass es noch einziger ist als einzig, gibt's einfach nicht."

Erst jetzt traute ich mich, sie anzusehen. Und, wie erwartet, sie stand mit halb geöffnetem Mund vor mir, das vergessene Single-Brot auf halbem Weg vom Regal zur Theke und sah mich staunend an. „Sorry", murmelte ich und blickte halb beschämt auf den Boden.

„Nee, gar nicht, das ist doch voll interessant", sagte sie, stützte die Ellenbogen auf der Theke ab und beugte sich interessiert vor, „ehrlich gesagt hab' ich mir da noch nie Gedanken drüber gemacht, aber irgendwie macht es Sinn! Hast Du noch mehr davon auf Lager?"

Ich grinste. Mein Plan würde funktionieren.

(Nett fand ich auch, als meine ehemalige Tante – lange Geschichte – mir kürzlich ein Single-Nutella-Glas geschenkt hatte, das ich dann zum Single-Brot zum Frühstück verzehrte. Also die Single-Nutella-Portion, nicht das Glas. Notiz an mich selbst: Single-Nutella-Gläser sind unnötige Erfindungen. Erstens wird Nutella per se nicht schlecht und zweitens schon gar nicht bei mir. Und wenn nach zwei Scheiben Toast das Glas leer ist, fühlt man sich noch schlechter als ohnehin, deshalb: wieder die großen Gläser kaufen und keine Mitleidsbekundungen mehr annehmen. Frustriert nur. Und bei dem kleinen Glas kam man mit dem Messer noch schlechter ums Eck.)

7

Mein Bruder hatte es geschafft, mich zu überreden, essen zu gehen (Was zum einen bedeutete, dass ich mich aus der Lethargie losreißen musste, die mich seit einiger Zeit befallen hatte und die darin gipfelte, dass ich meist gegen 20 Uhr nach der Hunde-Gassi-Runde auf dem Sofa einratzte, nur um dann gegen 1 Uhr mit einem steifen Hals wieder aufzuwachen und mich noch die Treppe in den ersten Stock hochschleppen zu müssen. Natürlich nicht, ohne mich vorher abzuschminken, sofern ich mir überhaupt die Mühe gemacht hatte, mich zu schminken, weil ja sonst schließlich die Wimpern abbrachen. Zum anderen bedeutete es aber auch, dass ich meine Hunde alleine zu Hause lassen musste.

War ja grundsätzlich kein Problem bei dem Großen, meinem stattlichen afrikanischen Löwenjäger (der nichts lieber mochte als die dreibeinige Katze meiner Eltern, aber tatsächlich den Kamm stellte, wenn in der Glotze (Also früher. Zu Nils-Zeiten. Ich schaltete sie ja bekanntermaßen nie ein) eine Dokumentation über Löwen lief), der außer der Fernbedienung noch nie etwas zerstört hatte und auch gerne ein paar Stunden schlummerte, während ich meinem Broterwerb nachging.

Schwieriger wurde es da bei Bifteki, dem kleinen griechischen Teufel, der natürlich nicht wirklich Bifteki hieß, sondern Mielchen. (Benannt nach meinem Staubsauger, weil sie wirklich alles, und damit meinte ich alles, was nicht niet- und nagelfest war, wie ein Ameisenbär in sich aufsaugte, aber da meine griechischen Sprachkenntnisse sich auf die Speisekarte in griechischen Restaurants beschränkten und ich oft das Gefühl hatte, Deutsch würde sie nun wirklich nicht verstehen, haute ich ihr ab und an ein saftiges „Poli Oreo" um die Ohren).

Ihre große Leidenschaft war es, mich zu peinlicher Ordnung und Sauberkeit zu erziehen, indem sie alles, was ihrer Meinung nach nicht an einem adäquaten Platz stand oder lag, entweder fraß, komplett zerstörte oder verschleppte.

Aktuell fehlten beispielsweise meine Schuhe. Seit Tagen. Ich hatte ein Paar lila heißgeliebte Asics. Davon fehlte einer. Ich hatte ein Paar hellblaue heißgeliebte Asics. Davon fehlte einer. (Es fehlten zwei rechte. Ich konnte also nicht mal besonders kreativ sein und mir ein neues paar Schuhe bauen.) Ich suchte stundenlang und auf dem kompletten Grundstück und alles was ich gefunden hatte, waren so etwa 30 Kilo Nussschalen unter der Couch. Also vermutete ich, dass sich unbemerkterweise ein Eichhörnchen bei mir eingenistet hatte. (Tags zuvor hatte ich eins gesehen. Nein, nicht in meinem Wohnzimmer, sondern in der freien Wildbahn beim Gassigehen. Wer wusste schon, was das Monster dem kleinen Nager da auf Griechisch zugeraunt hatte? „Komm zu uns, da kannst Du fressen, so viel Du willst!")

Na ja, ich war jedenfalls mit meinem Bruder Franz in einem netten Restaurant, das er ausgesucht hatte. Franz hieß nicht wirklich Franz oder zumindest nur mit Zweitnamen, aber er hatte vor einiger Zeit beschlossen, lieber diesen zu benutzen. Zu Ehren unseres Opas, der ein herzensguter Mensch gewesen war und den wir beide sehr vermissten, aber auch um sich aus der Masse neumodischer Trendnamen wie Ian, Liam oder Kevin abzuheben.

Franz sah sehr gut aus (groß und dunkel), war nett und lustig und hatte sowohl abstruse Ideen (mit ungefähr sieben oder acht Jahren hatte er mal bei Wetten Dass – Gottschalk, als er noch witzig war – so tibetanische Kampfmönche gesehen, die mit bloßen Händen eine vier Meter dicke Mauer durchschlagen hatten und solches Zeug. Jedenfalls dachte Franz (nur dass er zu diesem Zeitpunkt noch nicht Franz hieß), was die können, kann ich schon lange, marschierte in den Garten und schlug sich einen Ast auf die Ömme. Also er sich, mochte ich noch mal betonen, nicht ich ihm. Musste ich extra erwähnen, dass es nicht funktioniert hat, er ohnmächtig war und eine hühnereigroße Beule auf der Stirn hatte? Fast noch besser war aber, was er am nächsten Tag in sein Tagebuch schrieb: "Habe mir gestern einen Stok auf die Birne gehauen. Hat net geklapt.") als auch überaus hirngespinstische Theorien.

Ich hatte es nämlich im Jahr zuvor zum ungefähr ersten Mal in meinem Leben geschafft, mir für den Winter tatsächlich warme Schuhe zuzulegen und sie bei den arktischen plus vierzehn Grad für unser Dinner-Date rausgekrustelt.

Statt seine Schwester, die er echt lange nicht gesehen hatte und die außerdem von ihrem Mann verlassen worden war und sich entsprechend emotional in einem Roh-Ei-Zustand befand, liebevoll mit einer tröstenden Umarmung zu begrüßen, packte er mich an den Oberarmen, musterte mich von oben bis unten und sagte (zur Begrüßung, ohne vorheriges Hallo); "Was ist mit Dir los, bist Du lesbisch?"

„Äh, nicht dass ich wüsste, als ich das letzte Mal geschaut habe, war ich's noch nicht. Warum?"

„Diese Schuhe. Lesbenschuhe! Man kriegt Käsefüße und wird lesbisch davon!"

Ich hatte mich noch nicht komplett von dieser These erholt, legte das wandelnde Bündel an Weisheit gleich die nächste nach: "Natürlich stimmt das, das ist wissenschaftlich erwiesen! Genau wie die Tatsache, dass phallusförmiges Gemüse schwul macht!"

Häää???

„Was glaubt ihr, warum ich keine Gurken esse und Zucchini nur geschnitten? Karotten zählen übrigens nicht!"

Er war eigentlich wirklich nicht homophob, aber ich wusste tatsächlich nicht, ob er mich verarschte und eigentlich war es bei ihm wie bei unserer Mum: Sie konnten nicht lügen. Dann mussten sie lachen und ihre Nasen fingen so komisch an zu zucken. Aber das konnte er doch unmöglich ernst gemeint haben?!

Ich war froh, als die Kellnerin kam und mich aus weiteren Überlegungen zu seinen seltsamen Theorien riss.

In der gehobenen Gastronomie wusste ich ja manchmal nicht, ob ich lachen oder weinen sollte bei dem Personal. Entweder wurden in solchen Restaurants nur Leute angestellt, die beim Sprechen lernen nicht als erstes Wort „Mama" gesagt hatten, sondern „sehr gerne, bitte, mit Vergnügen" oder aber, die wurden auf der Restaurantfachschule so gedrillt, dass sie dachten sie hießen „Kommt sofort". Jedenfalls hatten wir eine Kellnerin (Angelina), die ungefähr 1.50 Meter groß war, einen grellblonden Pagenkopf hatte und eine Stimme wie ein Schlumpf im Stimmbruch. Offenbar wollte sie auch den Höflichkeitsaward des Abends gewinnen.

War ja gut gemeint, konnte aber ganz schön lästig sein, fand ich. Jedenfalls hatte ich mich schon geschlagene 24 Stunden (Ich war ja schlau und hatte vorher schon auf der Speisekarte im Internet geschaut, was der kulinarische Lusttempel wohl so alles anbieten mochte) auf den Rinderrostbraten mit Spätzle und Marktgemüse gefreut (was auch immer Marktgemüse sein mochte, ehrlich gesagt) und als Angelina dann an unseren Tisch getänzelt war, selbigen auch geordert.

„Naaatürlich, sehr gerne, einmal Rostbraten, koooommt sofort!"

Ich fand mich ja noch pflegeleicht, Franz hatte Suppe und Salat bestellt! Nacheinander!

„Naaaatürlich, sehr gerne. Suppe dann davor? Aaaaha, als Voooorspeise, naaaatürlich, sehr gerne!"

So. Dann kam der Teller und ich dachte: „Oh! Die Spätzle sehen aber verdächtig nach Kartoffelgratin aus." Machte ja nix, aß ich auch gern!

Und eine halbe Sekunde später dachte ich dann: „Hm! Auf dem Markt gab's heute wohl nur Pfifferlinge!"

Machte schon eher was, aß ich jetzt nämlich nicht so mega gern. Ok, ich gab zu, ich hatte geschlagene fünf Sekunden gebraucht bis mir klar wurde, dass auch das Rind kein Rind, sondern schwäbisch-hällisches Landschwein war (Und ich glaubte eh nicht, dass es schwäbisch-hällisch heißt. Der Ort hieß ja auch Schwäbisch Hall und nicht Schwäbisch Häll?) und Angie-Maus mir somit das falsche Gericht kredenzt hatte. Also, ich sie gerufen und sie „Tatsächlich? Verzeihung! Pardon! Ich kümmere mich sofort darum!", rannte zu ihrer Kasse und sagte dann: „Ey, nee, hier steht Sie haben das Filet bestellt!"

Hatte ich aber nicht? „Doch, hier steht's aber!"

Ja, dann steht's da vielleicht FALSCH? (Zum Glück hatte Franz gehört, dass ich R-I-N-D geordert hatte, ich zweifelte schon an mir selbst, weil's DA STAND!)

„Nee, kann nicht sein, hier steht Schwein!"

Mädel, dann hast Du's halt falsch aufgeschrieben???

Sagte sie, den jahrelangen Drill und all die gute Erziehung einfach mal kurz vor der Eingangstür abgebend: „Ohne Witz? Oh sorry dann!"

Ich hab' die Sau dann vertilgt (also die auf meinem Teller natürlich, so böse war ich ihr ja auch nicht) und sie schickte dann fortan einfach ihren Kollegen zu uns, der Franz nach seiner Suppe tatsächlich fragte: „Oh, und jetzt wollen Sie noch nen Salat?"

Zum Glück waren wir beide recht entspannt. Wir konnten auch gut schweigen, seit wir uns mochten (was in unserer Kindheit eindeutig ganz anders ausgesehen hatte) und so fingen die ernsthaften Gespräche erst beim Nachtisch an (der erstaunlicherweise nicht nur kam wie bestellt, sondern auch noch lecker war).

„Also, Kleine, jetzt erzähl mal. Was ist los?"

„Hm", sagte ich. „Wenn ich das wüsste, wäre ich schlauer. Ich kann es Dir leider nicht so wirklich sagen."

„Fangen wir doch mal vorne an. Nils ist also ausgezogen."

„Jap, das stimmt wohl. Von einem Tag auf den anderen."

„Und was hast Du getan?"

Das ärgerte mich.

Immer kam diese Frage. Immer. Wieso dachte eigentlich jeder, dass es meine Schuld war?

„Gar nix, was soll ich getan haben? Ich war wie immer. Er wollte halt nicht mehr und Reisende soll man nicht aufhalten.", sagte ich leichtherziger als mir zu Mute war und stocherte in meinem Panna Cotta herum, das mir plötzlich nicht mehr schmeckte.

Sein Gesicht hellte sich jedoch merklich auf.

„Soll ich ihm die Fresse polieren? Eine Lektion erteilen?"

„Das lässt Du mal schön bleiben!" Ich sah ihn streng an.

„Aber warum denn, geschähe ihm doch recht!"

„Nein, täte es nicht. Lass ihn ja in Ruhe!"

Nils war zwar etwa genauso groß wie mein Bruder und um einiges schwerer, aber Franz war quasi sportsüchtig. (Er ging beispielsweise drei Stunden Joggen, um sich fürs Fitnessstudio aufzuwärmen und danach schwamm er noch 35 km, um seine Muskeln wieder abzukühlen oder so ähnlich) Und ich wollte wirklich nicht dabei sein, wenn diese beiden Urzeitmonster aufeinander losgingen.

Völlige Verständnislosigkeit malte sich auf seinem gutaussehenden Gesicht.

„Äh, aber – hasst Du ihn denn nicht?"

Jetzt war es an mir, perplex aus der Wäsche zu schauen.

„Nein, natürlich nicht! Wieso sollte ich?"

„Och, lass mich mal kurz überlegen", er legte sich in seinem Stuhl zurück, streckte die langen Beine von sich und begann, an den Finger abzuzählen. „Er hat Dich einfach so sitzen lassen, hat vorher noch einen Köter aus dem Tierschutz angeschleift, der Dein komplettes Mobiliar zerlegt, kümmert sich überhaupt nicht darum, wie Du das finanziell stemmen sollst und interessiert sich einen Scheiß für Dich?! Darum vielleicht?"

„Ach Franz", sagte ich niedergeschlagen, „da hast Du natürlich schon recht, aber ich habe ihn jetzt mein halbes Leben lang geliebt, wie soll ich ihn da von dem einen auf den anderen Tag hassen?"

„Na ich könnte das. Und Du musst es auch lernen, sonst kommst Du nie von ihm los. Du musst wirklich anfangen, ihn zu hassen."

„Ich wird' mir Mühe geben.", sagte ich trocken.

„Ok, super. Und Du brauchst einen neuen Typen. Der Dich ablenkt. Du musst ihn ja nicht gleich heiraten."

Na super, nichts leichter als das!

8

Ich war ja nun grundsätzlich kein Mensch, der dazu neigte, schnell aufzugeben. Im Gegenteil, ich war unter Freund und Feind gleichermaßen als ausgesprochen sturer Bock be- und verkannt.

(Da fiel mir ein, dass es gar kein weibliches Pendant zu Bock gab?! Klar, ich wusste natürlich, dass es rein biologisch und zoologisch und überhaupt logisch gesehen eine Ziege sein müsste, aber Ziege klang irgendwie gleich viel abwertender als Bock. „Du sturer Bock" hatte meiner Ansicht nach eine fast schon bewundernde Konnotation, während „Du sture Ziege", ähm, nun ja...zickig klang. Also erfand ich in diesem Zusammenhang mal wieder ein neues Wort. Böckin. Voila.)

Trotzdem war auch mir bewusst, dass ich in meinem 10.000 Einwohner-Dörfchen nicht den Mann meines Lebens finden würde.

Die meisten brauchbaren Männer in meinem Alter kannte ich schon seit der Kindergartenzeit und mehr als die Hälfte davon hatte ich schon in die Backe gebissen (die im Gesicht, versteht sich, ich hatte da in meiner Kindheit einen gewissen Tick), die richtigen Guten hatten in der Ferne ihr Glück gesucht und die anderen waren verheiratet und mit einer variablen Anzahl an Nachwuchs ausgestattet.

Online-Dating fiel für mich aus demselben Grund flach wie Online-Shopping. Größe 40 ist nun mal nicht gleich Größe 40. Also blieb mir nur eins übrig. Ab in die Großstadt.

Wohlgemerkt: Großstadt bedeutete für jemanden, der in der badischen Provinz großgeworden war, die Qual der

Wahl zwischen Karlsruhe und Heidelberg, und da ich in letzterem studiert hatte, fühlte ich mich dort etwas heimischer.

Und weil ich in der post-studialen Zeit irgendwie ganz schön selten in eine Stadt kam, beschloss ich, das Nützliche mit dem Unangenehmen zu verbinden und Shoppen zu gehen.

Eins vorweg: am Liebsten shoppte ich seit jeher Kosmetik. Musste man nicht anprobieren (konnte folglich also auch nicht nicht passen) und machte einen schöner.

Ich liebte es, Kosmetik einzukaufen. Ich war ein Kosmetik-Snob, was auch ein Synonym sein konnte für „Ich habe einen leichten Dachschaden". Für jemanden, der sich das eigentlich gar nicht leisten konnte, war das ne reichlich bescheuerte Eigenschaft (Aber wozu gab es schließlich Duty Frees?), nichtsdestotrotz befand sich in meinem Badezimmer die wohl größte Chanel-Sammlung außerhalb der berühmten und allgegenwärtigen Kosmetikshops mit dem türkisen D.

(Kleiner Exkurs: Das türkise D war definitiv nicht mein Lieblingsladen. Wenn man reinkam, kriegte man olfaktorisch erstmal dermaßen eine über die Rübe gebraten, da musste man schon Dallmayer heißen und ne Kafferösterei zu Hause haben, um das wieder aus dem System zu kriegen. Dann kamen die schwarzgekleideten Kiss-Verschnitte und schauten einen mit nahezu zur Unsichtbarkeit gezupften, über die die glattgebotoxte Stirn hochgezogenen Augenbrauen an: „Kann man Ihnen helfen?" (Unterton: Ihnen ist nicht mehr zu helfen, also kaufen Sie gefälligst Ihre Badekugeln und machen Sie sich vom Acker.) Und dann sagte ich: „Oh, ja, ich hätt' gern den neuen

Mascara von Chanel!" Allein der Hyde-sche Persönlichkeitswechsel war es wert, ab und zu mal ein paar Euro mehr in ein Qualitätsprodukt zu investieren!!! "Ooooh, aber natüüüürlich, gleich da drüüüüben, sehr schön, ja der ist TOLL!!!")

Die Palette reichte bei mir von der Creme über Mascara und Make Up, Kajal, Rouge und Eyeliner bis hin zu Puder (das ich nie benutzte, weil's in der Schachtel so schön aussah).

Meine Favoriten waren Lippenstifte und Nagellack (den ich nie benutzte außer auf den Fußzehen, weil meine linke Hand ein Bewegungslegastheniker war und ich ungern aussehen mochte wie nach einem verunglückten Henna-Tattoo).

Und KLAR, ich wusste auch, dass es keinen Unterschied machte, was man draufschmodderte, denn sobald es mal draufgeschmoddert war, sah eh alles gleich aus.

Aber es ROCH so gut und die Fläschchen waren so schön und luxuriös und edel und überhaupt! Und wenn James nicht langsam in die Pötte kam (Hallo! Du bist über 40! Deine biologische Uhr tickt so langsam!), würde es halt auch das einzige Chanel sein, das meinen Körper je berührte. Aber: besser WIE nix, sagt man bei uns. Nivea konnte ja jeder.

Lange Rede, kurzer Sinn:

Ich hatte es bis nach Heidelberg geschafft, ich hatte es bis ins türkise D geschafft, ich hatte es sogar geschafft, die Aufmerksamkeit einer Barbie zu erheischen und ich hatte es überdies auch noch geschafft, mich für einen Lippenstift zu entscheiden, also war eigentlich alles gut.

Und dann geschah etwas Unvorstellbares.

Die Verkäuferin, der offensichtlich entgangen war, dass ich den Lippenstift ohnehin gekauft hätte, auch ohne dass sie angestrengte Überzeugungsarbeit hätte leisten müssen, hatte gerade die universell einsetzbare Schattierung des guten Stücks gepriesen: „Und dieses Rot, das passt zu allem. Damit sind Sie auf jeden Fall auf der sicheren Seite, wenn Ihre Gardarobe nicht gerade komplett aus Rot oder Pink besteht!" (Ha ha, wie originell Du bist!) Ich war gerade dabei, mir zu überlegen, ob ich sie darauf hinweisen sollte, dass es nicht Gardarobe heißt oder ob das verlorene Liebesmüh wäre, da ertönte hinter meinem Rücken eine sehr tiefe, männliche Stimme, die das Schönste sagte, was ich seit langer Zeit gehört hatte: „E!"

Wir drehten uns beide um, die Verkäuferin setzte sofort ihr „Wagen Sie jetzt ja nicht, mich zu stören"-Gesicht auf und mir blieb vor Staunen der Mund offen stehen.

Direkt vor meiner Nase stand ein ausgesprochen ansehnliches Exemplar der Gattung Mann. Groß, dunkler Typ, Dreitagebart, beinahe schwarze Augen.

Und, wie ich nur wenige Sekunden später feststellen durfte, mit einer wahren Perlenkette an Zähnen. „Wie bitte?", fragte Anika (so hieß sie nämlich) und eine Strichbraue wanderte bedenklich Richtung festbetoniertem Beehive.

„E", wiederholte Adonis und grinste mich an. „Es heißt GardErobe. Nicht Garadarobe."

Ich musste mich einmischen, ich konnte einfach nicht anders.

„Ganz genau. Ich glaube, es gibt genau ein Wort, das mit Garda anfängt und das ist-"

„...der Gardasee.", unterbrach mich der wunderschöne Mann eifrig.

„Eben!"

Mir fing das an, Spaß zu machen.

„Garderobe kann man sich hingegen gut merken, wenn man an längst vergangene Zeiten denkt, als die Frauen sich noch wunderschön zurechtgemacht haben in traumhaften Kleidern mit Korsetten und Reifröcken und die Herren sie in polierten Uniformen zum Tanztee abgeholt haben. Die Männer trugen ihre Gardeuniformen, die Damen ihre Garde-Roben."

„Sehen Sie?", jetzt strahlte er. „Immer an Sissy und Kaiser Franz denken und schon schreibt man Garderobe nie wieder falsch. Und an Sie habe ich eine Frage."

Meinte er mich? Er meinte mich!

„Äh...ok?! Und die wäre?"

„Wollen Sie mich heiraten?"

9

Natürlich konnte ich Gunnar nicht heiraten, so hieß er nämlich leider, da ich ja immer noch an Nils gebunden war, aber anschauen ging ja zum Glück auch so. Und bisher war sein Name wirklich so ziemlich das einzig Unperfekte an ihm.

Er sah nicht nur umwerfend gut aus, hatte einen perfekten Sinn für Humor, war schlau und schlagfertig, sondern behandelte mich tatsächlich wie eine Prinzessin.

Zu jedem unserer bisherigen drei Dates – von denen das erste übrigens ungefähr fünf Minuten nach dem Heiratsantrag stattgefunden hatte (Musste ich betonen, dass er Anika tatsächlich das Geschäft vermasselt hatte oder verstand sich das von selbst? Ich konnte gar nicht schnell genug aus diesem Geruchspuff heraus- und ins nächste kuschelige Café hineinstürzen. Da fiel mir ein: Kaffee und Café: klingt gleich, ist aber was anderes. Den Kaffee (zwei f, zwei e) trinkt man, in ein Café geht man. Dass man das falsch machen könnte, war mir nie in den Sinn gekommen, bis ich einmal in Nils Handy rumgeschnüffelt hatte (ja, böse, ich weiß. Sorry.) und gesehen hatte, dass eine blonde Christiane ihn ständig auf einen Café einladen wollte. Die hatte ich tatsächlich vorher schon gehasst, aber das war der Tropfen, der das Fass zum Überlaufen gebracht hatte.) und das erstaunlicher- und bewundernswerterweise NICHT in wildem Sex auf dem Kaminvorleger gegipfelt war, brachte er mir eine Überraschung mit.

Ich liebte, liebte, liebte, LIEBTE, L.I.E.B.T.E Überraschungen. Es gab für mich nichts Schöneres, als wenn ich unerwartet und unverhofft etwas geschenkt

50

oder mitgebracht bekam oder jemand sich in irgend einer Weise Mühe gab, mir eine Freude zu machen. Geldgeschenke waren (obwohl zweifelsohne sinnvoll) für mich der Horror (Ok, außer es käme jetzt jemand und würde mir einen Betrag in sechs- bis siebenstelliger Höhe schenken, da würd' ich natürlich nicht nein sagen) und ganz schlimm fand ich vor Weihnachten oder Geburtstagen dieses "Komm, ich kauf's Dir, das kriegst Du dann zu Weihnachten!"

Neiiiin, das-geht-doch-nicht!!! Ich will ne Überraschung! Ich will doch nicht vorher schon wissen, was drin ist, sakrafix! Und eingepackt musste es sein, bitteschön!

Wie gut also, dass ich mein Mielchen hatte, die war in der Tat immer für eine Überraschung gut. An diesem Morgen, zum Beispiel, lag auf meiner Couch eine Maus. Also entweder hatte die sich heute Nacht heimlich ins Haus geschlichen und sich zum Dahinscheiden aus Altersschwäche mein Sofa ausgesucht oder aber, das griechische Monster hat sie gestern Abend reingeschleppt.

Ich war ja nicht die typische Kreischerin und Mäuse machten mir (egal ob lebend oder tot) herzlich wenig aus, aber das fand ich jetzt dann doch nicht so prickelnd. Zumal ich eigentlich dachte, das bodenwischende Ungeheuer sei ein Hund. Schnurren tat sie jedenfalls mal nicht. Aber so sind sie, die Griechen! Tun nie das, was man von ihnen erwartet!

Doch zurück zu Gunnar. Wir hatten uns nun schon einige Male in aller Unschuld getroffen und ich hatte tatsächlich noch nichts gefunden, was mich wirklich an ihm störte. Er machte keine dummen Witze, er beherrschte die deutsche Sprache ganz annehmbar und er roch gut.

Ach, na ja, nur küssen konnte er nicht ganz so hervorragend, so unschuldig waren unsere Treffen nämlich doch nicht gewesen, das hätte ja kein Mensch ausgehalten. Er war mehr so der Typ Piranha und ich hatte tatsächlich gelegentlich ein wenig Angst, dass er mir in seiner Leidenschaft ein Stück Lippe oder Wange herausbeißen könnte, dabei war das ja kindheitsbedingt eher mein Part.

Aber: Er hatte sogar schon einmal ganz leicht durch die Blume anklingen lassen, dass er Kindern gegenüber auch nicht komplett abgeneigt war, was per se natürlich ein Vorteil war und ihn deutlich von dem Mann unterschied, der mir fünf Jahre zuvor einen Ring an den Finger gesteckt hatte.

Ich war jetzt nicht im absoluten akuten Kinder-Wahn, aber mit 31 Jahren konnte man ja zumindest ganz gemütlich mal drüber nachdenken.

Zumal ich morgens bei der obligatorischen Hunde-Jogg-Runde (Oh, hatte ich diese schon erwähnt? Um Herrn Ridgeback und Frau Straßenköter eine zumindest halbwegs adäquate Bewegungstherapie zu verschaffen, gingen wir laufen. Fünf Kilometer joggen am Morgen, zehn Kilometer schlendern am Abend. Die Hunde waren schon ganz schön schlank und ich konnte es mir zumindest einbilden) eine Storch-Herde gesehen hatte, acht auf einen Streich.

Positiver Nebeneffekt Nummer eins: Laune-Hebung. Ich mochte Störche. Ulkige Kreaturen mit ihren langen Stelzen. Positiver Nebeneffekt Nummer zwei: Muppet fand es sensationell, in das Rudel zu stürmen und den Schwarz-Weißen beim Wegflattern zuzuschauen.

Seltsamer Nebeneffekt: Meine Eierstöcke hatten Purzelbäume geschlagen. Ruuuuuhiiiig, Mädels, euere Zeit würde kommen. Wir versuchten, diesen Bauch jetzt erstmal FLACH zu kriegen, nicht rund!

Jedoch gab es auch ein ganz entscheidendes Argument gegen Nachwuchs. Ich hatte nämlich eine unschlagbare und billige Verhütungsmethode gefunden, die garantiert jeden Kinderwunsch bei jedem normalen weiblichen Wesen zwischen 18 und 58 sofort zunichtemachte: das furchtbare Kind meiner furchtbaren Nachbarn.

Ich hatte sehr viele sehr nette Nachbarn (die lustigerweise alle denselben Namen hatten, ohne miteinander verwandt zu sein) und dann gab es noch „DIE".

„DIE" bestanden aus dummem Vater, (der nie ohne verspiegelte Sonnenbrille auf dem spärlich behaarten Haupt angetroffen wurde und sie nicht einmal abnahm, um mich zu beschimpfen, wodurch ich meine süffisante Miene ganz gut in seinen grünschillernden Gläsern betrachten konnte und diese Gelegenheit auch gerne einmal nutzte, um zu überprüfen, ob ich womöglich noch Sesamkörner oder Petersilienblätter vom Mittagessen zwischen den Zähnen stecken hatte), dummer Mutter (die täglich eine Kangol-Mütze rückwärts auf ihrem edlen Schädel zur Schau stellte und bei der ich mich ständig fragte, wann sie ihre Buffalos auspacken und zu Scooter auf der Straße rumtanzen würde) und einem – Überraschung – unfassbar dummen Kind, das sich nicht in normalen Lauten artikulieren konnte, sondern auf der Frequenz liebestoller Fledermäuse herumkreischte.

An jenem Tag, an dem mir klar wurde, dass ich wohl doch noch ein Weilchen auf Kinder verzichten konnte, hatte der kleine Satan geschlagene zehn Minuten im Garten seinen grenzdebilen Vater angebrüllt „Papa, Telefon! Papa, Telefon! Papa, Telefon! Papa, Telefon!" Ich meine, klar, auch das Horrorbalg hatte wahrscheinlich schon bemerkt, dass sein Vater nicht ganz so schnell von Begriff war, aber mittlerweile hätte selbst ein grenzdebiler Einzeller kapiert, dass das Telefon läutete. (Wobei ich mich, ehrlich gesagt, fragte wer freiwillig mit denen sprach?)

Ich hoffte nur, dass sie nicht auf die Idee kamen, noch so einen Gremlin in die Welt zu setzen, wobei selbst für „DIE" das eigene Kind Abschreckung genug sein müsste. Bei mir jedenfalls wirkte es.

10

Meine Nachbarn waren generell so ein Thema für sich. Sie hatten es sich nicht nur mit uns (Dazu zählte ich Nils natürlich noch, der immerhin vier Jahre lang in den Genuss ihrer Gesellschaft gekommen war) verscherzt, sondern auch mit dem Rest unserer ganz schön langen Straße.

Besonders sympathisch hatte ich es gefunden, als „SIE" (ich wusste ehrlich gesagt nicht mal ihren Namen, aber sie stammte aus dem Ostblock, also vermutlich Ivana oder so was) mir lang und breit erklärt hatte, dass sie so großes Mitleid mit uns hätten (damit waren nicht nur Nils und ich gemeint, sondern auch die anderen bemitleidenswerten Kreaturen, die auf der anderen Seite ihres, nennen wir es mal kreativ-hässlichen Eigenheims angesiedelt waren), weil wir alle so arm seien.

Ok, in unserem Fall stimmte dies tatsächlich, aber mich interessierte schon, wie sie zu dieser interessanten Theorie gekommen war, also machte ich an diesem Tag eine Ausnahme und sprach tatsächlich mit ihr.

„Hm, alles klar, und woher willst Du das so genau wissen?"

(Wir hatten ihnen, ganz am Anfang, als sie noch versucht hatten, sich bei der gesamten Nachbarschaft einzuschleimen und dementsprechend vorgaukelten, nette Menschen zu sein, mal das Du angeboten, was ich jetzt bereute, aber nicht mehr rückgängig machen konnte)

„Ist sich gaaaahns einfach. Ihr alle seid arm. Misst ihr heizen mit CHolz!"

„Äh, ja, das haben Holzöfen nun mal so an sich?!"

„Ja, siehschtu? Ist Beweis!"

„Beweis für was denn?" (Beinahe hätte ich versehentlich „Meine Liebe" gesagt, aber die war nun wirklich weder lieb noch meine. Zum Glück!)

„Na dass ihr seid arm! Ihr kennt euch nix leisten normales CHeizung! Misst ihr verbrennen CHolz! Wir haben El-CHeizung! Mein Mann verdienen viiiiel Geld, wir kennen kaufen CHeizel. Nix arm wie ihr!"

Tja. Das war natürlich ein Argument, ne? Alle Menschen, die mit Holz heizen, sind arm, alle Menschen, die mit Öl heizen, sind reich.

Was sollte ich dieser unschlagbaren Logik denn auch entgegensetzen? Doch sie war ja noch gar nicht fertig. Die Arme vor der Brust gefaltet, vertiefte Ilonka (oder wie auch immer) ihre Theorie nämlich noch.

„Mein Mann ist gegangen zu Universitet, chat studiert. Mein Thorsten schlauer Mann."

(Äh...offensichtlich nicht oder meinst Du, ihm ist irgendwie entgangen, dass Du bei ihm im Haus wohnst? Und er vermutlich ab und zu irgendwelche Schweinereien mit Dir anstellt, es sei denn ihr hättet das kleine Stinkstiefel-Kind bei Ebay ersteigert. Fürs Startgebot.)

„Mein Mann wissen genau, was Du verdiensch. Und andere Nachbarn auch. Weiß er von alle Leite, was sie verdienen. Du hasch nix mehr als 2300 E-uro im Monat. Brutto. Thorsten weiß genau."

Ok, damit lag Thorsten nun leicht daneben. Soooo...2000 E-uro (Warum sagen Nicht-Deutsche eigentlich IMMER E-uro? Und nicht Oiro? Sagen die auch E-ule eigentlich oder was?) vielleicht. Aber Thorsten war seeeehr klug, ist schließlich Inscheni-är. Und falls die Welt das noch nicht gewusst hatte:

Der kluge Thorsten hatte es zur Sicherheit auf sein Auto geschrieben. „Selbständiger Ingenieur für Bauwesen".

Tja, Thorstilein. Bäue sind vielleicht (Oder sogar sehr wahrscheinlich. Oder sogar ganz sicher) die einzigen Wesen, mit denen Du umgehen kannst, aber selbständig bist Du deswegen trotzdem nicht. Das Wort heißt nämlich selbstständig und kommt meiner Meinung nach vom Wortstamm stehen. Man schafft es, auf eigenen Füßen zu stehen, hat einen „eigenen Stand" (Nein, nicht auf dem Markt. Auf dem Boden) und steht selbst. Quasi. Weil Stand mit St beginnt und selbst mit –st endet, hat selbstständig zwei st hintereinander. Selbst-ständig. Wer sich das nicht merken kann, dem hilft es vielleicht, an der örtlichen Metzger oder Bäcker zu denken. Der arbeitet selbst und ständig. Easy, oder?

Na gut, Thorsten arbeitete nun ganz sicher nicht ständig, er war eher ständig zu Hause und parkte sein Auto um, aber merken könnte man es sich so theoretisch schon.

11

Oktober

„Also, jetzt mal Butter bei die Fische, wie geht es jetzt weiter mit Dir und diesem Traumtypen?" Suse leckte genüsslich den Löffel ab, mit dem sie eben noch im Milchschaum ihres Cappuccinos herumgefuhrwerkt hatte und sah mich forschend über den Rand ihrer neuen Brille an.

„Ehrliche Antwort? Keine Ahnung.

(Wir waren übrigens Kaffee (mit k und ff und ee) trinken in einem Café (mit C und f und é! Für alle die das schon wieder vergessen haben sollten), das hieß, Suse trank und ich...hm...trank auch, aber keinen Kaffee. Ich „lief" nämlich auf einer anderen Droge: Multivitamindrinks. Und zwar einem ganz bestimmten einer ganz bestimmten Marke mit einem ganz unoriginellen Namen, der zufällig auch noch mein eigener war. Also mein angeheirateter. Und der dazugehörige Nils war leider nicht Mr. Multivitaminsaft himself, sonst hätte ich wohl nie wieder Geldsorgen, auch oder gerade nach der Scheidung nicht. Jedenfalls: ohne Multisaft ging gar nicht. Was dem Koffein-Junkie sein Kaffee, war mir mein „Multi". Kein Multi, keine funktionstüchtige Katrin. Kaffee mochte ich wirklich, ehrlich und ungelogen überhaupt nicht (was irgendwie ganz schön peinlich war. Man kriegt nämlich immer und überall Kaffee angeboten und die Leute dachten auch noch, sie täten einem was Gutes. Und wenn man dann sagte, „Äh nee, Danke, für mich nicht!", dann schauten sie so, als hätte man ein Kind aus dem Buggy geschubst oder so. Manchmal trank ich sogar eine

Tasse, obwohl ich ihn voll eklig fand, nur damit ich nicht wieder so einen „Du bist pervers und abstoßend"-Blick erntete), aber mein Motor lief halt nur rund, wenn ich meine tägliche Dosis „Molkenmischerzeugnis mit Zuckerarten und Süßungsmitteln, wärmebehandelt" intus hatte (obwohl ich zugeben musste, dass DAS ziemlich eklig klang). Jedenfalls war er lecker, gesund und verdauungsfördernd, was in der heutigen Gesellschaft wohl einen relativ hohen Stellenwert einnahm Ich hatte samariterhaft nämlich mal meine damalige Schwiegermutter mit nach London genommen. Und ihre erste Frage jeden Morgen war (ungelogen): „Und, wie ist es bei Dir? Hattest Du heute schon Stuhlgang?" (Kleiner Exkurs: Seit es Whats App gab, dachte ich in Emoticons. Kennt ihr das? Da will man doch manchmal dieser Affe sein, der sich die Augen zuhält oder dieser Smiley, der aussieht wie „Der Schrei" von Edvard Munch? Ich glaubte ich war in diesem Moment der Smiley, der die Augen so aufreißt wie Spiegeleier und den Mund zu so nem Strich zusammengepresst hat. Ehrlich, ey, wie wär's denn damit, einfach mal zu fragen, wie ich geschlafen hatte?). Jedenfalls, wer mich gerne als Übernachtsgast bei sich haben wollte: Müller Fructiv und das Frühstück war gerettet. Zur Not tat's auch normaler Orangensaft. Aber BITTE kein Kaffee!)

Suse war meine Freundin. Auch wenn ich sie noch nicht so lang kannte wie manch andere Freundin (Kaum vorstellbar, aber es kam tatsächlich vor, dass Leute mich schon lange kannten und trotzdem noch mochten. Meine Oma, zum Beispiel. Und...äh...sicher noch viele andere. Ganz bestimmt.), so konnte ich mir mein Leben ohne sie gar nicht mehr vorstellen. Sie war zehn Jahre älter als ich, kinderloser Single und das was man als „Frau mit Charakter und Charisma" bezeichnen würde. Was kein Synonym für stures, eigensinniges Biest ist. Oder zumindest nicht nur. Wir hatten einfach Spaß in der Gegenwart der anderen und ich mochte es, wie sie trotz aller Abgebrühtheit als gestandene Geschäftsfrau noch immer einen zarten Roséton annahm, wenn wir über unser beider nicht vorhandenes Sexleben diskutierten. Wobei meine Aussichten irgendwie gerade besser waren als ihre, da sie ein Anhänger der „Kein Sex ohne Liebe"-Fraktion war, während sich das bei mir eher umgekehrt verhielt.

„Ja wie jetzt? Ist das was Ernstes oder nicht?"

„Natürlich nicht, Schnuffi, ich komme gerade aus einer ewig langen Beziehung, ich will nichts Festes. Nur ein wenig unverbindliches Rumgepoppe und gut ist."

Drei.

Zwei.

Eins...

Die Spitzen ihrer Ohren begannen, sich ganz zart zu röten.

„Und, äh, hast Du mit Mister Topmodel schon, äh, rumgepoppt?"

„Nö." Ich schlurfte meine Maracujasaft-Schorle. Durch ein Röhrchen.

„Und warum nicht?"

„Es hat sich halt noch nicht ergeben."

„Oha", sie sah nicht überzeugt aus, „was ist los? Kriegst Du kalte Füße? Liebst Du Nils etwa noch, den Arsch?"

„Klar liebe ich ihn noch, glaubst Du das kann man nach 15 Jahren einfach so abstellen?", entgegnete ich heftig und stellte mein Glas etwa zu schwungvoll zurück auf den Tisch aus unbehandeltem Pinienholz (oder was wusste denn ich, ich war ja schließlich kein Förster), „ aber er liebt mich ja offensichtlich nicht mehr und darum muss ich nach vorne schauen."

„Ich hätte da einen für Dich", sagte Suse unvermittelt und beugte sich erwartungsvoll vor, „meinen Ex! Jakob ist total nett, sieht gut aus, hat nen super Charakter und er würde Dich totsicher auch mega toll finden." Sie strahlte über das ganze Gesicht.

„Zwei Anmerkungen. Erstens: Wenn dieser Jakob so toll ist, warum bist Du dann nicht mehr mit ihm zusammen?"

„Ach", sie winkte ab, „das ist ewig her. Wir haben uns einfach auseinandergelebt, aber jetzt ist er mein bester männlicher Freund. Er ist echt ein super Kerl, glaub's mir. Und zweitens?"

„Zweitens, hast Du eben totsicher gesagt."

„Ja und?"

„So heißt es halt einfach nicht. Der Tod und alles, was damit zu tun hat ist jetzt generell nicht das schönste Thema, aber ich kann Dir eins sagen: Er nervt mich gleich noch mehr, wenn er falsch geschrieben wird. Aufpassen: Der Tod wird immer mit –d am Ende geschrieben. Ebenso alle zusammengesetzten Adjektive, die damit zu tun haben: todsicher, todunglücklich, todkrank, todernst, todmüde und so weiter In diesem Fall merkt man sich am besten: Alles, was so ist wie der Tod (Also: so sicher wie der Tod) schreibt man man d, weil man eben auch das Nomen Tod mit D schreibt. Das Adjektiv tot hingegen schreibt man mit t. „Der Hahn ist tot" und ebenso alle zusammengesetzten Verben, die damit zu tun haben: totschlagen, totlachen, totstellen – das Ergebnis ist immer, dass man tot ist (oder zumindest so aussieht) und deshalb schreibt man es wie das Wort oder die Eigenschaft tot mit t."

„Oh Kate. Du hast doch echt nicht mehr alle Tassen im Schrank. Ehrlich. Und wann poppst Du jetzt mit dem schönen Gernot oder Gerald oder wie er heißt?"

12

Tja. Das war in der Tat eine interessante Frage. Zwar hieß er natürlich nicht Gernot oder Gerald, sondern nach wie vor Gunnar und er war auch nach wie vor schön und aufmerksam, aber ich machte mir irgendwie trotzdem so ein wenig meine Gedanken. Nils hatte ich schließlich im zarten Alter von 16 Jahren kennengelernt und da ich eine treue Seele war, war ich nun noch nicht durch allzu viele Betten gewandert. Ich machte mir berechtigte Sorgen. Was, wenn ich dem Adonis zu moppelig war? Was, wenn er mich voll schlecht fand? Was, wenn ich ihn voll schlecht fand (eine zugegebenermaßen irgendwie berechtigte Frage, war er doch schon ein ausgesprochen schlechter Küsser)?
Und die allerallerallerbedeutsamste Frage überhaupt: Was, wenn meine Haare anfingen, sich zu locken?(Wer sich nämlich bisher gefragt hatte, weshalb ich in meiner Freizeit so selten ohne Schildkappe anzutreffen war: Es war mir relativ egal, ob es auf meinen Kopf regnete oder hagelte oder sandstürmte oder die Sonne draufbratzelte. Es hing einzig und allein mit genau zwei Haarsträhnen zusammen, die sich unglücklicherweise genau rechts und links meiner Visage befanden und die beim geringsten Anzeichen von Luftfeuchtigkeit (also ab ungefähr einem Prozent) dachten, sie müssten sich schnellstmöglich in nördliche Richtung bewegen.
Und dies natürlich nicht in geradem Zustand, sondern in Form gar niedlicher kleiner Kringellöckchen, die mich aussehen ließen als wäre ich zwölf (Und ich war echt richtig hässlich mit zwölf. Meine Zähne waren schon so groß wie heute, aber mein Schädel noch bedeutend kleiner, wodurch ich erschreckende Ähnlichkeit mit

Bugs Bunny hatte, außerdem gingen meine Haare bis zum Hintern, aber dazu hatte ich einen Pony, der ungefähr 30 Zentimeter dick war und am Hinterkopf knapp über den Ohren anfing. Am Tag nachdem ich mal mit Angelo Kelly verwechselt worden war, ging ich eigenmächtig zum Frisör und ließ mir einen Bob schneiden. Da war ich 13) und die bevorzugt dann auftauchten, wenn man es gar nicht brauchen konnte. Zum Beispiel, wenn endlich James mal seinen Hintern in seinen Privatjet verfrachtet hatte, bei mir im Garten gelandet war und mir im strömenden Regen auf den Knien seine ewige Liebe gestanden hatte. Stellt's euch vor: er im durchnässten weißen Hemd mit einer Rose zwischen den Zähnen und ich sah aus wie die mittlere Tochter von den Waltons. Jo, gute Nacht auch, John-Boy!)

Mit anderen Worten: Seit Jahren hatte mich kein Mann außer Nils mehr nackt gesehen, also weder kleidungstechnisch noch ungeschminkt noch unfrisiert – was, wenn Gunnar mich schrecklich fände?

Nils und ich hatten immer ein hervorragendes Sexleben gehabt – quantitativ und qualitativ. Sex war mir wichtig – aber nicht so wichtig, wie ich es Clemens weisgemacht hatte, den ich schon seit Jahren kannte und der mich auf einer Party angequatscht hatte.

„Du, sag mal, stimmt das, dass Dein Mann ausgezogen ist?"

„Ach komm!", sagte ich über den Rand meines Whisky-Cola hinweg und sah ihn streng an, „Wir wohnen auf dem Land und die Buschtrommeln funktionieren tadellos. Du weißt doch ganz genau, dass es stimmt. Wahrscheinlich wusstest Du es sogar schon vor mir."

Verlegenes Grinsen.

„Hm, ja, aber man kann sich ja nie sicher sein, ob alles wahr ist, was da geschwätzt wird. Also ja?"

„Ja, und ich fand es nicht besonders witzig, aber ich lebe noch und es geht mir gut, Danke der Nachfrage!"

„Und....warum?"

Hätte ich ihm ehrlich antworten sollen? Hätte ich sagen sollen, dass ich es eigentlich wirklich nicht so genau wusste, weil ich Nils noch immer liebte und er mich eigentlich auch? Hätte ich betonen sollen, dass ich immer gedacht hatte, ich würde mit Nils zusammen alt werden und dass ich immer noch nicht ganz kapiert hatte, dass das nun nicht geschehen würde? Hätte ich argumentieren sollen, dass er mir geschworen hatte, keine Neue zu haben? Dass er vermutlich einfach in einer verfrühten Midlifecrisis steckte und ihm die Verantwortung mit Haus und Hund und überhaupt einfach zu viel geworden war? Nö.

„Er ist halt einfach mit meiner Krankheit nicht mehr klargekommen!", sagte ich stattdessen und setzte meinen traurigsten Hundeblick auf.

„Wie, Krankheit? Hast Du was?" Oha, da war aber jemand sensationsgeil.

„Ja, klar. Schon seit einigen Jahren. Anfangs fand er es noch geil, aber irgendwann wurde es ihm einfach zu viel."

Mein inneres Biest grinste von einem Ohr zum anderen.

„Oh echt, wieso, was ist das denn für ne Krankheit?"

„Akute Nymphomanie. Damit ist echt nicht zu spaßen, das kann ich Dir sagen."

Mit Augen groß wie Spiegeleier beugte er sich vor und ging sogar ein wenig in die Knie, um auf meiner Augenhöhe zu sein.

„EHRLICH JETZT? Wieso, wie äußert sich das denn genau?"

„Ach weißt, ich will halt dauernd Sex. Pausenlos quasi. Sieben-, achtmal am Tag. Da kriegt man halt nie mehr als drei Stunden Schlaf am Stück und er musste auch oft vom Geschäft heimkommen zwischendurch, wenn ich grad wieder nen intensiven Schub hatte. Das schlaucht schon mit der Zeit und jetzt hat er es einfach nicht mehr gepackt."

Clemens fielen fast die Augen aus dem Schädel, sein Mund stand schon offen und ich hatte das Gefühl, er war auch ein wenig blass ums Näschen geworden. Bevor er etwas erwidern konnte, hob ich nonchalant die Hand zum Gruß und wandte mich zum Gehen.

„Also, ich muss dann mal weiter. Allein vom Drüber reden wurde mir jetzt ganz heiß, ich denke es geht gleich wieder los, wenn Du verstehst was ich meine."

Ein kurzes Augenzwinkern, dann ergriff ich die Flucht, um Suse kichernd von meinem Märchen zu erzählen.

13

Witziger wurde es aber noch später in derselben Nacht, als ich gerade nach Hause gekommen war und mich meiner Schuhe NICHT wie sonst üblich unter dem Couchtisch entledigt hatte. (Hier der ultimative Tipp für alle Haushalts-Schluris, wie ich einer gewesen war: Willst Du ordentlich werden, hol Dir einen Hund aus Griechenland. Der bringt Dir in Nullkommanix das Aufräumen bei – oder zumindest das effiziente Suchen. Beispielsweise war bei mir seit einigen Tagen mal wieder ein Schuh verschwunden. Wäre ja nicht so tragisch, ich hatte ja mehr als ein Paar, aber diesmal war es ausgerechnet einer meiner Easytones der Firma Reebok. Das wiederum waren spezielle Schuhe mit so komischen Blasen an den Sohlen, die den Hintern beim Laufen formen und die Oberschenkel straffen sollten. Funktionierte wirklich, man bekam nen jesusmäßigen Muskelkater beim ersten Mal. Besonders schön war aber, als ich sie damals gekauft hatte. Geh ich in den Laden und sag „Hallo, habt ihr die Reebok Easytones?" – „Ah, die Arsch-Schuhe. Nee, hamma net!" – „Oha, aber Arsch-Verkäufer offensichtlich!" Warum mein Mielchen ausgerechnet diesen Schuh verschleppt hatte, würde wohl für immer ihr kleines griechisches Geheimnis bleiben. Ich machte mir nur Sorgen, dass ich nun ungleichmäßig gestraffte Arschbacken und Oberschenkel bekommen und Gunnar mich noch mehr auslachen würde als ohnehin schon.)

Stattdessen hatte ich meine Treter tatsächlich ordentlich im Schrank verstaut und saß gerade, flankiert von den zwei Bestien, für einen Absacker auf der Couch, als mein Handy piepste. Ich geb's ja zu, ein klein wenig schneller schlug mein Herz schon, es könnte ja immerhin Nils sein, der seinen Irrtum eingesehen hatte und wieder einziehen wollte oder zumindest Gunnar, mutig genug wäre ich gerade.

Es war Clemens.

„Also, was ich noch sagen wollte: Wenn Du wieder einen Anfall bekommen solltest, ich bin für Dich da. Tag und Nacht. Das weist Du hoffentlich."

Oh Jesus Christus.

Das Einzige, das ich in dem Moment wusste war: Weiß schreibt man nicht mit s. Und zwar weder mit zweien noch (ganz schrecklich) mit EINEM!!!

Man kann sich kaum vorstellen, wie oft ich schon „Ich weis" lesen musste und gedacht habe: Ey, nee, anscheinend „weist" Du gar nix! Das Wort weiß gibt es in der deutschen Sprache genau zwei Mal: um eine Farbe (ok ok, eine Nicht-Farbe) zu bezeichnen wie die des Schnees oder eines Brautkleids und wenn jemand ausdrücken möchte, dass er eine bestimmte Kenntnis hat oder über etwas informiert wurde („Ich weiß Bescheid"), was vom Wort „wissen" abgeleitet wird. Beide, ich betone, beide Varianten schreibt man mit scharfem s, also ß. Das geht einfach nicht anders. Punkt.

(Es gibt drei Worte, die ähnlich klingen, aber eine andere Bedeutung haben, also bitte vergesst es gleich wieder, um es Euch nicht falsch zu merken: Da ist zum einen der weise Mann (Aufpassen. Nicht verwechseln mit dem weißen Mann! Der weise Mann ist ein kluger alter Typ, der weiße Mann ein, sagen wir mal, nicht Afroamerikaner.) Zum anderen gibt es die Ableitung des Verbs „weisen" im Sinne von zeigen: „Weis mir doch bitte den Weg, Du alter Wegweiser." Aber wir waren ja nicht im Mittelalter, deshalb redete kein normaler Mensch so. Drittens: „Art und Weise". „Die Sopranistin interpretierte die Arie auf ihre ganz eigene Art und Weise".)

Ganz ehrlich: Im normalen Sprach- beziehungsweise Schreibgebrauch brauchte man keine der drei genannten Varianten. Ich hab selten gelesen, dass bei Facebook jemand was über Arien gepostet hat oder über Wegweiser. Also denkt am Besten gar nicht dran, ich wollt's nur mal erwähnt haben.

Fürs tägliche Leben einfach merken, weiß immer mit ß und so falsch könnt ihr damit nicht liegen.

„Super, gut zu wissen, Danke!", konnte ich gerade noch tippen, bevor ich unter den verwunderten Blicken meiner vierbeinigen Mitbewohner hysterisch lachend auf dem Sofa kollabierte.

14

Ab und an musste ich auch arbeiten, von Luft und Liebe alleine lebte es sich ein wenig schlecht (zumal das Thema Liebe ja momentan eh nur auf dem Papier bestand und Luft nun mal nach gar nichts schmeckte) und das bedeutete, dass ich auch einmal pro Monat die 450 Kilometer lange Strecke nach Fronkraisch antreten musste, was mir gar keinen Spaß machte (besonders da ich am Abend meist wieder zurückfuhr und 900 Kilometer an einem Tag selbst für einen Trucker viel waren).

Auf was ich mich allerdings immer wieder freute, waren die Péage-Häuschen mit rot-weißen Schlagbäumen, an den man die Autobahnmaut entrichten musste.

Wer kein Maut-Maschinchen hatte, also so ein komisches weißes Plastikding, das innen an die Scheibe geklebt wurde, musste mit Karte oder bar zahlen. Aber wer doch – und dazu zählte seit kurzem auch ich –, der hatte einfach einen Riesenspaß! Die Franzosen überboten sich gegenseitig nämlich darin, in einem Affenzahn auf den Schlagbaum zuzurasen und zu hoffen, dass er rechtzeitig hochging, ohne dass sie bremsen mussten. (Bei mir klappte das erstaunlicherweise nie. Ich musste aber auch zugeben, es dauerte ein halbes Jahr, bis ich herausfand dass es verschiedene Spuren gab und dass man auch wirklich nur bei denen, wo „30" stand mit einer Geschwindigkeit von….naaaa?....genau, 30 km/h durchfahren konnte, während man bei allen anderen Spuren anhalten musste).

Noch spaßiger wurde das Ganze dann, wenn man (wie meine Kollegin als ich nebendran saß) beschloss, dann direkt UNTER dem rot-weißen Prügel anzuhalten (als er offen war natürlich. Und ok, sie konnte nichts dafür, dass die holländische Mutti vor ihr auf der Autobahn anhielt, um ihren Geldbeutel wieder in der Handtasche zu verstauen).

Klang gut, wenn das Ding dann aufs Dach dotzte. So ein Zwischending aus dumpf und metallisch.

Interessant war auch, als zwei Motorradfahrer vor mir sich ums Bezahlen drücken und hinter einem Auto durchwitschen wollten. Das spontane Duckmanöver sah äußerst sportlich aus. Aber kleiner Tipp von mir: Ohne Kopf hielt der Helm so schlecht und das war ganz schön knapp.

Leider brauchte ich für die Fahrt selbst in meinem beringten Wundergefährt und trotz meist leerer französischer Autobahnen oft gefühlte 14 Stunden. Das lag daran, dass ich etwa zwei Jahre zuvor die Entdeckung gemacht hatte, dass man Wasser trinken konnte.

Das war nämlich nicht so selbstverständlich, wie es sich anhörte. Für mich war Wasser 29 Jahre lang etwas, das aus der Dusche kam. Irgendwann war mir jedoch aufgefallen, dass es durchaus auch dann ganz lecker sein konnte, wenn es nicht nach Apfel oder Cola schmeckte und jetzt schaffte ich so zwei Liter am Tag. Für die meisten Leute war das nun wirklich nix Tolles, aber erstens war es das für mich eben doch und zweitens, und das war das Problem, wollten diese zwei Liter ja auch irgendwann mal wieder raus und zwar besonders dann besonders gerne, wenn ich gerade auf der Autobahn unterwegs war.

Und Raststätten an sich waren zwar ne ganz tolle Sache, aber dort (und das war das Unfassbare) kostete einmal pieseln mittlerweile 70 CENT!!!

Hallo? Das waren bei mir ungefähr 1,40 Euro am Tag, das machte 511 Euro im Jahr!

Für etwas, das ich gar nicht wollte! Und was jetzt auch nicht unbedingt großen Spaß machte! Das war ja wie Schornsteinfeger!

Dafür könnte ich mir ja fast ne Lui Wittong kaufen! Und was kriegte man stattdessen dafür? Nen Wert-Voucher für 50 Cent. Jo. Was machte ich damit? Kaufte mir ne Tafel Schokolade und bekam Depressionen oder ne Tasse Kaffee und konnte prompt die nächsten 70 Cent rauskramen.

Schlau waren die ja schon. Manchmal wär' ich trotzdem lieber ein Mann.

(Besonders gerne trank ich übrigens destilliertes Wasser. Das stellten sie doch her in ner Destillerie, oder nicht?)

Meistens, wenn ich in die Firma musste und keine Lust hatte, am selben Tag noch heimzufahren, nächtigte ich im Ibis Styles in Beaune, der Hauptstadt des Burgunders, was mich als echte Weinkennerin natürlich in ausgesprochene Ekstase versetzte.

Nicht.

Wohl aber das Hotel und vor allem Andy, der Rezeptionist! Erstens hatten die im Bad nämlich einen Fußboden, der wie ein Strickpullover aussah und den ich jedes, aber auch wirklich jedes Mal berühren musste, wenn ich dort zu Gast war, zweitens gab es zwar keine Hygiene-Banderolen UMS Klo, dafür aber auch keine, um es mal vorsichtig und wahrscheinlich untertrieben "Kalkrückstände" zu nennen IM Klo und drittens war Andy madly in love with me.

Das war gut, weil er Engländer war und weniger gut, weil er aussah wie Gregor Gysi mit rötlicher Brustbehaarung (hing aus dem Hemd oben raus, igitt), aber er vergötterte den Boden auf dem ich wandelte und das tat ja zur Abwechslung auch mal ganz gut.

Jedenfalls wusste er beim Einchecken meinen Namen (Jo, war mir schon klar dass, wenn ich um 23 Uhr im Hotel ankam, es wohl nicht mehr so viele reservierte und nicht bezogene Zimmer gab, aber das Zimmer war nur auf den Namen der Firma gebucht und nicht auf meinen) und sagte (in feinstem britischem Englisch. Hach. Da wurde ich doch immer schwach. Brusthaare konnte man zur Not auch wachsen. Also mit Wachs. Nicht wachsen lassen.): "Ich kenne Dich! Du warst schon mal hier!"

Das stimmte sogar. Vor acht Wochen!

„So ein schönes Gesicht vergesse ich doch nicht!" Hach Andy. Schade dass ich mein Herz jetzt schon an Gerard verschenkt hatte! Und an James! Wärst Du FÜNF Minuten früher gekommen!

Am Meisten liebte ich jedoch das Frühstück im Ibis Styles.

Dort hatten sie so ne Maschine, wo man oben Orangen reinwarf und unten kam Saft raus. (Wie in dem Spiel „Plitsch platsch, Traubenmatsch", bei dem das Lied in der Werbung so ging: „Plitsch, platsch, Traubenmatsch, die Trauben sind zermatscht, sie wollen flieh'n, sie wollen flieh'n, doch keiner kann sich mir entziiiiiiehn, Plitsch Platsch Traube ist das Spiel und Traubenmatsch das Ziel!" Man hatte als Spielfiguren Trauben als Knete und wenn man was Tolles gewürfelt hatte, durfte man die Figuren des Gegners durch allerlei Folterapparate jagen. So sah die Saftmaschine aus!) Und dazu Schokocroissants, die in Frankreich unromantisch Schokoladenbrot hießen. Ging es noch besser?

Die Besprechungen mit Jean Pierre liefen immer gleich ab.

Wir redeten Englisch, das ich sehr gut beherrschte, er jedoch kaum, was er allerdings nie im Leben zugegeben hätte. Stattdessen legte er immer den Kopf schief, nickte und rieb sich das Kinn, während ich genau wusste, dass er keinen Ton verstand.

Wenn er mir dann antwortete, war es auch nicht viel besser, weil ich tatsächlich auch kaum etwas verstand, aber das durfte ich ja nicht sagen, sonst hätte er sich womöglich düpiert gefühlt und er war immerhin der Mann, der mein Gehalt überwies.

Also redeten wir beide jedes Mal konsequent komplett aneinander vorbei (wenn er sich aufregte, was selten vorkam, schrie er auch gerne mal ein wenig auf Französisch herum, was noch interessanter war, weil ich tatsächlich kein einziges Wort kapierte und immer versuchen musste, nicht zu lachen) und am Ende des Tages ging jeder zufrieden seines Weges.

Ansonsten ließ er mich weitestgehend in Ruhe: Er rief nie an (wir hätten uns ja sowieso nicht verstanden) und wenn die Umsätze einigermaßen stimmten, war es ihm auch relativ egal, wie ich meine Tage verbrachte.

Das passte mir gut, konnte ich mich doch auf die dringenden Fragen in meinem Leben konzentrieren, wie beispielsweise: Wie und wo finde ich meinen Traummann?

15

Ich war unfassbar aufgeregt. Gleich würde ich mich mit Gunnar treffen, zum Dinner in einem schicki-micki-Restaurant und danach würden wir Sex haben.

Da war ich mir sehr sicher. Ich hatte meine beste Unterwäsche rausgekramt, ich hatte meine Beine rasiert und ich hatte stundenlang in einem sündhaft teuren Badeöl in der Wanne vor mich hin gedümpelt.

Ich war übrigens ein glühender Anhänger der Badewannenkultur, bei mir könnte jeder Tag Badewannentag sein. In meinem kleinen Schloss hatte ich eine wunderprächtige zylinderförmige Badewanne, in die zwei Personen reinpassten (Ok, in James-Größe. Hulk Hogan hätte vielleicht so seine Probleme. Aber ich wartete ja auch auf James und nicht auf Hulk). Jedoch hatte Nils der Baderei noch nie etwas abgewinnen können („Ich leg mich doch nicht in meinen eigenen Dreck!" Hallo? Arbeitest Du in nem Kohlebergwerk?), so dass ich sie schon immer für mich alleine hatte.

Eines meiner unvergesslichsten Badewannenerlebnisse hatte ich übrigens in England, meinem absoluten Traumland, in dem ich mal eine Zeitlang gelebt hatte. Dort hatte ich nämlich NUR eine Badewanne, also keine Dusche, (mit einem Hahn für heißes und einem für kaltes Wasser, die einzige Einrichtung, die ich an meinem Lieblingsland nie verstehen würde) OHNE Duschschlauch, so dass ich mir zum Haare waschen eine Vorrichtung kaufen musste, die mich sehr an eine Melkmaschine erinnerte mit zwei Pömpeln, die man über die Wasserhähne stülpen musste. Jedenfalls dachte ich damals, ich müsste einen halben Liter Winter-

Pimms (wie Glühwein, nur viel leckerer und mit lebendem Obst) in der Badewanne konsumieren und hatte nichts von den Promillen gemerkt. Bis ich aus der Wanne geklettert war. Dann kollabierte ich auf dem Teppichboden (noch so ein englisches Ding, unhygienisch aber irgendwie herrlich) im Bad, krabbelte auf allen Vieren ins Bett und verpasste das obligatorische Schmücken des Christbaums. Sweet memories.

Jedenfalls war ich bereit für Gunnar. Ich trug ein vorteilhaftes Kleid (Kam äußerst selten vor. Die meisten lebenden Menschen hatten mich noch nie in einem Kleid gesehen, er durfte sich also geehrt fühlen) und flache Stiefel. Ich trug in 99 Prozent der Fälle Schuhe ohne Absätze, einfach weil ich ein wenig gehbehindert war und mir außerdem auf hohen Schuhen die Knie immer so wehtaten.

Ich roch gut, ich hatte die Haare schön und ich war dezent geschminkt. Es konnte losgehen.

Er holte mich zu Hause ab (weiter als bis ans Hoftor hatte ich ihn bisher jedoch nicht vordringen lassen, ich wollte ja nicht, dass Mielchen ihm vor Freude auf die teuren handgenähten italienischen Treter pinkelte), begrüßte mich mit Küsschen auf die Wange und mit einer Schachtel feinster Pralinen, hielt mir die Tür seines schnieken Sportwagens auf und strahlte mich an. Mei, sah der Kerl gut aus. Weißes Hemd ohne Krawatte, hellblauer Kaschmir-Pullover und dunkle Jeans, dazu die dunklen Haare…und er roch so gut…

Dann kam eine kleine Ernüchterung. Adonis verkündete, dass er mich in ein französisches Fischrestaurant ausführen würde, obwohl ich aufgrund meines Jobs eindeutig eine Abneigung gegen französisches Essen aller Art hatte. Was ich ihm auch garantiert schon erzählt hatte.

Wie leider unschwer erkennbar war, wenn man mich genau betrachtete, hatte ich eigentlich keinerlei Essen gegenüber Vorurteile. Wenn es nicht gerade zu mehr als 95 Prozent aus Wasser bestand und auf -mate, - urke oder -elone endete, aß ich eigentlich alles. Aber trotzdem, liebe Franzosen. es gab SO VIELE LECKERE DESSERTS AUF DER WELT!!! In England zum Bespiel könnte ich mich nur von Nachtisch ernähren (Kleiner Wink mit dem Zaunpfahl an James' Köchin: Eton Mess!!!) und das lag nicht daran, dass es dort sonst nix Genießbares gäbe. Fand ich nämlich gar nicht, ich mochte die englische Küche. Aber mal im Ernst, les bleus, les blancs: ein Pott Saure Sahne? Ohne Soße? Ohne Obst? Was sollte das genau bringen? Schmeckte nämlich ehrlich gesagt nach gar nix. Da konnte ich auch nen Dreiviertelliter lauwarmes Wasser trinken, hatte ich genauso viel davon.

Ja, ich wusste schon, dass Mousse au Chocolat und Crème Brûlée vielleicht keine ganz deutschen Erfindungen waren, aber in dem Restaurant, in dem ich mit meinem Chef immer essen musste, gab es ausschließlich fromage blanc, was übersetzt bedeutete: unnötigstes, geschmacklosestes Gericht der Welt. Hach, man musste sie einfach liebhaben, die Franzosen!

Aus diesem Grund ließ ich ihn bestellen. Er wählte einen Rotwein mit einem kompliziert klingenden Namen und führte das ganze peinliche Schnüffel-Schwenk-Durch-die-Zähne-zieh-Ritual durch.

Dann ließ er den Wein zurückgehen, weil er zu sauer war oder weiß der Geier was und ich merkte, dass ich genervt war, obwohl der Abend noch nicht mal richtig begonnen hatte. Ich mochte nämlich keinen Rotwein. Eigentlich war ich sowieso nicht die allergrößte Weintrinkerin des Planeten, für mich tat es immer noch der gute alte Whisky, bevorzugt Ballantines, weil der mir irgendwie einfach am Besten schmeckte.

Anschließend bestellte er in perfektem Französisch irgendwas, das wie Lasupdepuasonsmesoaweksesakkompanjososescahkmu hlekrewettruiefromarsch klang.

(Ich musste an einen anderen Abend denken, als ich mit Freunden beim Italiener gewesen war und sie ihn aus blauen Augen so groß wie Untertassen angesehen hatte, als er Bruschetta und Tagliatelle bestellt hatte. „Hast Du grade wirklich Bruschetta gesagt? Und Tagliatelle? Ahahahahaha, Du Dummchen, das heißt doch Brusketta und Taiatelle!" Was hätte Gunnar da seinen Spaß gehabt!)

From Arsch kannte ich zumindest und hoffte, es wäre halbwegs genießbar.

Aber ich mochte auch kein arrogantes Getue und ich stellte fest, dass ich Gunnar heute Abend ziemlich selbstherrlich fand.

Er erzählte lang und breit über die spannenden Ereignisse im Lebens eines Steueranwalts und untermalte alles mit ausladenden Handbewegungen, die meinen Vater dazu veranlasst hätten, seine Arme am Stuhl zu fesseln.

Nachdem ich eine halbe Stunde zu hören bekommen hatte, welche Visionen Gunnar umsetzen wollte und wie viel Geld er zu verdienen beabsichtigte, bis er 50 war und welches Auto er sich dann kaufen würden und überhaupt und sowieso, kam unser Essen.

Ich wusste ja immerhin, dass Gunnar als Vorspeise irgendwas mit Muscheln geordert hatte, wobei diese sich dann doch als Schnecken entpuppten. Generell eher so lala statt oh la la, aber gegessen wird schließlich, was auf den Tisch kommt und ich kämpfte mich tapfer durch.

Bis, ja bis, eine dieser kleinen Kreaturen mir frech ihren im Tode erstarrten kleinen Muschelpenis entgegenreckte. Excusez moi, geht's noch, Du toter kleiner Exhibitionist? Das allein hätte mich vielleicht nicht unbedingt vom Essen abgehalten, ich kam ja vom Land und war einiges gewohnt, aber dann fing mein Hirn an zu arbeiten.

Wozu brauchten Muscheln Penisse? Und wo kamen überhaupt die kleinen Müschelchen her? Waren Muscheln Lebendgebärer? Nee, konnte nicht sein, wär ja sehr unbequem für die arme Muschelmama und außerdem wären sie dann Säugetiere, was auch seltsam aussehen würde. Zwanzig kleine Muschelmuckel an den Zitzen der Muscheline?!

Eher nicht. Legten Muscheln also Eier? Wohl kaum. Wär ja doppelt gemoppelt irgendwie. Also mal tief in den Windungen meines einsemestrig biologiestudierten Gedächtnisses gekramt und: Ich glaubte, der durchschnittliche Mollusk war ein Selbstbefruchter. Oder ein Zwitter oder so was. Single-Brot und Single-Nutella brauchte er jedenfalls nicht, er hatte immer jemanden im Haus, mit dem er Spaß haben konnte. Ich beschloss dann vorsichtshalber, direkt zum Hauptgang überzugehen.

„Was ist denn los?", unterbrach Gunnar seinen Monolog, „schmeckt es Dir etwa nicht?"

„Umm, das ist mir jetzt irgendwie unangenehm, aber findest Du nicht, dass das aussieht wie ein Penis?"

Gunnar musterte meine Muschel intensiv.

„Doch, irgendwie schon, aber hast Du damit ein Problem?"

„Na mit Penissen generell nicht!", sagte ich entrüstet und ganz sicher auch, ohne rot zu werden, „aber das find ich jetzt schon etwas seltsam."

Gunnar schüttelte entnervt den Kopf und vertiefte sich sogleich in die nächste Unterhaltung mit sich selbst.

Ich wartete geduldig, bis der nächste Gang aufgetragen wurde, den ich für mich selbst mit meinen mangelhaften Französischkenntnissen als "Terrine mit Dreierlei vom Fisch" übersetzt hatte. Oh-oh. Also es bestand jedenfalls aus drei Komponenten und es roch auch un peu nach Fisch, daher dachte ich, dass meine Übersetzung nicht so falsch war.

Erkenntnis Nummer eins: Eines der drei Dinge vom Fisch war ein Haar und zwar ein lockiges. Also entweder war der Fisch folglich eine Schillerlocke oder aber ich wollte gar nicht drüber nachdenken. Ich war da jetzt nicht so mega empfindlich und hatte das Ding aufgrund der Länge auch als Kopfhaar eingestuft, aber irgendwie war mir dann schon ein wenig mulmig.

Ein bisschen was sah zwar sogar nach Lachs aus, aber wenn wir mal ehrlich waren, konnte Dreierlei vom Fisch ganz schön viel sein, die hatten ja schließlich auch zwei Augen und so. Und nachdem ich ja mal im Urlaub (da war ich noch jung und dumm, okay?) die kompletten Gedärme eines Krebses verspeist hatte, weil ich Nils partout nicht glauben wollte, dass man bei Krustentieren nur die Beine essen kann (Und ich musste dabei auch noch lächeln, ich durfte mir ja nicht anmerken lassen, wie abgrundtief eklig die grüne Masse schmeckte. Nachdem ich mir dann die ganze Nacht das Essen nochmal durch den Kopf gehen ließ, hatte er es aber gemerkt, schätzte ich) war ich bei undefinierbaren homogenen Mischungen gelinde gesagt etwas vorsichtig geworden.

Ich wollte mir trotzdem nichts anmerken lassen – nicht auszudenken, was Gunnar mit dem armen Kellner angestellt hätte! Also begann ich, mein Essen mit der Gabel ein wenig auf dem Teller herumzuschieben und hoffte, er würde es nicht bemerken. Irgendwann während einer besonders spannenden Abhandlung über geldwerte Vorteile und die Veruntreuung von Firmengeldern, untermalt nun von eifrigem Gabelgeschwinge, rief Gunnar plötzlich den Pinguin zu uns her.

Oh nein, bitte mach keinen Aufstand wegen mir. Bitte, bitte nicht. Ich würde morgen früh einfach beim Mc Donalds vorbeifahren und mir einen Egg Mc Muffin holen und ich war eh nicht so hungrig…

„Sagen Sie, ist dieser Kaviar auch wirklich vom Löffelstör? Ich meine, das müsste eher Schaufelstör-Kaviar sein."

Urgh. War das sein Ernst? Ich hätte alles in der Welt verwettet, das war genau das, was auch dem Kellner durch den Kopf ging.

„Eine Sekunde, mein Herr, ich frage in der Küche nach!"

Nächste Wette: Ich war mir sicher, dass er nicht in die Küche ging, sondern um die nächste Ecke, dort langsam bis auf zehn zählte und dann strahlend wieder zurückkehrte.

„Doch, mein Herr, es ist Löffelstör-Kaviar. Das hat zumindestens unser Koch gesagt.“

Möööp. Fehler.

Ich war ja selbst so ein Korinthenkacker, was die deutsche Sprache betraf und auch mir tat es in den Ohren weh, wenn jemand zumindestens sagte, aber in diesem Moment hätte ich den armen Kerl ganz sicher nicht noch mehr erniedrigt. Gunnar kannte da jedoch kein Pardon.

„Na dann wollen wir mal nicht so sein“, grinste er jovial, „aber Ihnen möchte ich mal noch was auf den Weg geben. Es heißt mindestens oder zumindest, aber nicht zumindestens.“

Der Kellner sah aus wie eine Kuh wenn es donnert, doch mein Begleiter war noch nicht fertig.

„Zumindest kann man in zwei Zusammenhängen verwenden. Zum einen, wenn irgendwas das Minimum ist, das jemand hätte tun können. Sie zum Beispiel, hätten zumindest wirklich in die Küche gehen können, statt dort hinten mit Ihrem Kollegen über mich zu lästern. Ich habe Sie nämlich gesehen.“

Oh Shit, ich hatte also recht gehabt. Ein sehr kleiner Triumph, ich wollte wirklich im Boden versinken. Gunnar hatte nun nicht gerade eine leise Stimme und das halbe Restaurant hatte sich schon zu uns umgedreht.

„Zum anderen, wenn Sie etwas Schlimmes getan haben, aber wenigstens für eine Art Trost gesorgt haben. Sie zum Beispiel haben sich überhaupt nicht dafür interessiert, welche Art von Kaviar ich auf meinem Teller habe, aber Sie haben zumindest so getan.“

Der Kellner war knallrot angelaufen, er tat mir so leid, dass ich mir ernsthaft überlegte, Gunnar mit dem Riemen meiner Handtasche zu strangulieren.

Dann aber straffte er seinen Rücken und sah Gunnar direkt in die Augen.

„Sehr wohl, mein Herr. Und mindestens?"

Gunnar strahlte selbstzufrieden. Endlich konnte er einmal sein immenses Wissen dazu einsetzen, einen geistig minderbemittelten Idioten in die Sphären der höheren Intelligenz einzuweisen. Er sah sich tatsächlich um, ob sein Publikum ihm auch wirklich gebannt an den Lippen hing.

„Auch für mindestens gibt es zwei Möglichkeiten. Zum einen die Variante von „nicht weniger als", beispielsweise bei Ihrem Wein. Da kostet die Flasche ja mindestens 40 Euro. Die andere Verwendung ist im Sinne von „wenigstens". Sie hätten ja mindestens den Oberkellner fragen können, wenn Sie das mit dem Kaviar schon selbst nicht wussten."

Er faltete die Hände und strahlte mich an.

Just in diesem Moment kam besagter Oberkellner dann auch eifrig herbeigeeilt. „Oh", dachte ich, „gibt's jetzt gleich Beulerei oder was?"

Er verbeugte sich leicht in Gunnars Richtung und sagte: „Ausgesprochen freundlich, mein Herr, dass Sie unseren Mitarbeiter so kultiviert belehrt haben. Allerdings hoffe ich, dass Sie ihm für die ganze Zeit, die Sie ihn nun von der Arbeit abgehalten haben, zumindestens ein fettes Trinkgeld geben."

Dass ich an jenem Abend nicht mit zur Gunnar in seinen durchgestylten Luxusloft ging, dürfte klar sein, ne? Ich machte ihm klar, dass wir wohl doch in verschiedenen Ligen spielten, was er natürlich als Kompliment auffasste, was aber gar nicht so gemeint war und mir fiel ein Stein in der Größe des Mount Everest vom

Herzen, als er mich endlich vor meinem Häuschen absetzte, bei dem die Farbe ein wenig abblätterte und in dessen Inneren zwei wundervolle, kein bisschen arrogante oder selbstherrliche Hunde auf mich warteten. Ich war einfach nur froh, dass dieser Kelch noch einmal an mir vorübergegangen war.

Als ich schließlich in meinem Bett lag, einen 52 Kilo-Köter in meinen Kniekehlen und einen 5 Kilo-Köter zusammengerollt unter meiner Brust, tippte ich eine sms und schickte sie schnell ab, bevor ich es mir anders überlegen konnte: „Nilsi, Du fehlst uns. Schlaf gut. Kate"

16

Der nächste Tag war ein Sonntag, ich hatte es mir mit dem Gyros und dem Afrikaner auf der Couch gemütlich gemacht und mich mit einer heißen Schokolade mit nur sehr kleinem Schuss und einer meiner Lieblingszeitschriften unter der Decke zusammengerollt (Dazu zählten „Country Homes and Houses" und „Zuhause wohnen" (wo eigentlich sonst?) und „Country Lifestyle" und so. Kurzum, alle Zeitschriften in denen unfassbar schöne Häuser unfassbar reicher Menschen in unfassbar britischen Gefilden gezeigt wurden, die dazu unfassbar unfassbare Kommentare abgaben wie: „Oh, es war eigentlich ganz leicht, dieses verschimmelte, abbruchreife Cottage aus dem 13. Jahrhundert in ein wohnliches Zuhause mit 397 Quadratmetern für die ganze Familie zu verwandeln. Jeder kann das, wenn er es nur will. Man braucht nur Fantasie, Geduld, einen guten Innenarchitekten und 2 Millionen Pfund." Ach SO! Na ich Blödian! So einfach kommt man zu freiliegendem Fachwerk, riesigen Backsteinkaminen und freistehenden Kücheninseln! Hätt' ich's doch nur früher gewusst! Trotzdem liebte ich diese Hefte mit ihren Deko-Ideen (entfiel bei mir wegen allesfressendem Griechen-Köter) und Bastel-Tipps (entfiel bei mir wegen chronischer Bastelunfähigkeit) und vor allem den wirklich, wirklich tollen Bildern. Ich sollte doch einen Engländer heiraten), als mein Handy klingelte.

„Kataschenka, Du faules Stück, was gibts Neues, noch nie Dagewesenes?"

Suse. Wer sonst.

„Absolut gar nix, ich lieg tatsächlich gerade auf der faulen Haut. Und bei Dir?"

„Nichts, natürlich. Ich schlafe und arbeite, arbeite und schlafe und zwischendurch esse ich auch mal was." Das stimmte vermutlich tatsächlich. Suse und ich mochten uns unter anderem deshalb so sehr, weil wir beide notorische Diätabbrecherinnen waren.

Ich liebte Suse dafür, dass sie an ungefähr 300 Tagen im Jahr sagte, sie esse abends nichts mehr, weil das erwiesenermaßen die beste Methode zu Gewichtsverlust sei und mich dann gegen 21.42 Uhr vom Auto aus anrief, die Kiemen so voller Pommes und Burger, dass ich keinen Ton verstehen konnte. (Suse war übrigens auch genau die Person, der vor Lachen ein kompletter Latte Macchiato durch die Nase gekommen war, als ich ihr von meinen Erlebnissen beim Hypnotiseur erzählt hatte. Ich wollte mich gegen Schokolade hypnotisieren lassen, Hallo, wenn's beim Rauchen funktionierte, würde es ja wohl bei anderen Genussmitteln auch funktionieren? Leider war der Hypnotiseur total gestört. Dabei hatte er sich alle Mühe gegeben, mantraartig zu wiederholen "Schokolade ist ekelhaft und widerlich. Du willst keine Schokolade. Du ekelst Dich davor. Sie ist ekelhaft und widerlich. Du willst nur noch Hoooonig vom Imkerrrr!" (Ich musste innerlich die ganze Zeit so lachen, dass ich mir sehr sicher war, dass ich nicht in Hypnose war. Und ich hatte mir die ganze Stunde lang überlegt, wie viel die Imkerrrrgewerkschaft dem guten Mann wohl zahlte und ob er im Wartezimmer Honig vom Imkerrr vertickte) und mir allen Ernstes weismachen wollen, dass ich nur noch ein einziges Nahrungsmittel bräuchte für den Rest meines Lebens: Honig vom IMKER (mit gerolltem rrrr, ganz wichtig) half anscheinend gegen Depressionen, Armut, Rückenschmerzen, Keesefiiese (hatte Nils' Mutter immer gesagt. Keesefieese und Mitze. Das war ungefähr das einzige, was ich je irgendwie süß an ihr fand. Die totale Unfähigkeit, Umlaute auszusprechen), Elend auf der Welt, schlechte Fernsehserien, blöde Kollegen, dreckige Fensterscheiben... Oh, und Heißhunger natürlich! Honig vom Imker war die Allzweckwaffe schlechthin. Und bei mir und Suse war er auch noch gut für die Stimmung, weil ich mir ständig vorstellen musste, wie der Typ Honig vom IMKERRR gesagt hat, und wir beide dabei so lachen mussten, dass schlechte Laune keine Chance hatte. Also hatte ich kurzfristig einen neuen Plan: einen Imker heiraten. Fand aber keinen.)

„Wann triffst Du Dich denn mit Jakob?", wollte sie wissen und ich verdrehte die Augen Richtung Muppet und schnitt eine Grimasse.

„Gar nicht.", antwortete ich bemüht ruhig und klemmte mir das Handy zwischen Ohr und Schulter, um meinen Autoschlüssel aus Mielchens Mauls zu ziehen. „Hä? Spinnst Du? Warum nicht?"

„Weil ich gerade Gunnar abgeschossen hab und der reicht mir für ne Weile. Und außerdem bin ich eh noch nicht bereit für eine neue Beziehung. Ich hab irgendwo gelesen, dass man nach Ende einer Partnerschaft halb so lange braucht, um sie zu verdauen und aufzuarbeiten, wie sie gedauert hat."

„So nen Müll hab ich lang nicht mehr gehört," schnaubte Suse in mein Ohr, „das wären ja fast acht Jahre, bis da hin bist Du 40! Du triffst Dich jetzt mit dem!"

„Triff Dich doch selber mit ihm! Also ehrlich!"

„Quatsch, das Thema ist vorbei. Wir sind richtig gute Freunde, aber ich will nix mehr von ihm. Hopp, gib Dir nen Ruck!"

„Also gut, Du Nervensäge, gib mir mal seine Nummer." Sie diktierte mir die Handynummer des angeblich so wundervollen Traumprinzen (aus dem Kopf, sollte mir das zu denken geben?), während ich versuchte, einen Kugelschreiber zu finden, dessen Spitze nicht von Hundezähnen abgekaut war.

„Oh – und das Beste hab ich Dir noch gar nicht erzählt! Er hat den gleichen Nachnamen wie Du, Du brauchst Dich also gar nicht umzugewöhnen! Wenn das kein Schicksal ist, weiß ich auch nicht!!"

„Ähm, Suse...ich heiße Müller!"

„Ja, eben, er auch!" Sie klang so begeistert, als hätte sie eben ein Mittel gegen Krebs entdeckt.

„Darf ich Dich freundlichst darauf hinweisen, dass das nicht gerade der ungewöhnlichste Nachname der Welt ist?"

„Ach Du wieder!", grummelte sie und legte auf.

17

Wer es noch nicht bemerkt hatte: den Nachnamen Müller gab es tatsächlich ziemlich oft. Wie oft, war mir allerdings selbst irgendwie nicht so ganz bewusst gewesen. Bis zu einer kleinen Episode, die sich erst vor wenigen Tagen abgespielt hatte.

Ich hatte geschäftlich nach wieder einmal nach München müssen – eine angenehme Abwechslung zur ständigen Frankreich-Fahrerei – und dementsprechend in der Hauptstadt des Freistaats übernachtet. Nachdem mein Hotel beim letzten Mal sehr Seventies gewesen war mit grünen Fliesen an der Wand, hatte ich mich heuer (was für ein schrecklicher Ausdruck) in ein anderes Etablissement eingemietet, das ich bei einem meiner vorherigen Besuche entdeckt hatte und das im Vorbeigehen sehr nett aussah. Ich kam also an die Rezeption und sagte „Müller". Der Rezeptionist (Heißt das so? Sieht komisch aus, ist aber wahrscheinlich so) war ungelogen mindestens 80. Eher 100. Süßes altes Männchen mit schlohweißem Haar, 1,53 Meter groß und mit einer Stimme wie brüchiges Pergamentpapier, sagte: „Aaaah ja, Frau Miller. Da haben wir Sie."

„Nee, Müller."

„Jaja, passt schon!"

Er erklärte mir noch, dass ich im fünften Stock wohnte, der Aufzug aber nur bis zum vierten fuhr („Das Haus ist 118 Jahre alt!") und dass die Aufzugtüren nicht immer aufgingen und ich dachte „Wow, das ist echt ne Nobelherberge für 53 Euro!"

Ich war ehrlich positiv überrascht, in das Bad passte mein ganzes unteres Stockwerk zu Hause und ich ließ mich geschafft aufs Bett fallen, als plötzlich nach etwa zehn Minuten mein Zimmertelefon klingelte. Noch nie in meinem Leben hatte irgendwo auf der Welt im Hotel das Zimmertelefon geklingelt, ich fiel vor Schreck beinahe aus meinem Kingsize-Bett, in das ich mich gerade fröhlich hineingemuckelt hatte. „Frau Miller? Können Sie mal runterkommen? Herr Miller ist jetzt da!"

WER???? Ach Du lieber Himmel, Nils war zurückgekehrt! Bestimmt stand er mit einem Strauß roter Rosen an der Rezeption und machte mir unter Tränen einen „Nimm mich wieder zurück"-Antrag (Nachdem der ursprüngliche Heiratsantrag damals ein wenig in die Hose gegangen war. Erst wollte er mich beim Coldplay-Konzert fragen, während Chris Martin eine seiner berühmten Balladen schmetterte und alle Leute romantischerweise Handydisplays statt Feuerzeugen in die Luft reckten. Es war aber so laut, dass ich ihn nicht verstand. Dann wollte er mich in London auf dem Riesenrad fragen, hatte aber so Magen-Darm, dass er vor lauter Anstrengung, seinen Schließmuskel zusammenzupfetzen, kein Wort herausbekam. Beim dritten Versuch hatten wir gerade Pizza bestellt und er zog den Ring aus der Tasche seiner Jogginghose, aber immerhin sagte ich ja). „Ich komme!", schrie ich beinahe in den Hörer und versuchte gleichzeitig, mir Deo unter die Achseln zu schmieren, meine Haare zu kämmen und meine Lippen mit einem Hauch von Rosa zu überziehen. Ich wartete erst gar nicht auf den altertümlichen Paternoster, sondern galoppierte die Treppen hinunter wie Speedy Gonzales auf LSD.

Lange Rede, kurzer Sinn: Herr Miller hieß wirklich Herr Miller, war Engländer und hatte tatsächlich das Zimmer im Hotel Deutsches Theater gebucht.

Im Gegensatz zu mir, da ich nunmal MÜller hieß und zwar AUCH ein Zimmer im Hotel Deutsches Theater gebucht hatte, aber im ANDEREN HOTEL DEUTSCHES THEATER.

So.

Das lag Luftlinie 100 Meter vom ersten Hotel Deutsches Theater weg, hieß exakt genauso, hatte nur gar nix damit zu tun, war leider weit weniger schön und ins Badezimmer passte leider gar nix. War natürlich schon sehr sinnvoll, zwei Hotels in der derselben Stadt und im selben Viertel genau gleich zu nennen. Hielt offensichtlich jung.

Jedenfalls hatte ich jetzt wirklich Sehnsucht bekommen, mit einem Menschen zu sprechen, der ebenfalls Müller hieß und wählte klopfenden Herzens seine Nummer.

Und legte auf.

Und wählte noch mal.

Und legte auf.

Und wählte noch mal.

Und legte auf.

Und bekam eine halbseitige Tachiomyokardie (oder wie das nun wieder hieß, ich hatte bei Grey's Anatomy immer eindeutig mehr auf die ganzen heißen Ärzte geachtet, die alle hießen wie Burger, Mc Dreamy und Mc Sexy und so, als auf die medizinischen Fachbegriffe), als plötzlich mein Handy klingelte.

„Ja, äh, Müller, hallo!"

„Erstens weiß ich, wie Du heißt und zweitens solltest Du darauf achten, dass Deine Nummer nicht angezeigt wird, wenn Du jemanden telefonisch terrorisieren willst!", sagte eine vertraute Stimme und mein Herz führte einen kleinen Sambatanz in meinem Hals auf. Mist, Mist, Mist, hatte ich es tatsächlich lange genug klingeln lassen, dass es wirklich geklingelt hatte? Verdammt.

„Oh, Nils", erwiderte ich betont gelangweilt, „was gibt's?"

„Na bei mir nicht viel, aber Du hast schließlich auch mich angerufen. Ungefähr 36 Mal."

„Ach, ich wollte Dir nur erzählen, dass es den Hunden gut geht. Mielchen hat schon ne Weile nicht mehr ins Bett gepinkelt und...äh...schon ne Weile die Wand nicht mehr angenagt und...also...schon seit mindestens einer Woche keine Ohrenstöpsel mehr gefressen."

(Ich war ein großer Fan von Ohrenstöpseln, das musste ich doch immer wieder feststellen. Sie waren gleich aus drei Gründen praktisch: erstens, wenn man wie ich auf der Autobahn wohnte (ja, richtig gehört. Auf der Autobahn. Nicht an der Autobahn, sondern direkt darauf. Manche munkelten ja, unsere Gemeinde hätte eine Ortsumgehung, die musste aber, im wahrsten Sinne des Wortes, an mir vorübergegangen sein. Hier brummten stündlich noch immer so an die 20.000 Autos und LKWs vorbei), zweitens wenn man einen Nils jahrelang neben sich schlafen hatte, der Nacht für Nacht für die Abholzung des gesamten Regenwalds verantwortlich war und drittens, weil sie sich so gut verdauen ließen. Das wusste ich natürlich nicht aus eigener Erfahrung, ich steckte sie mir schließlich in die Ohren und nicht in den Rachen, aber mein kleines Souvlaki hatte die bunten Dinger einfach zum Fressen gern. Wenn ich nicht höllisch aufpasste, wanderten sie morgens aus meinem Gehörgang direkt in ihren Magen

– den sie dann (plastische Details erspare ich jedem lieber) unangetastet passierten und dank ihrer angenehm stromlinienförmigen Beschaffenheit auch die weiteren Bestandteile des caninen Verdauungstraktes ohne Form- oder Farbänderung überlebten. War immer wieder eine Freude, Mielchens Häufchen wegzumachen und zu sehen: „Aha, DA ist wieder einer." Passierte täglich. Mussten ja ungeheuer lecker sein, die Dinger.)

Er lachte. Oh Gott, wie hatte ich dieses Lachen vermisst!

„Und der Große, wie geht's dem?"

„Ach, bestens, kennst ihn ja. Der hat dem Teufel geholfen, aber er kann halt so schön unschuldig schauen."

„Geholfen? Bei was denn?"

„Na, das Mielchen ist ja der Spiderhund unter den Superhelden und ihr neuster Zaubertrick besteht darin, auf der Küchentheke herumzukraxeln. Leider stand ihr dabei heute ein Zwei-Kilo-Sack Trockenfutter im Weg."

„Konnte sie ja wirklich nichts dafür", unterbrach er mich und ich konnte das Grinsen in seiner Stimme hören.

„ Eben. Hab' ja ich da hingestellt und nicht sie. Und als sie versucht hat, ihn vorsichtig zur Seite zu schieben, ist er runtergefallen, der im wahrsten Sinne des Wortes Drecksack."

„Und wahrscheinlich ist er dabei aufgeplatzt und sie wollte Dir nur beim Aufräumen helfen und weil sie ja keine Hände hat, musste sie ungünstigerweise alles in ihren Magen stopfen?"

Ich liebte diesen Mann einfach. Er verstand mich. Hatte er schon immer getan.

„So sieht das aus. Mit freundlicher Unterstützung von Herrn Muppet, würde ich mal denken, da zwei Kilo Trockenfutter vielleicht eher weniger in einen Fünf-Kilo-Hund passen. Ich freu mich auch sehr auf den Ausscheidungsprozess, muss ich sagen. Und um alle Beweismittel zu vernichten, haben sie gleich mal noch die Tüte in handliche briefmarkengroße Stücke zerlegt und unauffällig im Haus verteilt. Du willst nicht zufällig zurückkommen in dieses Irrenhaus?"

„Ach Kate", er seufzte, „Du weißt dass das nicht geht. Ich vermisse die Hunde sehr und Dich natürlich auch, aber wenn ich jetzt zurückkomme, sind wir doch in spätestens einem halben Jahr wieder am gleichen Punkt. Und dann? Was hätte das für einen Sinn?"

„Aber an welchem Punkt denn?" erwiderte ich trotzig. Männer konnten so begriffsstutzig sein! „Ich war an gar keinem Punkt und Du konntest mir bis heute nicht erklären, was es für Dich für ein Punkt war!"

„Das bringt doch nichts, das jetzt schon wieder durchzukauen, oder? Ich war einfach nicht mehr glücklich und mir war alles zu viel, das hatte ich Dir doch schon gesagt. Und daran ändert sich momentan auch nichts. Ich muss jetzt schlafen, muss früh raus. Gute Nacht und drück die Hunde von mir."

Damit legte er auf. Er legte tatsächlich auf. So ein Stinkstiefel. Ich nahm schnell all meinen Mut zusammen und rief Jakob an, so lange mein Handy noch warm war.

18

Ich war unterwegs zu meinem Date mit Jakob. Na ja, ein richtiges Date war es vielleicht nicht, wir trafen uns schließlich nur zum Mittagessen, aber immerhin lernte ich mal jemanden kennen, der – zumindest nach Suses Maßstäben – normal und nett zu sein schien.

Wir trafen uns auf dem Parkplatz vor einem Restaurant im Wald, das den kreativen Namen „Restaurant im Wald" trug und ich war erstaunlicherweise weder nervös noch hatte ich irgendwelche Erwartungen. Ich hatte nur geduscht, nicht gebadet, trug Jeans und ein Blüschen und war einfach gespannt. Am Telefon hatte er sich echt freundlich angehört und Suse musste ihn vorgewarnt und ihm alle möglichen spannenden Dinge über mich erzählt haben, da er sich wirklich über meinen Anruf zu freuen schien.

Er hatte in seinem Auto auf mich gewartet, was ich irgendwie süß fand, und kam zu mir herübergeschlendert, um mich zu begrüßen.

Hübsch, dachte ich. Vielleicht etwas klein für meinen Geschmack und eigentlich auch zu dünn, aber mit einem offenen Gesicht und wunderschönen hellgrünen Augen.

Er streckte mir die Hand zur Begrüßung hin. Hm. Okay. Fand ich jetzt nicht schlimm, aber schon etwas seltsam. War Jakob etwa von der schüchternen Truppe?

„Hi. Ich bin Jakob."

Wow. Tolles Lächeln. Wie ein Sonnenaufgang. Und sensationell schöne Zähne.

„Kate. Schön dass es geklappt hat."

„Absolut. Gehen wir rein?" Mit dem Kopf wies er über seine Schulter auf den Landgasthof.

„Klar!"

Er steckte die Hände in die Taschen seiner Jeans, die für meinen Geschmack eine Nummer zu groß waren. Kein machohaftes „Hand auf den Rücken der Frau"-Gelege, was mir irgendwie ganz gelegen kam.

So, also, Mittagessen in einem netten und ambientereichen Restaurant im Wald mit herrlichem Ausblick in die Natur, leckerem Essen und sehr gepflegtem Parkettboden.

Und wenn ich sagte sehr, dann meinte ich sehr. ZU sehr, um genau zu sein. Frisch gebohnert oder gewachst, was wusste ich schon, jedenfalls hatte ich absichtlich mal keine Asics oder Timberlands an, sondern etwas Absatzartiges und dachte, damit wir beim Essen ordentlich was zu reden haben, gleite ich doch mal spektakulär aus und leg mich mitten in dem Laden dermaßen auf die Schnauze, dass es wohl nie wieder jemand vergessen wird.

Schon in dem Moment, als mein rechter Schuh sich wie von selbst auf dieser glänzend gewienerten Holzfläche selbstständig machte, wusste ich – das wird böse enden. Sehr böse. Ich ruderte noch mit den Armen, versuchte, mich an der Lehne eines Stuhls festzuhalten, aber ich hatte keine Chance. Ich schlug tatsächlich der Länge nach hin und das in einem Saal, der (wie ich von unten wunderbar feststellen konnte), hauptsächlich mit Senioren bestückt war. Wie hatten die es bitte lebendig auf ihre Plätze geschafft und ich, die ihre Enkelin hätte sein können, machte nen Köpper neben dem Stammtisch?

Nein, das war überhaupt nicht peinlich! Ich schämte mich auch gar nicht, eigentlich! Ich hoffte nur auf eine klitzekleine Naturkatastrophe, so ein winziges Blitzlein, das mir in den Scheitel einschlug zum Beispiel oder ein Erdbebchen, das einen Krater in den Boden zauberte, in dem ich dann für immer verschwinden konnte. Jo alla, dachte ich mir, immerhin hatten wir so etwas (vorausgesetzt er dachte jetzt nicht, dass ich komplett bescheuert war. Ich traute mich nicht zu fragen), das wir später mal unseren Enkeln erzählen konnten. „Also beim ersten Date von Oma und Opa hat es Oma abnormal auf die Fresse gehauen! DAS war vielleicht romantisch!" Na ja, so ne Geschichte hatte nicht jeder!

Ich musste ihm zu Gute halten: Er lachte nicht. Aber er half mir auch nicht hoch. Er wartete einfach geduldig, bis ich meine Gliedmaßen wieder sortiert hatte und dann setzten wir uns an einen Tisch.

„Also, was treibst Du so?", wollte er wissen., nachdem ich Schnitzel mit Pommes (Da konnte man ja hoffentlich nicht viel falsch machen. Und ich hatte extra nicht die Lende genommen, damit auch wirklich garantiert absolut kein Penis dranhing) und er seine Linsen mit Spätzle bestellt hatte.

„Wenn ich mich nicht gerade fremden Männern vor die Füße werfe, meinst Du?" Ich musste selbst grinsen und er grinste mit. 1000 Watt-Birne. Ding!

„Genau. Außer das ist Dein Hobby."

„Ähm. Nein. Ich verkaufe Hundefutter. Im Außendienst. Französische Firma."

„Oh. Klingt interessant."

„Ist aber schrecklich." Ich lächelte gequält.

„Oh!"

(Er sagte ziemlich oft oh, aber das fand ich irgendwie süß. Überhaupt war einfach der ganze Kerl ausgesprochen süß).

„Ja, ich bin eigentlich Journalistin, aber das war gar nicht so einfach, da was zu kriegen. Ich als Frau im gebärfähigen Alter und so."

Jakob sah etwas panisch drein.

„Was jetzt nicht heißt, dass ich unbedingt sofort Kinder haben wollen würde. Mir reichen meine Hunde momentan."

Erleichterung flutete seine Gesichtszüge.

„Oh, Du hast Hunde. Was denn für welche?"

Ich überlegte einen Moment. Sollte ich ihm wirklich von Mielchen, dem Terrorwischmopp erzählen, und alle Chancen, die nach meiner Rolle vorwärts eventuell noch bestehen könnten, auf einen Schlag zunichte machen?

Ach, Scheiß drauf. Keine Spielchen.

„Na ja, ich habe einen Rhodesian Ridgeback, das sind diese großen braunen Löwenhunde aus Afrika und dann haben wir noch ein undefinierbares Monster aus Griechenland adoptiert, die ziemlich viel anstellt.

„Oh", sagte er höflich. „was denn zum Beispiel?"

„Also – sie pinkelt einfach ziemlich viel. Sie pinkelt, wenn sie sich freut, sie pinkelt, wenn man mit ihr schimpft, weil sie vor Freude gepinkelt hat und sie pinkelt, weil sie pinkeln muss. Außerdem zerkaut sie gerne Schuhe und räumt die Bücher aus dem Regal, um sie zu Konfetti zu verarbeiten."

Er lächelte höflich und fragte sich wahrscheinlich, ob er sein inzwischen eingetroffenes Saitenwürstle (bei uns hieß das übrigens Wiener Würstchen, obwohl ich keine 80 Kilometer von ihm entfernt wohnte) am Stück runterschlucken sollte, um mir möglichst schnell wieder zu entkommen.

Verzweifelt redete ich weiter.

„Außerdem gibt es noch Milo, der wohnt bei meinen Eltern, obwohl es ursprünglich mal mein Hund war. Sehr freundlich und sehr, sehr dumm. Seine Seele ist so blütenweiß wie sein Fell schwarz ist und sein Gehirn ist kleiner als sein linkes Auge, womit er prozentual gesehen wahrscheinlich kurz nach dem gemeinen australischen Urzeitalligator kommt."

Jakob sah mich an und zog eine Augenbraue hoch. Das können auch nicht so viele Menschen, die Augenbrauen unabhängig voneinander bewegen. Ich war beeindruckt. Weil er aber so gar keinen Kommentar von sich gab, fühlte ich mich genötigt, einfach immer weiterzusprechen.

„Milo verbringt sein Leben damit, auf der Fensterbank zu sitzen, rauszuschauen und darüber nachzudenken, ob er wohl eine Katze ist. Er trinkt nicht aus Aluschalen, weil er dann sein eigenes Spiegelbild sieht und denkt, im Wasser schwimmt ein Monster, das ihn verschlingen will. Wienerchen liebt er – um sie durchs komplette Haus zu tragen, stundenlang, übers Bett, unter der Couch durch, natürlich auf die Fensterbank – und sie dann unterm Teppich zu vergraben und drei Minuten später vergessen zu haben, wo sie sind. Außerdem ist er der Raushäng-König, er lässt nämlich ne Menge raushängen. In erster Linie den coolen Macker, wenn er hinterm Zaun ist und auf der anderen Seite ein Rottweiler oder Dobermann, dabei hat er Todesängste vor meinem Mielchen und wenn eine der Katzen ihn auch nur schräg anschaut, rennt er unter den ein geparktes Auto und kommt erst wieder vor, wenn ich bäuchlings drunterkrieche und ihn rausziehe. Er lässt aber auch seine Zunge raushängen, wenn auch nicht freiwillig, weil ihm ungefähr alle Vorderzähne gezogen

99

wurden – natürlich kaut oder nagt er auch nicht, eine Katze macht so was nicht –, was leider so doof aussieht wie er ist. Und zu Guter letzt lässt er auch noch seinen Dödel raushängen und zwar den lieben langen Tag, weil das Ding irgendwie zu lang ist für den Tunnel in dem sie normalerweise verpackt sind."

Verdammt. Ich hatte mich in einen Gunnar verwandelt und redete die ganze Zeit nur über mich und meine Hunde. Mist, Mist, Mist, ich hasste Leute, die so waren!

„Äh, und Du so?"

Jakob legte sein Besteck zur Seite und sah mich mit diesen unglaublich grünen Augen an.

„Ich habe keinen Hund." Ein kleines Grinsen.

„Oh, ok!" Na toll, jetzt fing ich auch noch mit dem Oh-Zeug an. Ich sollte mich besser von irgendwelchen Serienkillern fernhalten, wenn ich vorhatte, die Charakterzüge all meiner Dates zu imitieren.

„Ich arbeite viel und in meiner Freizeit reite ich."

„Du reitest…ähm…auf Pferden?"

Er lachte laut.

„Auf was denn sonst? Schon mal ein Kamel gesehen hier im Süden von Deutschland?"

„Wow, aber das ist ja so was von spannend! Das will ich jetzt genauer wissen!"

„Erzähl ich Dir gerne mal, aber ich muss jetzt leider los. Spätschicht. Muss um 14 Uhr anfangen."

Er bezahlte exakt die Hälfte der Rechnung, verabschiedete sich mit Handschlag und brauste los.

19

„Suuuuse", heulte ich ins Telefon, während ich meinen Kopf rhythmisch auf das Lenkrad meines Dienstwagens schlug.

„Ach Du Scheiße, was ist passiert?" Sie klang alarmiert. Offenbar mochte sie Jakob wirklich.

„Ich hab's voll verbockt. Ehrlich. Volle Lotte", sagte ich selbstmitleidig und musterte mich im Innenspiegel. Wenigstens hatte ich gut ausgesehen bei meinem Untergang.

„Und warum genau?"

„Also, erstens hat es mich richtig auf den Arsch geschlagen. Ich bin so hingeflogen, das glaubst Du gar nicht." Ich musste den Hörer auf Armeslänge von mir weghalten, damit Suses dreckiges Gelächter mir nicht das Trommelfell zerfetzte.

„Und dann", ignorierte ich sie, „ hab' ich die ganze Zeit nur von mir geredet und er kam gar nicht zu Wort."

„Du lieber Himmel, aber hoffentlich nicht über den heiligen Nils?" Sie klang ehrlich geschockt.

„Natürlich nicht!" fauchte ich.

„Na wenigstens etwas. Über Deine psychotischen Köter dann vermutlich, oder?"

Ich fühlte mich ertappt.

„Also ich sag Dir jetzt mal was", Suse konnte so streng klingen wie mein ehemaliger Lateinlehrer, wenn ich mal wieder nichts für den Vokabeltest gelernt hatte, „wenn Du das verbockst, bin ich ECHT sauer mit Dir. Jakob ist ein Guter. Er hat ein eigenes Haus, er putzt und wäscht selbst, er hat einen tollen Job, er ist freundlich und lustig und er ist keiner von diesen Rumbumsern. Ich finde, er wäre viel besser für dich wie Dein oller Nils."

„Als", flüsterte ich kleinlaut.

„Hä?"

„Besser ALS mein oller Nils, nicht besser wie."

„Kate, das ist jetzt nicht Dein Ernst! Lenk jetzt gefällig nicht ab von Deinen echten Problem mit dieser Grammatiksch-"

„Es ist nämlich so", unterbrach ich sie stur, „ beides nimmt man für Vergleiche. Als und wie. Als benutzt man jedoch immer nur dann, wenn etwas größer oder kleiner oder besser oder schlechter oder netter oder blöder ist ALS etwas anderes. Nie, wenn es genauso groß, gut oder was auch immer ist. Ok? Wie dagegen nimmt man eben nur in genau dem anderen Fall: Wenn etwas genauso groß, gut, schön und so weiter ist WIE etwas anderes. Verstanden?"

„Kate, Du findest nie wieder einen Typen. Du schreckst sie alle ab mit Deinem komischen Gelaber, echt wahr, Mann."

Ich glaube sie war ernsthaft sauer.

„Ach Suse, nicht böse sein. Ich lieb doch eh niemanden so sehr wie Dich. Wie, nicht als. Und Du rufst ihn jetzt gefällig mal ganz unschuldig und nichtsahnend an und fragst ihn, wie es gelaufen ist. Bis später!"

Ich schaute den ganzen restlichen Tag auf mein Handy. Nichts. Weil ich eine unvoreingenommene Meinung brauchte, rief ich Elke an, eine andere Freundin, die glücklich verheiratet war und Sohn und Eigenheim besaß und die quasi täglich ihren Kopf über mein chaotisches Leben schüttelte. Ich erzählte ihr die ganze Geschichte und ihr Lachen war mindestens ebenso hysterisch wie das von Suse. Sie kriegte sich gar nicht wieder ein.

„Jetzt googelst Du ein Bild von einem Sturz, das schickst Du ihm und dann siehst Du ja, wie er reagiert!" Immerhin ein konstruktiver Tipp.

„Alles klar, das werd ich machen. Ach Elke…hast Du was von Nils gehört?" Ganz locker-flockig dahingesagt, als würde es mich gar nicht interessieren.

„Ja, der war am Sonntag zum Essen bei uns. Gut sieht er aus."

Na super. Hatte ich das hören wollen?

„Und, äh, war er…alleine da?"

„Nee."

„Wie, nee?" Ich bekam eine leichte Panikattacke und musste an Christiane und ihre Café/Kaffee-Schwäche denken.

„Na wir waren auch da." Ich konnte förmlich hören, wie sie grinste.

„Elke? Du bist mein Lieblingsarschloch.", sagte ich und legte befriedigt auf.

Ich fand tatsächlich ein Foto einer gestürzten Frau, das ich kommentarlos an Jakob schickte und weil ich gerade so guter Laune war, sandte ich gleich noch einen Flachwitz an Nils hinterher.

„Zu welchem Arzt geht Pinocchio? – Zum Holznasen-Ohren-Arzt."

Eine Minute später piepste mein Handy.

„Was hat ein Engel, wenn er auf einen Misthaufen fällt? – Kotflügel."

Ich lachte noch eine halbe Stunde später leise vor mich hin, als eine Nachricht des anderen Herrn Müller eintrudelte.

„Sah sehr spektakulär aus. Ich hoffe, Du hast Dir nicht wehgetan." Hm.

20

November

Der nächste Samstag hatte katastrophal begonnen. Es hatte geregnet. Als Ridgeback-Besitzer merkt man das nicht etwa daran, dass man aus dem Fenster schaut und Sonne sieht oder vor die Tür tritt ohne dass es einem auf den Kopf schifft – nein, man stellt es fest, indem man seinen Hund beobachtet. Einen Ridgeback bei Regen aus dem Haus zu bewegen ist etwa so realistisch wie eine friedliche Lösung des Ukraine-Konflikts innerhalb der nächsten 24 Stunden. Ich dachte manchmal, dass mein Hund vom Bobbes bis knapp hinterm Halsband aus Blase bestand, damit er Reserven für Schlechtwettertage hatte, wenn man es ihm wirklich nicht zumuten konnte, innerhalb von 15 Stunden das Haus zu verlassen. Das erklärte auch, warum es in Asien so wenig Ridgebacks gab. In der Monsunzeit würden sie alle platzen.

Die einzigen, die sich wahrscheinlich wirklich darüber freuten, waren meine Blumen. So kriegten sie wenigstens einmal im Jahr etwas zu trinken. Ich war nämlich ein großer Blumenfreund, aber leider auch ein großer Gieß-Schluri, so dass ich keinen Friedhof der Kuscheltiere, wohl aber einen Friedhof der traurigen Orchideen mein Eigen nennen konnte.

Dabei gab ich mir die größte Mühe, ab und zu topfte ich sie sogar mal um und düngte sie und so nen Quatsch, aber ich glaubte, gießen wäre doch einfach die sicherste Methode, sie am Leben zu erhalten. Ich musste auch zugeben, dass Nils' Kaktus nicht in Anwandlung heimatlicher Gefühle vom Afrikaner gefressen wurde, wie ich versucht hatte, ihm weiszumachen. Der Kaktus war verdurstet. Sorry. Ich kam eines Tages ins Gästezimmer und dachte, was robbt denn da auf dem Boden entlang? Das musste die größte und fetteste Raupe der Welt sein! Aber nein, es war nur der Kaktus, der sich eigenmächtig aus seinem Übertopf entfernt hatte und auf das Fenster zugekrochen war, in der Hoffnung vielleicht ein paar Regentropfen abzukriegen. Er musste dann aber aus Entkräftung aufgeben und lag jetzt im Garten begraben neben all den Orchideen und ehemals grünen-Ikea-Blattpflanzen. Da wurden sie jetzt grad ja nicht zu knapp gegossen. Und ich hatte noch immer die Hoffnung, dass ich eines Tages nach hinten käme und da wüchse ein ganzer Dschungel aus mannshohen Kakteen und drei Meter großen Orchideen. Dann müsste ich wenigstens die Nachbarn nicht mehr sehen.

Ich hatte den üblichen Morgenspaziergang mit den zwei Batschaken durchgeführt und natürlich war mir die Frau mit den Wolfshunden entgegengekommen, die Muppet so sehr hasste, dass er ohne zu zögern den Kanal durchschwommen hätte, um sie zu zerfleischen. Die Dame hatte stets eine variable Anzahl (zwischen zwei und vier) der anorektischen Zottelviecher dabei und ich musste neidlos (na ja, ok, ganz neidlos vielleicht nicht. Also gar nicht neidlos. Neidisch.) anerkennen, dass die Köter, die übrigens genau so riesig, dünn und missmutig waren wie ihre Besitzerin und die sie sich immer um die spindeldürre Taille gebunden hatte (also die Leinen, nicht die Hunde) anstandslos im Gleichtakt neben ihr hertrabten und sich nicht von meinem explodierenden Löwenhund irritieren ließen.

Während ich, das musste ich zugeben, alle Hände voll zu tun hatte, den Afrikaner zu bändigen, der seine ganzen 52 Kilo (damit wog er wahrscheinlich mehr als alle Wolfshunde plus Frauchen) voll ins Geschirr warf und dem schon der weiß-schaumige Geifer aus dem Maul flog. Natürlich unterstützte Mielchen ihren großen Bruder immer gerne dabei, die Schweinebacken zu dissen und machte ihn durch heiseres Gebell immer wieder darauf aufmerksam, dass man die Feinde töten müsse (bevorzugt, wenn er sich gerade wieder etwas beruhigt hatte und meine Absätze gerade keine metertiefen Furchen mehr in den Feldweg pflügten).

Ich war also genervt.

Ich hatte von keinem der Müller etwas gehört und zum guten Glück auch nicht von Gunnar, obwohl ich fast damit gerechnet hatte. Ein Mann wie Gunnar gab eigentlich nicht so leicht auf.

Plötzlich klingelte mein Handy. Es war – mein Chef. Jean Pierre. (Ich musste ja zugeben, ich war ein kleiner Betrüger. Ich wurde immer besser im Schreiben von E-Mails auf Französisch. Glaubte ich zumindest, ich verstand es ja nicht. Und das glaubte offensichtlich auch der Rest der Belegschaft, weil ich nämlich ganz schön oft ganz schön clevere Mails verfasste. Ich hatte nur noch nicht zugegeben, dass das gar nicht an meiner unfassbaren Intelligenz und beneidenswerten Fähigkeit lag, mich an fremde Sprachen zu adaptieren, sondern an einem hervorragenden Übersetzungsprogramm (glaubte ich), das meine deutschen E-Mails in halbwegs verständliches Französisch umzauberte (glaubte ich). Bis jetzt hatte sich jedenfalls noch keiner meiner Kunden beschwert, dass ihm ein Rasenmäher oder ein Damenbartrasierer geliefert wurde. Aber ein Spaß war es schon, weil dieses Programm einfach ALLES übersetzte. Unser Futter hieß nämlich zum Teil irgendwas mit Master, also Master Dog oder Master Senior und ich musste dann immer die maître suchen und aussortieren. Meinen Wohnort fand es auch schön und machte immer tranchée-nouveau village daraus (lieber Fahrer, viel Spaß beim Programmieren Deines Navis!). Jedenfalls dachten meine Kollegen anscheinend, dass ich auf wundersame Weise innerhalb von acht Wochen perfekt Französisch sprach und riefen jetzt sogar bei mir an! Aaaargghh, mauvaise idée! Freunde, ich war eine Mogelpackung! Ich konnte nix außer Essen bestellen (meist ohne zu wissen, was ich dann kriege. Wie bereits erwähnt) und eindeutig zweideutige Angebote machen wie wahrscheinlich jeder auf dem Planeten, der je den Song Lady Marmelade gehört hat – und sich, wie ich, gefragt hat, warum das Lied wohl so heißt!)

Ich verstand nur Bahnhof. Und Florida, weil das auf Französisch genau so klang wie im Deutschen nur mit e. Floride. Moment, hatte ich das eben richtig kapiert? Ich sollte nach FLORIDA?

Ich würgte einen Satz heraus, der ihm hoffentlich zu verstehen gab, dass ich alle Details noch einmal per Email haben wollte und führte einen kleinen Tanz auf. Florida! Juhu! (Hoffentlich hatte ich das nicht falsch verstanden und es sollte einfach ein neues Futter mit dem Namen Florida geben oder er hätte einen neuen Hund namens Florida).

46 Minuten lang drückte ich bei meinem E-Mail-Programm sekündlich auf die Aktualisieren-Taste, bis das Display vorne aufklappte und ein sehr wütender, sehr kleiner Hamster herauskam und die weiße Flagge

schwenkte. Nein, natürlich nicht. Es kam einfach endlich eine Mail von Jean-Pierre, die ich hastig kopierte und durch meinen Übersetzungsguru flitzen ließ.

Ich hatte tatsächlich alles richtig verstanden. Es fand eine Tagung zum Thema Heimtierbedarf in Miami statt und weil ich die einzige Mitarbeiterin war, die der englischen Sprache mächtig war (das stimmte sogar ausnahmsweise tatsächlich), sollte ich hinfliegen.

Die Tagung ging zwei Tage, Flug und Hotel übernähme er und wenn ich wollte, könne ich gern noch zwei, drei Tage Urlaub dranhängen. Auf eigene Kosten, war ja selbstredend.

Ob ich wollte? Ob ich wollte? Ich bekam einen völligen Ausraster, der alles in den Schatten stellte, was meine Hunde je zuvor von mir gesehen oder auch selbst veranstaltet hatten (und das war immerhin nicht von schlechten Eltern. Wer je Zeuge davon war, wenn ein Ridgeback seine fünf Minuten bekommt und mit auf die Erde gedrücktem Hinterteil und fliegenden Ohren herumdonnerte wie ein Hase, der intravenös 50 Liter Red Bull eingeflößt bekommen hatte, wusste wovon ich sprach).

Doch genau so schnell kam die Ernüchterung. Wohin mit den Biestern? Mitnehmen konnte ich sie ja schlecht, Mielchen hätte vermutlich unterwegs die Treibstoffleitung des Flugzeugs durchgekaut oder etwas ähnlich Drolliges. Meine Eltern würden sie niemals zu sich nehmen, dazu waren ihnen ihre Möbel, Wände, Kleidung, Autos, Dachziegel, Elektrogeräte und Zäune dann doch zu viel wert.

Blieb nur eine Option.

„Ja?“

„Hey, Nils, ich bin's. Ich hab eine Frage. Könntest Du doch wieder einziehen?"

„Kate...bist Du voll?"

„Natürlich nicht!", schnaubte ich entrüstet, „jetzt wart doch erstmal ab."

Ich holte tief Luft.

„Ich muss geschäftlich nach Florida. In vier Tagen und für fünf Tage. Kannst Du bei den Krambolen bleiben, damit sie nicht das ganze Haus zerlegen?"

„Hm. Lass mich kurz nachdenken."

Ich wartete. Was gab's da nachzudenken? Ob seine neue Ische in der Zeit was vorhatte oder was?

Gerade als ich ihm sagen wollte er solle es vergessen, murmelte Nils: „Ja, müsste gehen. Und Du bist dann nicht da, oder?"

Ich versuchte, nicht allzu verletzt zu sein.

„Äh, doch, eigentlich schon. Ich komme jeden Abend heim und übernachte hier und am nächsten Morgen flieg ich wieder hin. Sag mal, bist Du jetzt bescheuert oder was?"

„Hooo, ruhig, Brauner, ich wollte es ja nur wissen. Aber ist gut, ich mach das!"

„Danke!", sagte ich und legte so würdevoll wie möglich auf. Schade, dass man bei Handys den Hörer nicht auf die Gabel werfen kann, das hätte ich jetzt gebraucht.

Nachdem ich Suse angerufen hatte und viele liebevolle Beschimpfungen à la „Du Sau. Das darf ja nicht wahr sein. Ich hätte das viel mehr verdient als Du! Ich bin ja so neidisch!" über mich ergehen lassen musste, tippte ich eine SMS an Jakob, von dem ich seit dem verhängnisvollen Mittagessen zwei Tage zuvor so gut wie gar nichts gehört hatte: „Hey, wollte nur sagen, aus unserer heißen Liebesnacht am Sonntag wird nichts, außer Du willst mich nach Florida begleiten. Sonne, Strand und me(e/h)r, na wie wär's?" Und dazu natürlich das Emoticon, das zwinkert und zugleich die Zunge herausstreckt.

Ich wartete. Und wartete. Ich badete (mal wieder) und ließ mir danach von meiner persönlichen vierbeinigen Pediküristin die Zehenzwischenräumen trockenschlecken. Ich hatte nämlich praktischerweise eine ganze Armada an Bediensteten, die mich alle nichts kosteten außer einen Haufen Hundefutter und Billiarden an Nerven. Ich hatte einen Bettwärmer, was besonders bei winterlichen Temperaturen ein unschätzbarer Vorteil war (Nachteil: es war ein sehr schwerer Bettwärmer, der noch dazu dachte, es sei SEIN Bett und mich huldvoll duldete, wenn ich Glück hatte. Weiterer Nachteil: Ab und zu (so wie zwei Nächte zuvor) stellte die biologische Wärmflasche fest, dass sie vielleicht doch etwas zu viel Gras gefressen hatte und würgte das überschüssige Protein dann in einem handlichen Klumpen direkt auf die Bettdecke (immerhin war er so nett und stand wenigstens vorher auf, wär' ja auch ein Spaß wenn ich nachts mal meine Füße ausstrecken und in einem grießnockerlartigen Gebilde aus Seetang landen würde), was nicht nur schön aussah, sondern auch sehr lecker roch. Ich war mittlerweile eine ausgesprochene Expertin im Bettwäsche wechseln.) Aber damit nicht genug: Ich hatte eine eigene Podologin. Ich hatte ja bisher nicht gewusst, dass Griechen einen besonderen Fußfetisch hatten. Aber entweder rochen meine Füße so gut (oder so widerlich), dass ich kaum meine Socken ausziehen konnte und schon hatte ich so einen kleinen Knabberfisch zwischen meinen Zehen hängen. Ich wusste ja nicht, ob ich es lustig, eklig oder irgendwie peinlich finden sollte, aber dieser Hund fuhr so auf Füße ab, dass ich mittlerweile schon mit Schuhen ins Bett ging, um wenigstens mal ein paar Stunden meine Ruhe zu haben.

Ich lackierte so meine Fußnägel (nachdem ich meine Füße nochmals gewaschen hatte, versteht sich) und sah alle 23,5 Sekunden aufs Handy, nur für den Fall; dass ich eine eingehende Whats App überhört hatte.

Als ich den Punkt erreicht hatte, an dem es mir schon fast egal war, ob Jakob sich meldete oder nicht, verkündete ein tutender Zug eine eingehende Nachricht.

„Ist ja toll, viel Spaß und komm heil wieder."

Oh Mann.

21

Alter Verwalter, ich saß tatsächlich im Flugzeug gen Westen. Und zwar nicht in irgendeinem, sondern in einem Airbus 380. Nun war ich zwar kein Mann und auch kein ausgesprochener Technikfreak (wobei ich beim Anblick meines Geschäftswagens tatsächlich einen kleinen Herzorgasmus bekommen hatte, das war nämlich ein Audi und ich liebte Audis. Und mich glücklich zu machen, bedurfte es nicht eines Rings am Finger, sondern vier Ringen am Kühlergrill), aber das war schon irgendwie was Besonderes.

Ich, die notorische Zuspätkommerin vom Dienst (man munkelte, dass sich im Duden neben dem Wort „Verspätung" ein Bild meiner Visage befand), hatte es tatsächlich rechtzeitig geschafft. Ich hatte Nils den Hausschlüssel mit absolut coolem Pokerface übergeben (Er sah echt gut aus. Hatte er früher schon so gut ausgesehen oder lag das an der Kate-Abstinenz? Verdammt.) und mir gar nicht anmerken lassen, wie sehr es mich erschütterte, in wieder in unserem einst gemeinsamen Heim stehen zu sehen und vor allem nicht darüber, wie die Hunde komplett ausrasteten, ihn zu sehen, die Verräter.

Mielchen konnte natürlich vor lauter Begeisterung das Wasser (warum eigentlich „Wasser"? Schön wär's! Dann könnte ich direkt mit dem Schrubber hinterher und schwupp wär' die Wohnung sauber) nicht mehr halten und pinkelte auf den Esszimmertisch (wieso sie sich dort überhaupt befand – keine Ahnung) und als er sie schimpfte (Ich tat so, als hätte ich es gar nicht bemerkt. Ich musste ja die nächsten fünf Tage nicht von diesem Tisch essen), schämte sie sich so, dass sie auch noch unter den Tisch pinkelte. Einen besseren Abschied, als meinen Ex mit zwei großen, dampfenden Lachen Hundepipi zurückzulassen, während ich quasi in den Urlaub flog, hätte ich mit selbst in meinen kühnsten Träumen nicht ausmalen können.

Weiter ging es, ausgesprochen positiv, damit, dass ich erstaunlicherweise sofort einen Parkplatz gefunden hatte – und das nicht, ohne vorher auch noch jede Menge Spaß gehabt zu haben. Die Erbauer des Parkhauses am Frankfurter Flughafen mussten Audi-Besitzer gewesen sein. Anders konnte ich mir nicht erklären, dass man ohne die geringste Lenkbewegung von der Einfahrt bis in den neunten Stock durchsausen konnte, was für ein Heidenspaß! Eine Lenkposition, Vollgas und gut war. Da hatten sich dann doch wieder die männlichen Hormone durchgesetzt. Ich hatte also beschlossen, dass ich noch viel öfter fliegen musste. Nicht etwa, weil fremde Länder so toll wären, papperlapapp. Nur damit ich mein Auto öfter in dem Parkhaus abstellen konnte. Adrenalin war schließlich die schönste und kostenloseste Droge überhaupt!

Der Check-In hatte einigermaßen reibungslos funktioniert und ich hatte einen Fensterplatz ergattert, es regnete (Was mich heimlich ein klein wenig freute, weil ich ja wusste, dass der Rhodesische sich nur unter Androhung massivsten Essensentzugs dazu bringen lassen würde, das Haus zu verlassen) und ich hatte bereits meine Schuhe ausgezogen (ohne sofort einen Wuschelhund zwischen den Zehen hängen zu haben – herrlich), ich musste im Paradies sein.

Neben mir saß kein fetter, nach Schweiß stinkender Bär, sondern ein eher kleines und gepflegtes blondes

Männchen und ich hatte endlich, endlich mal wieder Zeit für mein Wikingerbuch.

Ich liebte Wikingerbücher. Riesige, muskelbepackte, halbnackte Männer mit Fellschurzen um ihre Sixpacks, die die Ehre ihrer liebreizenden Frauen verteidigten und lieber starben, als ihren Prinzipien untreu zu werden – wo gabs denn heute noch so was? (In meiner Vorstellung waren es natürlich schweißglänzende Muskelpakete, die 35 Feinde abmetzelten und kämpften und eroberten und verführten und trotzdem nach Nivea-Deo und dem Matrosen von Jean-Paul Gaultier riechen. Und danach schön ordentlich mit Head and Shoulders-Shampoo duschten. Und selbstverständlich alle perlweiße Beißerchen hatten, weil sie immer schön putzten und Zahnseide benutzten. Irgendwann zwischen dem Schwerter wetzen und Knochen kochen und Städte unterjochen und all dem anderen maskulinen Wikingerkram).

Ich stand generell auf historische Romane und träumte mich gerne ins Mittelalter, aber mit funktionierender Heizung und Toilettenspülung und Waschmaschine. Plumpsklos im Schlossflur kamen in meinen Fantasien irgendwie nicht vor. Und ich war irgendwie auch nie die Dienerin mit verrotteten Zähnen und verkrümmtem Rückgrat (aber, zu meiner Verteidigung, auch nie die hilflose kleine Jungfer, die mit 12 heiraten und mit 16 schon vierfache Mutter sein musste und nicht lesen lernen durfte), sondern eher so eine Art Jeanne d'Arc, die auf einem wunderschönen schwarzen Hengst furchtlos in die Schlacht zog, mit einem Streich siebzehn Mongolen (oder was auch immer damals den Frieden in Deutschland bedrohte) enthauptete und nachts den Oberkommandant der Streitkräfte vernaschte.

Oder so.

Jedenfalls war ich über den Wolken ganz in meiner Wikingerwelt versunken, als ich plötzlich ein leises, glockenhelles und furchtbar niedliches Kichern neben mir vernahm.

Es hätte nicht viel gefehlt und ich hätte laut aufgelacht.

Eine Sekunde später kicherte es schon wieder.

Ich konnte nicht anders, ich musste hinsehen. Mein Sitznachbar hatte sich das kleine Airline-Kissen vor den Mund gedrückt und lachte so heftig, dass seine Schultern bebten. Er bemerkte gar nicht, dass ich ihn fasziniert anstarrte, er lachte einfach. Und lachte. Und lachte.

In solchen Situationen war bei mir Hopfen und Malz verloren. Ich musste einfach mitlachen. Erst versuchte ich noch, es unauffällig zu machen, indem ich aus dem Fenster sah und mir die Hand vors Gesicht hielt, aber dann kam von seiner Seite ein hysterischer hoher kleiner Kiekser und ich war verloren. Ich sah ihn an und lachte aus vollem Hals.

Fünf Minuten später hatten wir beide uns so weit beruhigt, dass ich wieder Atem holen konnte, während er sich Tränen aus den Augenwinkeln wischte und immer wieder sagte „Meine Güte, meine Güte".

„Ähm", wandte ich mich an ihn, „mein Name ist Kate und es ist nett, Sie kennenzulernen. Worüber lachen wir?"

„Ich…ich weiß nich, ob ich's sagen kann…", stammelte er und ich sah ihm an, dass er schon wieder kurz vor dem nächsten Heiterkeitsausbruch stand.

„Also, es is ein gans sön slechter Witz. Bereit?"

Meine Güte, war der putzig. Der Akzent!

„Jap, bereit."

„Was wächst in der Er...er...er...de und stiiiinkt?"

(Er sagte st-inkt. Nicht schtinkt, wie wir Deutschen. Sondern st und dann inkt. Eindeutig ein Skandinavier. Außerdem konnte er sich kaum noch beherrschen, die letzte Silbe von Stinkt ging in einem gigantischen Giggeln unter.)

„Äh, keine Ahnung?" Mit meiner Selbstbeherrschung war es auch schon wieder so gut wie vorbei.

„Ei-ei-eine...", er lachte schon wieder so heftig, dass er um ein Haar den winzigen Plastikbecher mit Tomatensaft auf seinem Tablett umgestoßen hätte, „eine Furzel!"

Es gab für uns beide kein Halten mehr. Wir lachten so sehr, dass ich Angst hatte, jeden Moment könne die Stewardess angerannt kommen wie in der fünften Klasse Frau Helle im Deutschunterricht und uns auseinandersetzen, weil wir den allgemeinen Frieden störten, wir Unruhestifter.

Mein Bauch tat so weh, dass ich zu der Vermutung kam, unter den schokoladös bedingten Fettschichten könnten sich tatsächlich doch irgendwo Bauchmuskeln verbergen. Mein Make-Up war sicherlich ruiniert (das musste ich jetzt sagen, weil es sich so wunderbar feminin anhört. In Wirklichkeit war ich gar nicht geschminkt, weil ich den Sinn einer vollen Kriegsbemalung auf Langstreckenflügen sowieso noch nie verstanden hatte), weil mir das Salzwasser die Wangen hinunterfloss. So hatte ich nicht mehr gelacht seit jener „Ach übrigens"-Ankündigung und es tat wahnsinnig gut.

Begleitet von gelegentlichen kleinen „Hach"-Seufzern regten wir uns allmählich wieder ab, da sagte mein neuer Freund:

„Ich bin übrigens Ragnar."

„Kein Scheiß!" Ich starrte ihn an, vermutlich mit Augen so groß wie Untertassen.

„Kein Seiss", erwiderte er höflich.

„Du glaubst es mir nie, aber genau so heißt der Held in meinem Buch! Hier!" Ich zeigte es ihm und betrachtete ihn zum ersten Mal genau. Wie ein Wikinger sah er nun wirklich nicht aus. Ok, er hatte blondes, wenn auch etwas schütteres Haar und blaue Augen, aber er war, wenn überhaupt, kaum größer als ich und soweit ich das unter seinem blaukarierten Hemd beurteilen konnte, hatte er ganz sicher kein Sixpack und auch keinen Fellschurz.

Dafür waren seine Augen von einem Kranz höchst sympathischer Lachfältchen umrahmt und er hatte die längsten Wimpern, die ich je an einem Mann gesehen hatte, wenn auch in blond.

Wir unterhielten uns den ganzen Flug, der dann auch in der Tat – nomen est schließlich omen – wie im Flug verging. Ragnar war Däne und trug diesen „Seissnamen" (Seine Worte, nicht meine) nur, weil sein Vater ebenfalls ein großer Wikingerfan gewesen war. Er war Anfang 50 und arbeitete für eine italienische Bekleidungsfirma in Berlin (ganz schön multikulti, der Gute), in deren Auftrag er jetzt nach Miami flog.

Ragnar war einfach nur richtig, richtig nett. Ich merkte, wie ich mich von Meile zu Meile mehr entspannte, wir plauderten wie alte Bekannte und plötzlich erzählte ich ihm die ganze Geschichte von Nils. Von Anfang an. Wirklich vom süßen Anfang, als ich 16 gewesen war und er 19, bis zum bitteren Ende. Ich schaffte es, nicht zu heulen und nicht in Selbstmitleid zu versinken und er schaffte es, keine blöden Platitüden wie „Das saffst Du son" oder „Es geht immer irgendwie weiter!" von sich zu geben, er hörte einfach nur zu. Und ganz am Ende, als ich dann doch echt traurig wurde, weil ich an unsere vielen guten Momente dachte und an alles, was wir bisher erlebt und miteinander durchgestanden hatten, hob Ragnar eine überraschend große (für einen doch eher kleinen Mann) und überraschend schwielige Hand (für einen Bürohengst) und strich mir damit ganz zart über die Wange.

„Das ist ein Gesicht gemacht zum Lachen. Nicht zum traurig sein. Wir sauen jetzt mal, dass das Lachen wieder kommt."

Oh Seisse. Ich war verliebt.

22

Natürlich gab ich ihm meine Handynummer, auch wenn ich mir ziemlich sicher war, dass er mich nicht anrufen würde. Was einerseits enttäuschend wäre, andererseits hatte unsere Beziehung aber ein angenehmes, erwartungsloses Equilibrium erreicht und ich hatte nichts dagegen, es dabei zu belassen.

Am Gepäckband verabschiedete er sich mit Küsschen rechts und links von mir und ich fand es irgendwie toll, dass er mir nicht anbot, mich mit seinem Taxi mitzunehmen oder etwas ähnlich Schwülstiges.

Heute musste eindeutig mein Glückstag sein. Mein Koffer kam (und nicht mal als letzter), er sah halbwegs unbeschädigt aus und vor allem – der Reißverschluss war zu (im Gegensatz zu damals, als ich nach England ausgewandert war und ich warten musste, bis meine komplette Unterwäsche, die zu diesem Zeitpunkt noch aus Snoopy-Schlüpfern vom H&M bestanden hatte, auf dem Band auf mich zugefahren kam. Kaum peinlich.)

Als ich ins Freie trat, schien die Sonne und es war herrlich warm.

Ganz ehrlich, mir fiel nur eins ein: I'm in Miami, bitch. Natürlich wollte ich keinen beschimpfen, das war nur der Titel eines der überraschend vielen Lieder, die es über Miami gab und keines passte in jenem Moment besser als dieses (Obwohl ich tatsächlich vorhatte, die Zeile „dancing in the city where the heat is on, all night in the club till the break of dawn" aus Will Smith's altem Gassenhauer in die Tat umzusetzen.

Einziger Wermutstropfen (was sich übrigens von dem komischen Kraut ableitet. Das offenbar so bitter ist, dass es einem selbst eine schöne Sache ordentlich vermiesen kann. Also Wermut, nicht Wehmut, auch wenn mich diese gerade zu packen drohte. Wieso war ich nicht mit Nils hier?) war, dass ich niemanden dabei hatte, mit dem ich die sicherlich folgenden Erlebnisse teilen konnte. Ich war allein, allein.

(Wer mich kannte, wusste – ich konnte nicht gut alleine sein. Ja, ich hasste es sogar. Was andere ab und zu brauchten – Zeit für sich, ohne Gesellschaft oder Entertainment – war für mich der pure Horror.

Ich langweilte mich sehr schnell, besonders in meiner eigenen Gegenwart, da ich nun mal einfach kein besonders unterhaltsamer Mensch war. Ich liebte es, Besuch zu haben, Hauptsache ich hatte jemanden zum Vollquatschen. Deshalb war ich zu Hause auch so dankbar über die Gegenwart der Köter und der Henriette. Henriette lebte seit einigen Wochen in meinem Badezimmer und wir beide hatten eine sehr gut funktionierende, symbiotische Love-Hate-Beziehung. Sie fing Fliegen, ich ließ sie am Leben. Henriette war nämlich eine Spinne und zwar kein kleiner, süßer Weberknecht, sondern ein richtiger Oschi mit nem fetten Bauch und stämmigen Beinen. Ich redete auch beim Duschen und so mit Henriette, aber ich vermutete, dass sie taubstumm war, weil sie mein Gesinge ohne Gemurre über sich ergehen ließ und auch nie antwortete. Was ich weniger schick fand, war, dass Henriette jetzt anscheinend ihrer Verwandtschaft erzählt hatte (vermutlich in Gebärdensprache, Hände oder Beine oder was auch immer hatte sie ja genug) wie arachnenfreundlich dieser Haushalt war. Nun war nämlich ihr Cousin Enrique bei mir eingezogen, der direkt vom Amazonas gekommen sein musste (der Depp. Ich an seiner Stelle wäre da geblieben, wo das

Wetter gut ist!) und jetzt im Flur wohnte. Er redete zwar nicht Spanisch mit mir (er redete nämlich ebenfalls gar nicht), aber so riesige Exemplare hatte ich in unseren nördlichen Breitengraden noch nie gesehen. Der war halt so groß wie meine Hand! Und ich hatte echt riesige Hände für ne Frau, Handschuhgröße 8,5. Was da als Nächstes folgen sollte, wusste ich ehrlich gesagt auch nicht, die nächste Steigerungsstufe wäre wohl Spiderman höchstpersönlich. Ich müsste wohl nach meiner Heimkehr mal ein ernstes Wörtchen mit Henriette reden! Falls Nils sich des achtbeinigen Problems nicht schon längst angenommen hatte.)

Aber gut, ich war ja schon groß. Und es könnte definitiv schlimmer sein als bei 28 Grad im weißen Sand unter einem wolkenlosen Himmel zu liegen und nur 20 Meter laufen zu müssen, um die Füßchen ins türkise Nass zu hängen. Zumindest hatte ich das vor, nach dem Seminar.

Mein Hotel war klein, aber fein und befand sich in South Beach, dem Stadtteil der Schönen und Reichen und der ganz schön Reichen und wenn ich mich weit (ok, SEHR weit) aus dem Fenster hängte, konnte ich sogar einen winzigen Zipfel des Atlantiks schimmern sehen. Ich checkte ein, putzte meine Zähne (Ich hatte einen kleinen Schaden, was Zähne betraf. Ich konnte nicht das Haus verlassen, ohne vorher meine Zähne zu putzen. Dafür konnte ich sehr gut das Haus verlassen ohne mich zu schminken. Im Gegensatz zu einer ehemaligen Bekannten, die immer eine halbe Stund vor ihrem Lover aufstand, damit er sie nur ja nie ohne Schminke zu sehen bekam. War wahrscheinlich auch besser so.) und fiel halbtot ins Bett, wo ich sofort in einen tiefen, traumlosen und nicht durch irgendwelche Vierbeiner unterbrochenen Schlaf sank.

Auf meiner linken Seite, vornehmlich. Diese war etwas zu kurz gekommen in den Wochen seit Nils' Auszug, da Muppet grundsätzlich von links an meinen Kniekehlen klebte und es dann in etwa so einfach war sich nachts umzudrehen als trüge man ein Gipskorsett.

Nach einer ausgiebigen Dusche am nächsten Morgen war ich bereit für die spannende Tagung zum Thema „Zusatzstoffe in Futtermitteln für Hunde".

Die entpuppte sich, gelinde ausgedrückt, als perfektes Schlafmittel. Nun war ich ja von Haus aus nicht die geborene Verkäuferin und hatte den Job auch nur angenommen, um meinem schrecklichen Ex-Chef und meiner noch schrecklicheren neuen Kollegin Lebewohl sagen und trotzdem den Kredit für mein Haus abzahlen zu können, aber ich hatte trotzdem eigentlich erwartet, dass mir der Verkauf von Hundefutter mehr Spaß machen würde. Ich liebte Hunde und ich machte mir schon auch Gedanken um die richtige Fütterung. Ich war beileibe keine Expertin in Erziehungsfragen, da war ich mir natürlich darüber im Klaren, aber ich hätte schon gedacht, dass es mir mehr Freude bereiten würde, mit anderen Hundebesitzern und Liebhabern über ihre Quantenquaddler zu sprechen und sie zu beraten. Tat es aber nicht. Genau so wenig, wie in einem stark klimatisierten Saal zu sitzen und über die Vitaminisierung von Trocken- und Nassfutter und die Vor- und Nachteile des Barfens zu diskutieren. Ich sah ungefähr alle 12 Sekunden auf die Uhr und fühlte mich wie früher im Chemieunterricht, in dem meine erste Mission gewesen war, die Zahlen 1 bis 45 auf ein Blatt

Papier zu schreiben, um sie dann minütlich durchzustreichen. Ich langweilte mich so sehr.

Bis mein Handy vibrierte. Ich versuchte, es ganz vorsichtig unter den Tisch zu manövrieren, um die Nachricht lesen zu können, ohne dass mich jemand dabei ertappte. Unbekannte Nummer.

„Ich bin völlig gerührt, sagte der Teig", stand da und ich musste meine komplette Selbstbeherrschung aufbringen, um nicht laut loszulachen.

„So, Kate", dachte ich, „streng Dich an."

Eigentlich war ich ja echt ein überaus schlagfertiger Mensch und mir fielen normalerweise ziemlich witzige Erwiderungen ein, aber in just diesem Moment war mein Schädel wie leergefegt.

Ich ließ den Blick durch den sterilen, weißgetünchten Raum wandern und überlegte gerade, ob ich etwas Lustiges über die bleiche rothaarige Frau mit dem Topfschnitt und der unvorteilhaften beigen Tunika schreiben sollte, die sie wie einen riesigen Teigklumpen wirken ließ, was durch ihr pfannkuchenoskes Gesicht noch betont wurde, da blieben meine Augen an der riesigen Obstschale hängen, die mitten auf dem Tisch thronte.

Ich musste grinsen.

„Was ist orange und geht über den Berg? Eine Wandarine"

Keine drei Minuten später brummte mein Telefon wieder.

„Fragt der eine Pickel den anderen: Wo ist Deine Freundin? Sagt der andere: Abgekratzt."

23

Wir hatten uns tatsächlich für den Abend verabredet. Ich beschloss, nicht nervös zu sein und die Stunden bis zu unserem Essen mit ein wenig Bräunung am Strand zu verbringen, also schlüpfte ich in einen Bikini und packte ein Handtuch, Sonnencreme und Ragnar (den Schwerterschwinger) ein und wackelte zum Beach.

Ich war noch keine 24 Stunden hier und was sollte ich sagen: Ich liebte Miami schon jetzt. Nicht nur wegen der Palmen und des Meers und der Temperaturen, ich war ja nicht oberflächlich! Nein, wegen der Menschen! Ich hatte selten so viele schöne Menschen mit perfekten, braungebrannten Körpern in knapper Badebekleidung gesehen wie hier – und ebenso selten viele dicke Fattys in ebenso knapper Badebekleidung! Ich fand sie alle herrlich, die einen zum Anschauen, die anderen zum nebendran legen. Wichtig war hierbei nur, dass ich nicht aus Versehen die Kategorien vertauschte, könnte unangenehm werden. Jedenfalls fasste ich mal wieder einen neuen Vorsatz: Ich brauchte einen neonorangefarbenen Bikini. Sah gut aus, intensivierte die Bräune (die bei mir natürlich nicht vorhanden war, aber dank südländischer Gene spätestens nach zwei Stunden auftauchen würde. Mein Bruder, der übrigens vier Jahre jünger war als ich und die beide Assen bei der Geburt erhalten hatte (das Gesicht vom Vater und die Figur von der Mutter), während ich mit den Arschkarten vorlieb nehmen musste (das Gesicht von der Mutter und die Figur vom Vater. Was böser klang als ich es meinte. An ihr sah ihr Gesicht ja toll aus, nur an mir irgendwie nicht.), war sogar ein so dunkler Typ mit nahezu schwarzen Haaren und Augen, dass er im Sommer gerne mal auf Türkisch angesprochen wurde) und wirkte irgendwie schlankifizierend. Jedenfalls sahen selbst die dicken Frauen in Neonorange nur noch halbdick aus. Ragnar blieb in der Tasche, ich hatte viel zu viel damit zu tun, die Menschen um mich herum zu beobachten. Ich war sogar peinlich genug, ein Selfie von mir mit einem der pastellfarben gestreiften Beachhäuschen zu schießen und es bei Facebook zu posten. Und ich konnte mich dank ungeheuerer Selbstbeherrschung grade noch davon abhalten, irgendeinen Hashtag dazu zu schreiben wie #beachlife#sonne#daslebenistwundervoll.

(Eigentlich war der Hashtag, der mein Leben nämlich am treffendsten beschrieb #ichhassehashtags. Täglich, wirklich täglich, dachte ich: Leute, was war nur mit euch los? Wann wurde aus einer simplen Rautetaste, die sich irgendwie schon immer auf den Tastentelefonen dieser Welt befand und deren Funktion ich noch nie begriffen hatte, ein Hashtag? Und, noch schlimmer, warum fühlte die komplette Welt sich bemüßigt, ihr komplettes Leben zu hashtagisieren? Ich hatte schon kapiert, dass es irgendwas mit Instagram zu tun hat, aber ich bitte euch! #Mussdassein? Ab und zu verstand ich das ja (nee, ok, ich verstand es eigentlich einfach überhaupt gar nie), aber jeden Tag und zu jedem Post auf Facebook? Erstens fand ich es schwerer zu lesen als normale Sätze, zweitens wurden noch mehr langweilige und unwichtige Informationen so auf Facebook verbreitet (#backfromthedoctor#Streptokokken #manchmalistdaslebeneinfachscheisse) und drittens nervte es mich ungefähr so sehr wie diese eine, bewusste Facebook"freundin", die wirklich jeden einzelnen Ort markieren musste, an dem sie sich gerade befand. Was immer von etwa drei anderen Personen geliked wurde, weil es den Rest einfach schlicht und ergreifend nicht interessierte. Ich hatte sie nur noch nicht entfreundet (virtuell, versteht sich. Im wahren Leben waren wir entfreundet. Aber wie.), weil ich mich auf den Tag freute, an dem sie aus Versehen mal was Interessantes postete. Nen Besuch beim Schönheitschirurgen, zum Beispiel).

Wobei ich zugeben musste, dass ich den Hashtag heute auch schon benutzt hatte. Am Hotelsafe, da musste man ihn zur Bestätigung des Codes eingeben. Oder war das dann vielleicht doch die Rautetaste?

Auf alle Fälle konnte ich schon nach etwa einer halben Stunde (sehr viel mehr Zeit hatte ich auch nicht mehr, ich musste mich für mein Date mit Ragnar, dem Kleidermenschen fertigmachen und natürlich meine Zähne putzen) etwas Faszinierendes feststellen: Ich war nicht zu dick, ich war nur zu weiß.

Kein Witz. Eines der Dinge, an die man sich in den USA echt gewöhnen könnte war die Tatsache, dass Afroamerikanerinnen hier zu 99% sowohl eine ausgeprägte Leibesfülle als auch ein ausgeprägtes Selbstbewusstsein hatten.

Während ich mir täglich überlegte, wie ich meine Schwarten in möglichst vorteilhaften Hosen und weich fallenden Tops verpackte (ok, an dieser Stelle war es vielleicht einmal Zeit etwas klarzustellen. Ich war nicht dünn. Ich hatte kein 34er-Ärschlein und ich würde nie eines haben, dazu hatte ich einen viel zu starken (besagten väterlichen) Knochenbau. Aber ich war nun auch nicht fett. Ehrlich nicht. Kleidergröße 40, genau genommen, mit ziemlich sensationellen Möpsen, das durfte ich mit Fug und Recht behaupten, denn ich hatte

schon viele andere gesehen und auch wenn ich kein bisschen voyeuristisch veranlagt war, so verglich man ja doch irgendwie), zogen die Leo-Leggings und bauchfreie Tops an. Wem's nicht gefiel, der konnte ja wegschauen. Künstliche Wimpern am Strand, roter Lippenstift, los geht's! (Wobei ich, wirklich komplett ohne irgendwelche rassistischen Hintergedanken, nicht verstand, wieso man sich freiwillig in die pralle Sonne legte, wenn man eh schon dunkelhäutig war? Ich meinte, Europäer machen das ja wohl nur aus dem Grund, braun zu werden. Aber wenn ich schon braun wäre, würde ich mich doch lieber in den Schatten legen? Genauso verhielt es sich mit Tattoos, die man kaum sah. Ehrlich, ich meinte es kein bisschen gemein, aber das war doch rausgeschmissenes Geld?) Ich würde jetzt also alles versuchen, einfach dunkler zu werden und dabei hoffentlich auch gleich das nötige Selbstbewusstsein aufzusaugen. Wobei man mich mit großer Wahrscheinlichkeit trotzdem nicht in Leo-Leggings zu sehen bekommen würde. Aber wer wusste das schon...
Ich kehrte ins Hotel zurück, duschte, bewunderte die Bikini-Abdrücke auf meiner schon nicht mehr ganz so blassen Haut, schlüpfte in Jeans und ein leichtes Top in lila (Dazu zwei Anmerkungen: Erstens: Ich war eine Lila-Tante. Ich liebte Dinge, die lila waren. Ich hatte lila Schuhe, Uhren, Schals, Pullover, T-Shirts, Tops, Mützen, Handschuhe, Mascara, Eyeliner und Lidschatten und obwohl man dazu eine gefestigte Persönlichkeit haben musste, stand ich dazu. Lila war wunderbar. Hajo, ich wusste auch, was man über Lila an sich sagte: Farbe der sexuell frustrierten Frauen, bla di bla. Genau. Grün war die Farbe der Hoffnung. Dachte sich das Gras, bevor es von der Kuh gefressen wurde

und durch sämtliche 95 Mägen wanderte, bevor es als brauner Flatscher auf seinen Kollegen landete. Und rot die Farbe der Leidenschaft, deshalb wurden auch alle immer so leidenschaftlich, wenn sie vor einer roten Ampel warten müssen. So ein Quatsch! Ich würde auch weiterhin eine leidenschaftliche und hoffnungsvolle Anhängerin dieser gute-Laune-machenden und den Teint so herrlich zum Leuchten bringenden Farbe sein. Zweitens: Ich war nicht so der Kleider-Typ. Aus dem einfachen Grund, dass es ab einem gewissen Oberschenkelumfang nun mal so war, dass sich diese berührten. Und dazu musste man wirklich nicht aussehen wie der Schauspieler aus Kaufhaus-Cop, das konnte sogar schon passieren, wenn man relativ normalfigurig war. Und wenn die sich berührten, dann rieben sie auch und dann tat das weh. Also gab es zwei Möglichkeiten: Radlerhose drunter (was zum einen irgendwie den Sinn eines luftigen Sommerkleidchens zunichte machte, zum anderen ausgesprochen unsexy aussah) oder gar kein Kleid an. Daher trug ich oft Jeans.), kämmte meine Haare, putzte meine Zähne, trug ein zartes Make-Up (Mit ALLEN Komponenten. Im Gegensatz zu dem Tag, an dem ich wie ein Depp aussehend aus dem Haus gegangen war. Ich hatte nämlich eine Zeitlang einen Zwei-Phasen-Mascara (Schockschwerenot, möge es bloß niemand Karl Lagerfeld sagen, der würde nie wieder mit mir sprechen!) von L'Oreal. Machte superlange, superdichte und (eigentlich) auch superschwarze Wimpern für den ultimativen Schlafzimmerblick. Wenn man ihn richtig anwendete. Erst das weiße Base-Zeug darunter, dann das schwarze obendrauf. So weit, so einfach. Man durfte nur NIE vergessen, das Schwarze auch wirklich aufzupinseln, sonst sah man leider aus wie ein albinoesker Volltrottel. Weiße Wimpern gingen GAR nicht und würden auch niemals, niemals Trend. Zum Glück hatte ich heute noch einen letzten Blick in den Spiegel geworfen, sonst hätte Ragnar vielleicht schon die Flucht ergriffen, bevor ich ihm nahegekommen wäre, um mit meinem Charme und Humor mein seltsames Aussehen wieder wettzumachen. Aber so war noch mal alles gut gegangen. Puh.)

24

Ragnar wartete auf mich, als ich in den lauen Sommerabend vor das Hotel hinaustrat und strahlte, als er mich erblickte. „Du siehst sön aus. Und son gar nicht mehr so traurig. Florida seint Dir gut zu tun."

Ich musste zugeben, er selbst sah auch nicht so schlecht aus. Jeans, Timberlands und ein langärmeliges, hellblau-weiß kariertes Hemd mit hochgekrempelten Ärmeln (aka, die einzige Möglichkeit für einen Mann, überhaupt Hemd zu tragen. Ich hatte noch nie verstanden, wer auf die Idee gekommen war, kurzärmelige Hemden für Männer zu erfinden. Damit sahen die doch alle aus wie Bankangestellte. Nichts gegen Bankangestellte, aber der Sexappeal der meisten lässt doch deutlich zu wünschen übrig. Besonders der des Bankangestellten in unserer Filiale, der immer Dollarnoten in Comic-Ausführung auf seinen zu breiten Krawatten spazieren trug und damit selbst aussah wie Dagobert Duck).

Er küsste mich auf beide Wangen und lächelte. „Wollen wir?" Und ob wir wollten. Zunächst ging es in eines der Restaurants direkt am Meer, das wir zu Fuß erreichen konnten. Ragnar ging einen halben Schritt hinter mir und hatte mir nur die Fingerspitzen der rechten Hand ganz leicht auf den Rücken gelegt. Ein angenehmes Kribbeln machte sich in mir breit.

Ein passendes Restaurant war schnell gefunden mit Blick über den Strand, wo sich der Himmel allmählich orange und lila verfärbte und wo türkisgrünes Wasser in gleichmäßigen Wellen an den puderweißen Sand schwappte. Kitschiger hätte es kaum sein können, meine innere Rosamunde Pilcher war in höchster Alarmbereitschaft.

Wir bestellten, ganz unspektakulär, Surf und Turf vom Grill und Bier und ich freute mich darüber, dass Ragnar zu dem Kellner ausgesprochen nett war. Welch angenehme Abwechslung zu dem anderen –nar!

„Also, erzähl mal. Wie war Deine Tagung?"

„Ganz ehrlich?" Ich grinste ihn an. „Wenn Du nicht gewesen wärst, würde ich wahrscheinlich jetzt noch in dem Raum sitzen und die Minuten zählen, ohne zu bemerken, das ich seit vier Stunden die einzige Person in dem Raum wäre. Oder ich wäre still und leise dahingeschieden und unter den Tisch gesunken, wo irgendein Archäologe in 500 Jahren einen Berg vor Langeweile gestorbener, mumifizierter Leichen gefunden hätte."

Er lachte. Ich mochte sein Lachen wirklich, es war so ehrlich und fröhlich und komplett ungekünstelt – wie überhaupt der ganze Mann.

„Hm, dann kann man wohl sagen, Dein Traumjob ist das nicht, oder?" (Er sagte das J, wie man ein J sagt. Wie in Jakob, dem ich einen flüchtigen Gedanken schenkte. Über was würden wir uns wohl unterhalten, wenn er jetzt mit mir hier säße? Nicht wie dsch in Dschungel. Noch etwas, das ich ausgesprochen süß fand).

„Oh, Gott bewahre, nein!", beteuerte ich vehement und nahm einen Schluck meines eiskalten Biers. Herrlich. „Das ist nur eine Notlösung für mich. Eigentlich bin ich Journalistin. Mit Leib und Seele. Ich liebe nichts mehr, als zu schreiben. Ich denke ständig in Schlagzeilen. Ich überlege bei allem, was mir widerfährt, wie ich eine gute Geschichte rausholen könnte."

„Aber warum verkaufst Du denn dann Hundefutter? Das ist ja was ganz anderes!" Ragnar hatte das Kinn in die Handfläche gestützt und musterte mich aufmerksam.

„Ach, ich war in meinem alten Job einfach nicht mehr glücklich. Ich hatte einen schrecklichen Boss, der mir ständig in den Rücken fiel und das Blaue vom Himmel herunterlog und dann kam auch noch eine ganz schön fürchterliche Kollegin, für die das Schreiben keine Berufung ist, sondern nur ein Beruf und die sich bei allen Leuten einschleimt, ohne wirklich Ahnung zu haben. Ich hätte meine Seele verkaufen müssen und das konnte ich einfach nicht."

Er hatte den Kopf schief gelegt und sah mich aus strahlend blauen Augen an.

„Du musst das wieder machen, das is dir son klar?"

„Hm, nichts lieber als das, aber es ist gar nicht so einfach, etwas zu finden." Ich merkte selbst, wie traurig ich klang.

Ragnar schlug beide Handflächen auf den Tisch, so dass ich erschrocken zurückwich.

„Du saffst das! Sei mutig! Sreib Bewerbungen! Zeig den Leuten da draußen, wie gut Du bist! Ich hab swar noch nichts von Dir gelesen, aber ich weiß, dass du gut bist! Deine Augen s-trahlen wie reiner Berns-tein, wenn Du von der Sreiberei s-prichst!"

Ohne dass ich es wollte, schossen mir de Tränen in die Augen. Ragnar kannte mich noch keine 24 Stunden und hatte schon bis auf den Grund meiner Seele gesehen. Ich war mächtig froh, als der Ober unser Essen brachte und ich mich einem ganz schön großen Steak und einem saftigen Stück Lachs widmen konnte.

Während des Essens sprachen wir über seinen Job, den er wirklich liebte und über seinen Hund Hugo, einen übergewichtigen, kastrierten Jack Russell, der in Punkto Intelligenz offenbar auf der gleichen Wellenlänge lag wie der Hund meiner Eltern und der noch immer nicht kapiert hatte, dass er keine Eier mehr hatte, sondern immer eifrig auf der Brandlbracke der Nachbarn herumrammelte. Irgendwie vermieden wir es, über sein Privatleben zu sprechen. Einen Ehering trug er nicht, aber das hatte heutzutage nun wirklich nichts zu heißen. In keiner Hinsicht. Ich war auch schon genug Männern mit Ring am Finger begegnet, die sich für die tollsten Haie der Welt hielten und allem nachstiegen, was nicht bei drei auf dem Baum war.

Als wir beide uns satt und zufrieden in unseren Korbsesseln zurücklehnten und zusahen, wie die letzten Reste der Sonne im Meer verglühten, sagte er:

„Und was unternimmst Du jetzt mit Deinem Mann?"

„Gar nichts, was soll ich denn da unternehmen?"

„Na, wie willst Du ihn wieder zurückerobern?"

„Oh!" Ich stieß ein kleines Lachen aus, das sogar in meinen eigenen Ohren unecht klang. „Gar nicht."

„Wie, gar nicht? Willst Du ihn nicht mehr?"

„Ich weiß es auch nicht.", erwiderte ich und erkannte zum ersten Mal, dass das die Wahrheit war. „Natürlich liebe ich ihn noch, aber er hat mir einfach zu sehr wehgetan. Man fühlt sich schrecklich, wenn man verlassen wird. Nutzlos und ungeliebt und irgendwie…beschmutzt. Hässlich. Nicht mehr gut genug. Irgendwie gebrandmarkt. Macht das Sinn?"

Er griff über den Tisch nach meiner Hand und umschloss sie mit seiner braungebrannten Pranke.

„Natürlich macht das Sinn. Glaubst Du, ich wurde noch nie verlassen? Man denkt, jeder s-tarrt einen an und redet über einen und man ist sehr verletzlich."

„Genau." Ich nickte vehement und starrte wie hypnotisiert auf seinen Daumen, der kleine Kreise auf meinen Handrücken malte.

„Aber willst Du denn nicht, dass er zurückkommt?"

„Ich wünschte einfach, er wäre nie gegangen und hätte nicht mein komplettes Leben so auf den Kopf gestellt.", sagte ich leise und spürte, wie die Tränen sich schon wieder ihren Weg bahnen wollten. „Aber ob ich ihn jetzt noch mal nehmen würde? Keine Ahnung."

„Hast du denn jemand anderen kennengelernt, der Dich interessieren würde?" Wenn er lächelte, bildeten sich tausend kleine Fältchen um seine Augen.

„Ach ja, da ist schon einer, den ich echt mag, aber der kommt gar nicht in die Pötte. Er ist wahnsinnig nett und höflich, aber er flirtet kein bisschen mit mir. Ich glaube, er hat einfach kein Interesse."

„Unmöglich!", beteuerte Ragnar vehement und das Lächeln vertiefte sich. „Komm, meine traurige Prinzessin, wir besaufen uns jetzt und dann flirten wir, was das Zeug hält!"

25

Nachdem in letzter Zeit so einige Dinge in meinem Leben so gar nicht funktioniert hatten, wie ich es gerne gehabt hätte, musste ich sagen: Das Trinkprojekt war ein voller Erfolg. Wir starteten ganz klassisch mit Pina Coladas, die in Sechs-Liter-Gläsern serviert wurden. Welchen Sinn hatte es überhaupt, Cocktails in Eimern zu servieren, die so enorm waren, dass man ein Kind darin baden oder einen kleinen Alligator darin schwimmen lassen könnte? Ok, der Sinn erschloss sich mir schnell. Nach dem halben Drink war ich angeheitert.

„Ich geb' jetzt was zu", sagte ich und zog verführerisch eine Augenbraue in die Höhe.

„Ohlala." Ragnar grinste. „Na dann mal los."

„Ich hatte noch nie Sex on the Beach." Ich zwinkerte ihm zu und er verschluckte sich beinahe an seinem Drink.

(Es war doch kaum zu glauben, dass ich tatsächlich 31 Jahre alt geworden war, ohne die drei berühmtesten Cocktails der Welt zu probieren? Sex on the Beach (Das wollte ich eh schon immer mal sagen: Ich hätte gerne Sex on the Beach. Bei weitem spaßiger als "Einmal Ficken Pfirsich, bitte"), Long Island Ice Tea und Tequila Sunrise.)

„Das können wir ändern.", grummelte Ragnar und mir wurde ganz heiß.

Ich war mir nicht sicher, ob ich enttäuscht oder erleichtert sein sollte, als er wenige Sekunden später den Kellner heranwinkte und meiner Bildungslücke ein Ende machte.

Aber, Freunde der Nacht, was war bitte mit den amerikanischen Barkeepern los? Hier konnte man von einem klaren Fall der Doppelmoral sprechen. Auf der einen Seite waren sie pingelig wie die gute, fromme Berta früher, wenn's um die Kutten der Ministranten ging (Meine war immer zu lang und schleifte auf dem Boden, da hat sie mich mal am Ohr gezogen. Ich war heute noch beleidigt, konnte ich doch nix dafür, dass ich so kurze Beine hatte! Aber ich hatte mich gerächt und wohnte jetzt in ihrem Haus, ätsch. Und ihren Goldvorrat würde ich auch noch finden, wozu hatte ich schließlich zwei ausgebildete Spürhunde) was Trinken unter 21 betraf, so dass ich sogar meinen Ausweis vorzeigen musste (Nur zur Betonung, ich war 31, hatte das jetzt also mal als Kompliment gesehen) und dann hauten die da so viel Alkohol rein, dass ich das Getränk nicht runterkriegte. Hallo? ICH? Die Person, die Whiskey pur runterzischte, ohne mit der Wimper zu zucken? Das war natürlich auch ne Möglichkeit, die Leute vom Trinken abzuhalten.

Zusammen schafften wir es aber, eine perfekte skandinavisch-deutsche Symbiose.

„Longeilläneisti mussisch aber morn probiern.", nuschelte ich, nachdem wir den Bottich bis zum Grund geleert hatten.

„Is gut untekilssanreisauch.", gab Ragnar ebenso deutlich zurück.

Ein Blick auf die deutlich Samba tanzenden Zeiger meiner Uhr sagten mir, dass es inzwischen fast Mitternacht war, aber ich wollte keinesfalls ins Bett. Ich fühlte mich so gut wie seit langem nicht mehr und ich wollte nicht wieder einsam und allein in irgendeinem Hotelzimmer liegen.

„Gehnwanochanstrand?", fragte ich daher und Arm in Arm wankten wir hinunter ans Wasser.

Ich musste ja sagen, etwas, das mich auch nach all den Jahren noch immer ausgesprochen mystifizierte, war das Meer. Es hatte einfach so eine urgewaltige Urgewalt. Und besonders urig wurde es dann, wenn man als weit weg jeglichen Meeres lebendes Landei meinte, sich die gewaltigen Wassermassen von Nahem anschauen zu müssen, ohne dabei auf die Auswirkungen auf Turnschuhe und vor allem Dank Mikrobenbeinchen immer hochgekrempelter Jeanshose aufzupassen. Merke, Kate, Du kleiner Honk: Um zum Wasser zu gelangen, musst Du über Sand. Der sich, je näher Du dem Wasser dann kommst, als völlig überraschend nasser Sand entpuppt, der wiederum die Eigenschaft hat, sich Zutritt zu Deinen Zehen verschaffen zu wollen, notfalls auch durch den Umschlag der Hose.

Tags darauf würde ich wahrscheinlich eine Beachparty in meinem Hotelzimmer feiern können, ich freute mich schon auf die Gesichter des Personals.

Die frische Seeluft hatte eine etwas ernüchternde Wirkung auf mich und ich war mir der Hand, die meine hielt, nur zu deutlich bewusst.

Plötzlich blieb Ragnar stehen, drehte sich zu mir um und nahm mein Gesicht in beide Hände.

ER NAHM MEIN GESICHT IN BEIDE HÄNDE!!!

Ich wusste es, das war genau der Moment, an dem ich sterben würde. Und zwar glücklich. Ich war ja der Ansicht, dass jede Frau der Welt in genau dem Moment lächelnd und zufrieden aus dem irdischen Dasein scheiden konnte, wenn sie einen Mann gefunden hatte, der beim Küssen ihr Gesicht in beide Hände nahm.

Wenn mich in dieser Sekunde der Blitz getroffen hätte, hätte ich den Sensenmann strahlend begrüßt.

Er küsste mich.

Aber es war nicht einfach nur so irgendein Kuss (und er hatte ganz offensichtlich auch nicht die Absicht, mir mit den Borderzähnen den Lippenstift und das Make Up von der Visage zu kratzen wie Gunnar), es war die Art Naturgewalt, von der jedes weibliche Wesen der Welt träumte, seit es die erste Hollywood-Schmonzette à la „Rendezvous mit Joe Black" gesehen hatte. Meine Güte, konnte dieser Mann küssen. Meine Knie wurden weich (ok, vermutlich waren sie vorher schon weich von Pina Colada und Sex on the Beach…apropos…es waren doch eindeutig noch zu viele Leute hier für Letzteres oder etwa nicht?) und ich klammerte mich an ihn wie eine Ertrinkende. Ich konnte nicht genug bekommen von diesen weichen Lippen und dieser geschickten Zunge und ich verwandelte mich einfach so, mir nichts, Dir nichts, in einen Klumpen glühender Lava.

Irgendwann löste er sich von mir.

„Komm", sagte er leise und ein wenig heiser und dieses eine Wort setzte eine ganze Armada an Schmetterlingen in mir frei.

Hand in Hand wateten wir schweigend durch den weichen Sand, bis wir vor meinem Hotel angekommen waren.

Er beugte sich vor, umfasste erneut mein Gesicht und küsste mich noch einmal. Dann trat er einen Schritt zurück.

„Ich lasse Dich jetzt alleine, Liebes. Morgen Abend werden wir uns wiedersehen und bis dahin möchte ich, dass Du Dir überlegst, ob der Abend dann anders endet.

Ich würde nichts lieber tun, als mit Dir zu kommen, aber es ist Deine Entscheidung. Ich überlasse es komplett Dir. Slaf gut."

Er hauchte mir einen Kuss auf die Lippen, dann drehte er sich um und marschierte mit gesenktem Kopf, die Hände in den Hosentaschen vergraben, in die neonbunte Miami-Nacht.

26

Eine halbe Stunde später raste mein Herz noch immer wie verrückt. Ich hatte drei sms verschickt.

Die erste ging an Nils: „Alles ok bei euch? Die Hunde fehlen mir sehr…und Du auch ein bisschen ;). K."

Die zweite ging an Jakob: „Ist es kalt und nass daheim? Hier nicht. Hihi. Viele Grüße aus dem wundervollen Florida! Kate"

Die dritte, natürlich, an Suse: „Beweg sofort Deinen Arsch aus dem Bett und ruf mich an. Es ist dringend."

Keine zwei Minuten später klingelte mein Handy. Auf die Neugier meiner Freundin war Verlass.

„Was ist passiert?", begrüßte sie mich mit vom Schlaf rauer Stimme.

„Noch nichts", beruhigte ich sie.

„Was heißt denn hier noch?" Sie klang als wäre sie mit einem Schlag hellwach.

„Oh Gott, Suse!", quietschte ich. „Ich glaube, ich werde morgen Sex haben!"

„Oha. Mit wem genau?"

Ich erzählte ihr alles. Wie toll Ragnar war, wie lebenserfahren und kultiviert, verständnisvoll und süß. Und dass er mich zuerst geküsst hatte wie ein Gott, um mich dann zu verabschieden wie ein Held.

„Na das klingt doch perfekt!", ließ sie sich von meiner Begeisterung anstecken.

„Also…ja…schon. Aber – ich glaube er ist verheiratet, ehrlich gesagt. Und ich glaube, es macht mir gar nichts aus!"

„Oh nein. Oooooh nein! Das wirst Du NICHT tun, hörst Du!" Ich konnte Suses aufgebrachtes Gesicht förmlich vor mir sehen. „Du wirst nicht mit einem verheirateten Mann schlafen, ist das klar?"

Ich verdrehte die Augen. „Ich will aber!", sagte ich und merkte selbst, wie bockig das klang.

„Aber das macht man nicht! Und das weißt Du! Stell Dir mal vor, wie Du Dich gefühlt hättest, wenn Nils mit einer anderen...", sagte sie flehentlich.

„Ich weiß ja,", gab ich zu, „aber er ist einfach so toll und es wäre bestimmt großartig – und außerdem: YOLO!"

„Hä?"

„YOLO. You only live once. Ich könnte morgen von nem Auto überfahren werden oder mit dem Flugzeug abstürzen oder auf diesem bescheuerten Seminar vor Langweile tot vom Sessel kippen und dann? Dann würde es mir auch nichts nützen, dass ich mein Leben lang brav und anständig und lieb war! Außerdem weiß ich ja gar nicht mit Sicherheit, ob er verheiratet ist und ich kenne seine Frau doch auch gar nicht und sie müsste es ja nie erfahren und...ach Menno"

„Na ja. So gesehen hast Du schon recht.", brummelte Suse und ich konnte förmlich hören, wie sie ein herzhaftes Gähnen unterdrückte. „Nicht dass das jetzt als Entschuldigung für alle künftigen Missetaten gelten sollte, aber Du warst wirklich immer brav und vielleicht tut es Dir ja mal gut. Aber Kate?"

Ja?"

„Immer mit Gummi, ne?"

Ich grinste, als ich auflegte und ich grinste beim Zähneputzen. Ich grinste, als ich Jakobs Antwort las („Das glaube ich. Genieße es und bring Sonne mit. Bin ein wenig neidisch.") und ich grinste, als eine ultralange Nachricht von Nils eintrudelte („Die Hunde vermissen

Dich auch. Heute waren wir fleißig und haben die ganzen Blätter im Hof schön zusammengefegt und weggekarrt und das Beste dabei war, dass Dein Lieblingsnachbar im Hof war und irgendeiner unsinnigen Beschäftigung nachgegangen ist wie immer. Ich musste ihn ja zum Glück nicht sehen, weil da eine herzallerliebste Mauer dazwischen ist, aber es hat mir Gelegenheit gegeben wie ein verschrobener Eremit vor mich hin zu murmeln (laut natürlich) beziehungsweise mit den Hunden zu reden. „So, Muppi und Mielchen, jetzt machen wir mal die Blätter weg, damit unser Hof schön ist und nicht so beknackt aussieht wie der von manchen hässlichen Arschkrampen! Von denen gibt's nämlich ganz schön viele, sogar bei uns in der Straße, aber die sind noch so doof, dass sie gar nicht merken wie furchtbar sie sind!" Ich vermisse Dich auch. Ein bisschen. Schlaf schön") und zum ersten Mal seit dem verhängnisvollen letzten Juni schlief ich mit einem Lächeln auf den Lippen ein.

27

Der nächste Tag verging erstaunlicherweise wie im Flug. Vielleicht lag es daran, dass meine Laune deutlich besser war als gestern, ja als seit Monaten, vielleicht war das Thema aber auch einfach interessanter. Ich verstand zwar ehrlich gesagt noch immer kein Wort, aber ich nickte einfach und lächelte und versuchte, souverän und selbstbewusst auszusehen und hoffte einfach, dass keiner auf die Idee kam, mich anzusprechen und meine Meinung zu irgendwelchen Polymeren in Tryglyzeridpeptiden (ich sagte doch: keine Ahnung!) einzuholen.

Ich tat so, als würde ich eifrig mitschreiben und gab bestätigende Laute von mir, wenn ein Wort fiel, das ich kapierte wie Selen oder Vitamin E (also ungefähr alle zwei Stunden einmal) und konzentrierte mich ansonsten darauf, dass die Zeit schnell umging. Ragnar meldete sich kein einziges Mal, aber das hatte ich nicht anders erwartet. Er hatte gesagt, er würde mir Zeit geben und er gab mir Zeit.

Dafür meldeten beide Müllers sich. Von sich aus. Was mich beim einen mindestens so sehr überraschte wie beim anderen.

Nils schrieb: „Habe Mielchen geduscht bzw. mit Mielchen geduscht. Hab sie einfach unter den Arm geklemmt. Nasser Hund auf nackter Haut: nicht empfehlenswert, dafür viel undramatischer als letztes Mal. Riecht jetzt nach Deinem teuren Shampoo (ätschi) und sieht aus wie eine dieser Glaslampen aus den 80ies, die aus so ganz vielen dünnen Fäden bestanden und die Farbe ständig gewechselt haben.

Hoffe Du hast auch soviel Spaß wie wir. Lass es Dir gut gehen. N."

Ich musste lächeln. Plötzlich fehlten die beiden Racker mir sehr, wie immer, wenn ich sie eine Weile nicht gesehen hatte. Und Nils vermisste ich natürlich auch. Auch wenn ich mich auf Ragnar freute.

Jakob schrieb: „Alles gut bei Dir? Schon viel erlebt und gesehen? Hier alles wie immer, ganz schön langweilig. Viele Grüße."

Ich beschloss, beiden nicht zu antworten und fühlte mich ganz schön stark und unabhängig dabei.

Wir durften um 15 Uhr gehen.

Mein erster Weg führte mich zu Victoria's Secret in der Collins Avenue, wo ich mir vorkam wie ein kleines Kind im Spielwarenladen. Es war alles so bunt! Und so toll! Ich wusste gar nicht, wo ich anfangen sollte, bis mir eine der notorisch freundlichen Verkäuferinnen zu Hilfe kam (was mich sonst immer abartig nervte, aber heute ganz gelegen kam). Sie fragte mich allen Ernstes, welchen Style ich bevorzugte: Sporty, Push Up, Unlined…oder Very Sexy. Das war mein Stichwort. „Very, very, absolutely, extremely, totally sexy", grinste ich und sie grinste zurück. Mindy und ich waren Freunde.

Wir waren sogar so gute Freunde, dass sie mit in die Umkleidekabine kam, meine Möpse auspackte und sie abschätzend in den Händen wog. Dann düste sie los und brachte mir ein very sexy Ensemble nach dem nächsten. Zum vorne öffnen, zum hinten öffnen, in schwarz und lila (klar, wir waren schließlich Freunde und sie kannte mich), aus Satin und Spitze, mit Schleifchen und Steinchen und ich war restlos überfordert. Am Ende nahm ich einfach alle. Musste ich mich bis zum Abend nur noch entscheiden.

Danach ging ich noch etwas Sonne tanken am Strand und tippte schließlich eine Nachricht. „20 Uhr vor meinem Hotel? Der Abend wird anders enden. Kein Zweifel. Ich freue mich."

Mein Herz schlug bis zum Hals.

Ich war um 20 Uhr tatsächlich fertig und zwang mich, noch acht Minuten auf dem Bett sitzen zu bleiben, um ja nicht zu übereifrig zu wirken.

Ragnar wartete wie am Vortag in der Lobby auf mich und seine strahlend blauen Augen leuchteten wie Saphire in seinem braungebrannten Gesicht. Mein Herz machte einen kleinen Stolperer als ein langsames Lächeln seine Züge weich werden ließ.

Meine Güte, noch drei Tage in der Gegenwart dieses Mannes und ich würde mich in eine Poetin verwandeln! Er streckte eine Hand nach mir aus, umfasste sacht meinen Nacken und zog mich an sich, um mich sehr sanft und zärtlich auf den Mund zu küssen. Ich dachte, ich würde auf der Stelle dahinschmelzen. Ich strahlte ihn an, er nahm meinen Ellenbogen und führte mich aus dem Hotel, ohne dass wir auch nur ein einziges Wort gesprochen hatten.

Das Abendessen, das wir wieder an einer der Strandbars einnahmen, ging vorbei, ohne dass ich hinterher hätte sagen können, was ich zu mir genommen hatte.

Wir redeten wenig, tauschten uns nur ein bisschen über die Erlebnisse des Tages aus und sahen einander lange an. Ragnar war kein im klassischen Sinne schöner Mann – er war nicht groß, muskulös oder breitschultrig. Seine Gesichtszüge waren eher markant als hübsch und er fiel in einem Raum voller Menschen sicher nicht als Erster ins Auge.

Trotzdem war er für mich in diesem Moment der attraktivste und begehrenswerteste Mann der Welt, weil er so unglaublich freundlich und herzlich war und man spüren konnte, was für ein gutes Herz in diesem Körper schlug.

„Dessert?", fragte er mich nach dem Hauptgang lächelnd und hob die Hand, um mir eine verirrte Haarsträhne aus dem Gesicht zu streichen.

„Äh…nein", brachte ich stammelnd hervor, „ich denke, es ist Zeit fürs Bett."

„Wie Sie wünschen, Mylady", sagte er leise und mit rauer Stimme, die mir eine Gänsehaut das Rückgrat hinunter jagte.

Hand in Hand gingen wir in mein Hotel.

Ich war so aufgeregt wie noch nie in meinem Leben. Nicht einmal vor der mündlichen Abiprüfung in Mathe (die dümmste Idee meines Lebens. Hätte ich mich vielleicht vorher informieren sollen, dass die schriftlich erzielten zwei Punkte nicht durch die mündlich erreichten fünf „abgelöst" wurden und ich mit ZWEI so unterirdischen Bewertungen im Abizeugnis noch mehr wie ein Horst dastand?) war ich so nervös gewesen wie in dem Moment, als Ragnar leise aber bestimmt die Zimmertür hinter uns schloss und sich mit leuchtenden Augen zu mir umdrehte. Ich tat also das, was ich einfach schon immer am besten konnte. Ich redete.

„Also, ich muss Dir ja eins sagen", (ich merkte selbst, wie meine Stimme zitterte und wie hektisch und unsouverän ich klang), „ich mache so was nicht andauernd. Nicht dass Du jetzt denkst, ich gehe immer mit jedem Mann mit, den ich kaum kenne und hüpfe durch lauter verschiedene Betten, ich bin eigentlich ein braves Mädchen und ich war meinem Mann immer treu und-"

„Schsch", unterbrach er mich und legte mir einen Finger auf die Lippen. „Das weiß ich. Ich habe Dich in den letzten 48 S-tunden ganz sön gut kennengelernt und mir ist klar, dass Du keine Frau bist, die grad mit jedem in die Kiste s-teigt. Aber erstens bin ich nicht jeder und zweitens ist immer brav sein auch ungesund. Also mach Dir keine Sorgen. What happens in Miami stays in Miami. Ok?" Er sah mir besorgt in die Augen.

„Ok." Ich schluckte den dicken Kloß hinunter, der sich in meinem Hals gebildet hatte. Ragnar nahm meine Hand und legte sie auf seine Brust.

„Hier, s-pürst Du das? Ich bin ziemlich aufgeregt, das kann ich Dir sagen. Du bist so eine söne junge Frau mit so viel Ausstrahlung und Leidensaft und Kraft! Ich denke mir, was will sie mit so einem hässlichen alten Kerl wie mir? Es macht mich furchtbar nervös, in Deiner Gegenwart zu sein."

Tatsächlich klopfte sein Herz schnell und fest unter meiner Handfläche, was mich seltsamerweise wirklich ein wenig beruhigte.

Ragnar streichelte mit den Fingerspitzen über meine Wangenknochen, mein Kinn, mein Schlüsselbein und plötzlich fiel alle Nervosität von mir ab. Ich beugte mich vor und küsste ihn.

Der Rest – wie sagt man so schön – war Geschichte. Eine wirklich umwerfende Geschichte. Ragnar behandelte mich wie eine Königin, wie ein rohes Ei und gleichzeitig wie die Liebe seines Lebens. Er war zärtlich und wild zugleich, wir erkundeten stundenlang den Körper des anderen, flüsterten miteinander, lachten leise und hatten einfach reinen, ungefilterten Spaß am anderen.

Stunden später lag ich mit dem Kopf an seiner Brust, sein dichtes Brusthaar (eigentlich etwas, das ich nicht unbedingt brauchte) kitzelte mein Ohr und der träge Ventilator kühlte den Schweiß auf unseren erhitzten Körpern, da flüsterte er leise: „Ich bin so froh, dass ich hier bei Dir sein darf." Ich hauchte einen zarten Kuss auf seinen erstaunlich muskulösen Oberarm.

„Und ich bin froh, dass Du hier bist."

Zufrieden wie ein Kätzchen, das in den Sahnetopf gefallen war, schlief ich ein.

28

„Aufwachen, Schlafmütze!", murmelte jemand an meinem Hals und ich brauchte eine volle Sekunde, bis ich verstand, wo ich war und mit wem. Ein ziemlich zerzauster Ragnar und grinste mich an. Wir hatten im Laufe des gestrigen Abends beschlossen, Ragnars verbleibenden Tag in Florida zum Touri-Programm umzufunktionieren.

Dann würde es für ihn wieder heim nach Berlin gehen, während ich noch nach Key West fahren und mir einen Kurztrip auf die Bahamas gönnen würde. Ich hatte überhaupt keine Bedenken, dass wir uns nicht verstehen könnten oder dass ich seiner vielleicht überdrüssig werden würde.

„Ich düse snell in mein Hotel und dusche und zieh mich um. In einer S-tunde bin ich wieder hier. Dann geht's los zu den großen bösen Krokis!", grummelte er und begann, mich spielerisch in den Bauch zu beißen und mich zu kitzeln. „Die snappen Dich, wenn Du aus dem Boot fällst und dann wirst Du zu Alligatorfutter!"

Ich kicherte hilflos, versuchte erfolglos, mich gegen seine Attacke zu wehren, und japste um Gnade. Schließlich ließ er von mir ab, zog sich blitzschnell an und küsste mich noch einmal flüchtig auf den Mund.

„Bis gleich, Baby!", raunte er mir gespielt verführerisch zu und ich schüttelte lächelnd den Kopf. Was für ein Mann!

Der Ausflug selbst lief genau so ab, wie ich es nicht leiden konnte. Rein in den Bus, hinfahren (selbsternannt witziger Busfahrer inklusive. Nachdem er zum vierundvierzigsten Mal „Cooome, Gator, Gator, Gator, here's your BREAKFAST!" gesagt und künstlich dreckig gelacht hatte, beugte ich mich zu Ragnar, der gut gelaunt aus dem Fenster schaute und die Landschaft an sich vorbeiziehen ließ: „Wie viele Jahre gibt es in Dänemark für Totschlag?" Er drehte sich zu mir um und grinste mich an. „Da musst Du Dir keine Sorgen machen, das geht als Notwehr durch!") bis ungefähr einen Meter vor dem Eingang, der sich natürlich beim Souvenirshop befand. Dann, beim Aussteigen, klatschte der Busfahrer jedem einen Aufkleber mit einer Nummer auf die Brust (sein persönliches Highlight des Tages, hätte ich mal vermutet und freute mich über den finsteren Blick, den mein Wikinger ihm zuwarf) und sagte ungefähr zweitausend Mal, dass wir Gruppe Nummer EIGHT seien. EIGHT! Nicht Seven oder Nine, nein, EIGHT! Reichte dann irgendwann auch. Rein ins Boot und ab in die Everglades.

Und dann kamen die Alligatoren. Jeder freute sich, wenn er einen in freier Wildbahn erspähen konnte und ich war (trotz einer Sehschärfe von ungefähr meinem ausgestreckten Arm) offensichtlich besonders gut darin. Ich sah Ragnar an und strahlte. Er hatte den Arm um mich gelegt und strahlte zurück. Als das Boot langsam durch flaches Gewässer tuckerte, zog er mich ganz nah an sich und neigte sich zu mir, um mir etwas ins Ohr zu flüstern.

„Wie nennt man ein billiges Krokodil? Aldigator."

Ich kicherte und er hauchte mir einen Kuss aufs Ohrläppchen. Konnte das Leben schöner sein?

MEIN persönliches Highlight folgte aber, als wir wieder an Land waren, eine kleine Tiershow über uns hatten ergehen lassen und bei Alligatorburgern im Schatten großer Bäume saßen.

Ein sehr nettes, aber...ähm...um es vorsichtig zu sagen, vielleicht etwas weltfremdes Ehepaar aus der Schweiz stellte ein paar nicht auf den ersten Blick als intelligent zu erkennende Fragen

"Sind wir jetzt an der Ost- oder an der Westküste?"

Ich warf Ragnar einen bedeutungsschwangeren Blick zu und er verdrehte die Augen. Hm. Lass mich mal kurz überlegen. War es nicht die Nordküste? Wie, wir befanden uns in Florida und nicht in Kanada? UPS. Falsch abgebogen.

„Wachsen Alligatoreier noch, nachdem sie sie gelegt haben?", fragte sie in die Runde. Ich musste meinen Mund mit der Hand bedecken, um mein Grinsen zu verbergen.

Logisch! Unendlich wuchsen die und irgendwann schlüpfte aus einem sechs Meter großen Ei ein ausgewachsener Tyrannosaurus Rex!

Irgendwie erinnerte mich dieses nette Paar ein wenig an die (ich musste es leider sagen) Amerikaner, die damals in Australien gefragt hatten, wie lange die Aborigines gebraucht hatten, um den Kings Canyon zu graben.

Der Tag ging viel zu schnell vorbei. Ich hatte so viel gelacht wie seit langer Zeit nicht mehr, ich war tiefenentspannt und sonnengeküsst und ich hatte tatsächlich kein einziges Mal an zu Hause gedacht.

Wieder in Miami angekommen, hatten wir noch Zeit für ein schnelles Abendessen, bevor Ragnar zum Flughafen musste.

Ich war wirklich traurig. Ich wollte ihn nicht gehen lassen, diesen wunderbaren Mann, der mir meine Selbstachtung wiedergegeben hatte und der mir gezeigt hatte, dass ich noch begehrenswert und interessant war.

Ich begleitete ihn zu seinem Hotel und während wir auf sein Taxi warteten, schlang ich die Arme um ihn.

„Sehen wir uns irgendwann wieder?" murmelte ich an seiner Brust.

Er trat einen Schritt zurück, umfasste meine Oberarme und sah mir in die Augen.

„Ich glaube nicht, meine Söne. Ich bin verheiratet-" – Ich WUSSTE es! – „und Du bist auch verheiratet. Du gehst nach Hause und dann lässt Du diesen Mann um Dich kämpfen. Und er soll verdammt noch mal kämpfen! Oder, wenn Du den nicht mehr willst, dann der andere! Aber verkauf Dich ja nicht unter Wert, versprichst Du mir das?"

Ich nickte und merkte, wie mir die Tränen in die Augen stiegen.

„Und Du bewirbst Dich um einen anderen Job, ist das klar? Ich will nicht, dass Du als Verkäuferin versauerst, dafür hast Du viel zu viel in Deinem Köpfchen!" Dabei tippte er mir sanft, aber bestimmt an die Stirn. Wieder nickte ich.

„Versprochen?" Ich kam aus dem Nicken gar nicht mehr heraus, ich fühlte mich schon wie ein Wackeldackel.

„Zeig denen, was Du drauf hast. Allen. Ich finde Dich super und ich bereue keine einzige Sekunde mit Dir." Er lächelte und ich konnte nicht verhindern, dass meine Augen überliefen.

„Ich auch nicht mit Dir", schluchzte ich und wandte mich ab, doch er packte meinen Arm und zog mich in eine heftige Umarmung.

„Wenn Du alles gesafft hast, was Du Dir wünschst, lass es mich wissen, meine Prinzessin. Ich freue mich, von Dir zu hören."

Damit gab er mir einen festen Kuss auf die Stirn, drehte sich um und stieg in das Taxi ein, das unbemerkt neben uns gehalten hatte. Er hob grüßend die Hand und ich warf ihm einen Handkuss zu und winkte, bis das Taxi im dichten Verkehr verschwunden war.

29

Erstaunlicherweise weinte ich mich nicht in den Schlaf. Ich sah das erste Mal seit etwa 24 Stunden auf mein Handy und hatte faszinierenderweise schon wieder eine Nachricht von Nils, die längste aller Zeiten („Saugen leicht gemacht: Man kaufe eine neue Packung Salz (die praktischen, die schon im Streuer drin sind, quasi), man esse vorbildlich Radieschen zum Abendessen und streue Salz aus dem Streuer darauf, man lasse diesen dummerweise auf dem Esszimmertisch stehen. Man gehe dann unter die Dusche und kehre eine halbe Stunde später in ein komplett weißbekörntes Wohnzimmer zurück. Wischen leicht gemacht: Man nehme einen sehr großen Hund und dessen sehr große Wasserschüssel (natürlich randvoll, man gönnt sich ja sonst nichts). Man laufe beim Einräumen der Einkäufe in den Kühlschrank spontan rückwärts, trete in die Wasserschüssel, bringe diese zum Kentern, überflute die komplette Küche und wische diese dann gleich auf bzw. verteile das Wasser gleichmäßig auf den Fliesen. Waschen leicht gemacht: Man nehme seinen vollen Wäschekorb, trage ihn in die Waschküche, nehme die Wäsche heraus und vergesse ihn dort. In Ermangelung eines passenden Ablageortes deponiere man dann vor der Einsteigung in die Dusche seine getragenen Kleider auf dem Boden , um sie danach in die Waschmaschine zu stopfen und begebe sich ins Wasser. Man komme dann später auf die (ordentlich gesalzene) Couch, um dort beide Socken und die Boxershorts vorzufinden. Die reinsten Erziehungsberechtigten, diese Köter!") und ich musste wirklich lachen. Aber ich war auch ein ganz kleines bisschen schadenfroh. Warum sollte es ihm besser gehen als mir?

Ich hatte auch eine Nachricht von Jakob („Meldest Dich ja gar nicht. Geht es Dir gut? Wann kommst Du wieder? Hast Du dann mal Lust auf Abendessen?" Oho! Damit hatte ich nun nicht gerechnet!), von meiner Mutter („Lebst Du noch oder soll ich mein Testament ändern und Deinen Bruder als Alleinerben einsetzen? Könntest Dich ruhig mal melden, Du Nuss! HDL!"), von meinem Bruder („Hoffe es geht Dir gut, so dass Du mir etwas Schönes mitbringen kannst. Erdnussbutter-M&M's, falls alle Stricke reißen!"), von Elke („Hallo Urlauberin, bring Sonne mit, hier ist es einfach ätzend. Ich will nach Deiner Rückkehr ein Update mit allen spannenden News!") und 12 Anrufe in Abwesenheit inklusiver drei sehr genervter Nachrichten auf der Mailbox von Suse. Ich zog mein Schlaf-T-Shirt an, kuschelte mich in mein Bett, das noch schwach nach Ragnar roch und rief sie zurück.

Am nächsten Tag rundete ich das floridianische Touristenprogramm mit einer Reise nach Key West ab, wo ich vor 21 Jahren (Was mir schmerzlich bewusst machte, was für eine alte Socke ich doch mittlerweile geworden war! Ich hatte kürzlich auch jemandem erzählt „Oh, wir kennen uns schon mehr als 20 Jahre!" Du lieber Gott, wie konnte das nur passieren? Ich fühlte mich doch grad erst wie 18!) zuletzt gewesen war und es war noch immer genauso schön, wie ich es in Erinnerung hatte. Die Fahrt dorthin allerdings...Leute, Leute, Leute! Hatten die Amis ein anderes Kälteempfinden als ich? Was für einen logischen Grund gibt es, den Bus per Aircondition auf gefühlte minus 15 Grad runterzukühlen? Weil ein Temperaturunterschied von drinnen nach draußen von 50 Grad einem den gewissen Kick und eine realistische Nahtoderfahrung verspricht?

Ich hatte ja schon gehört dass der neuste Abnehmschrei in Hollywood das Einfrieren vom Fettzellen sein soll, aber irgendwie hatte ich mir dabei nicht meinen linken Arm vorgestellt, in den erst vier Stunden später so langsam das Gefühl zurückkehrte.

Schon auf der Reise über Key 1, 2, 3 bis 45 und dann das Endziel Key West vermisste ich Ragnar. Ich wollte ihn bei mir haben, einen warmen Arm um mich gelegt und mein langsam absterbendes Fleisch durch zärtliches Streicheln wieder zu einer normalen Blutzirkulation bringend. Ich vermisste seine tiefe Stimme, die mir leise lustige Dinge ins Ohr flüsterte und ich vermisste seine Gegenwart. Doch dann fiel mir wieder ein, was er zu mir gesagt hatte und ich gab mir mental selbst einen Arschtritt. Hör auf, Dich selbst zu bemitleiden! Nicht jeder hat das Glück, gerade nach Key West kutschiert zu werden! Kopf hoch, freuen! Ich musste grinsen. Schon beim bloßen Gedanken an den kleinen Dänen fühlte ich mich besser.

Nach dreistündiger Fahrt waren wir dann tatsächlich am südlichsten Zipfel der USA angekommen und es war alles noch genau so pittoresk und malerisch wie in meiner Erinnerung (die für gewöhnlich nicht die beste war. Mein Gedächtnis als Sieb zu bezeichnen, wäre sehr geschmeichelt gewesen. Ich vergaß so viel, dass ich mir praktisch alles aufschreiben musste. Unter anderem musste ich mir aufschreiben, wo ich den Zettel hintat, auf dem ich aufgeschrieben hatte, was ich nicht vergessen durfte. Eigentlich hätte ich dünn sein müssen wie eine Stabheuschrecke, vor allem zu der Zeit, als

Nils und ich noch in einem Sechsfamilienhaus unterm Dach gewohnt hatten und ich täglich ungefähr 34 Mal die Stufen hochgejoggt war, weil ich wieder irgendetwas vergessen hatte. Nur um dann, wenn ich unten am Auto angekommen war zu bemerken, dass ich meinen Autoschlüssel mit hoch genommen und dort auf dem Schuhschrank hatte liegen lassen) und ich freute mich, hier zu sein.

Ich machte eine Tour mit dem kleinen Bähnchen, das über die halbe oder die ganze Insel fuhr (ich nahm die ganze, man gönnt sich ja sonst nichts) und welches Bähnchen hatte wohl einen Motorschaden?

Und wo mochte sich dieser wohl zutragen?

Richtig. Meins und zwar an der am weitesten vom „Bahnhof" entfernten Haltestelle des kompletten Eilands. (Was ungefähr genauso gemütlich war wie im einzigen Pauschalurlaub, den Nils und ich je zusammen gemacht hatten. In der Türkei. Wo es jeden Tag nur Reis mit Tomatensoße gab, eine kostengünstige Variante von All inclusive, den ich nicht vertrug und daher hauptsächlich unser Badezimmer von innen sah. Der einzige Ausflug, den wir machten, bestand in einer Runde Jetski fahren. Schade nur, dass meinem Jetski etwa zwei Kilometer vor der Küste der Sprit ausging und meine 45 Minuten darin bestanden, auf dem ausgeschalteten Jetski sachte auf den Wellen herumzuschaukeln und die Haiflossen um mich herum zu zählen. Irgendwann bemerkte Nils tatsächlich sogar, dass ich weg war und schickte mir (ist gleich: junger, blonder Frau. Damals noch mit ein paar Kilo weniger) zur Rettung ein Notfallkommando, bestehend aus einem Boot mit sechs jungen, feixenden Türken. Danke, mein edler Ritter!)

Das hätte mir grundsätzlich nichts ausgemacht, ich war ja quasi im Urlaub und hatte Zeit, aber der Crash-Fahrer und sein Kollege, der uns zu Hilfe eilte, wollten beide ein saftiges Trinkgeld, was mir ein wenig wehtat. Aber ich freute mich so, hier zu sein, dass mich nicht einmal das aus der Ruhe bringen konnte.

Wieder zurück in der Innenstadt wanderte ich durch das Shipwreck-Museum und ließ das unsäglich schlechte Schauspiel eines als Bürger von 1870 verkleideten Museumsangestellten über mich ergehen, dann setzte ich mich in ein Straßencafé, bestellte Salat mit Mango und Riesengarnelen und zum Nachtisch Lemon Cake mit Meringe-Kruste und genoss mein Leben in vollen Zügen.

Außerdem musste ich einmal mehr feststellen, dass ich eindeutig im falschen Jahrhundert geboren war. Ich wollte die Zeit so 75 Jahre zurückdrehen (und wenn ich dann schon mal dabei war, gleich den Zweiten Weltkrieg verhindern) und in Key West wohnen! Es war einfach so verdammt schön hier! Alles, aber auch alles erinnerte einen an die 30er Jahre, von den Häusern über die Musik, das Essen, das Lebensgefühl…Ich beschloss zu vergessen, dass ich je gesagt hatte, ich wäre gerne ein Burgfräulein im englischen Mittelalter. Oder die heldenhafte Frau von Ragnar dem Schwerterschwinger. Die Zahnhygiene war in den 30ern wesentlich besser, es gab vereinzelt schon Autos und die Haare waren immer so schön! Und die Kleider! Immer adrette Kostümchen, Bleistiftröcke, Blüschen mit Rüschen...und der rote Lippenstift...ich war ein wenig verliebt! Und das von mir als bekennender Nicht-Amerikanerin!

30

Und einen Tag später ging es auf die letzte Mission, bevor ich wieder ins kalte Deutschland zu meinem trost- und mannlosen Leben und meinen bettnässenden Hunden zurückkehren musste: Ab auf die Bahamas, Baby! Ich hatte an der Hotelrezeption einen Trip mit einem Kreuzfahrtschiff gebucht, an einem Tag hin, am nächsten Tag heim und ich war schon ganz schön gespannt. Schiffe waren, im Gegensatz zu meinem angelfanatischen Noch-Ehemann, nicht so ganz mein Metier. Und ich würde sogar auf einem übernachten müssen!

Das Einchecken an sich war schon ganz schön spannend – ich konnte kaum erwarten, herauszufinden, ob mein Koffer tatsächlich in meiner Kabine landen würde, was erstaunlicherweise sogar der Fall war. Die Kajüte an sich war…nun…riesig.

Aus der Perspektive einer Ameise.

Ich war ehrlich gesagt ziemlich froh (ungefähr das erste und letzte Mal in meinem Leben, dass ich das sagen würde), dass ich alleine war. Ich bekam ja schon ohne eine weitere Person im Zimmer Platzangst, wie mussten sich die armen Schweine fühlen, die sich so eine Kabine zu viert teilten?

Ich beschloss, mich nicht mehr aus meinem schwimmenden Zuhause zu bewegen, sondern mich ins Bett zu flaggen und mir die volle Dröhnung zu geben. Keine Ahnung, an was es lag, aber was den einen ihre Schlaftabletten, war für mich das kleine Pillchen gegen Reiseübelkeit von Ratiopharm. Ich musste es nur nehmen, um mich in einen ausgewachsenen Zombie zu verwandeln, der wirklich chancenlos war gegen die bleierne Müdigkeit. Das Ding hatte einen Durchmesser von drei Millimetern und knockte mich so zuverlässig aus wie ein rechter Haken von Klitschko. Wahrscheinlich war das der Sinn der Sache: mit Übelkeit hatte das gar nix zu tun, man verschlief nur die ganze Reise und merkte nicht, dass man eigentlich k...äh, spucken musste. Und auch ich musste in der Tat nicht spucken. Das wollte bei mir schon einiges heißen, mir wurde ja schon immer eher schnell schlecht, wenn sich zwischen mir und dem Wasser nur bewegliches Metall befand. Ich durfte nicht einmal mehr daran denken, wie die Fahrt mit dem Glasbodenboot in Ägypten ausging – um es mal vorsichtig auszudrücken, die maritime Welt dort war jetzt best Friends mit mir.

Am nächsten Morgen konnte ich es kaum erwarten, an Deck zu kommen und den ersten Blick auf den Traumstrand zu werfen.

Ich bekam fast einen Schreikrampf. Ich fühlte mich wie die dumme Trulla aus der Raffaello-Werbung, nur ohne Kakadu. Irgendwie hatte ich ja schon gedacht, die Küste vor Miami Beach sei schön, aber hier war ich doch tatsächlich im Paradies gelandet. Wobei gelandet nun wiederum das falsche Wort war, ich war ja mit dem Kreuzfahrtschiff hier angedockt, obwohl es mit drei Stunden Reisezeit vermutlich die kürzeste Kreuzfahrt aller Zeiten sein gewesen dürfte.

Jetzt lag ich hier in der Sonne rum mit meinem Kindle (nein, ihr Schwaben, ich war nicht schwanger. Das war ein kleiner schwarzer Kasten mit ganz vielen Büchern), noch so etwas von dem ich nie gedacht hätte, dass ich es je besitzen würde und noch so etwas, dass ich jetzt schon heiß und innig liebte. Daheim würden es noch immer die guten altmodischen Bücher sein, sonst hätte das Mielchen ja nix zum Zernagen, aber auf Reisen gab es nix Besseres.

Ich aalte mich in der Sonne mit dem ersten Ragnar, dachte gelegentlich an den zweiten Ragnar und schickte den Müllern, meiner Mutter und allen anderen, die ich sonst noch ärgern wollte, ein Foto meiner lackierten Zehennägel auf schneeweißem Sand vor ultramarinblauem Wasser.

Bei einem der unzähligen fleißigen Kellner, die auf diesem sehr weißen Sand in ihren schwarz-weißen Uniformen wirklich unglaublich nach Pinguin aussahen, bestellte ich eine alkoholfreie Pina Colada (nach meinen Erfahrungen mit Sex on the Beach hatte ich nun wirklich keine Lust, auf der Gangway auszurutschen und über die Reling zu stürzen) und brachte einen Toast aus (WAS bedeutete das eigentlich? Einen Toast? Geröstetes Brot? Hä? Und wieso ausbringen?) auf meine Reisegefährtin der letzten paar Tage. Sie war still, geduldig, unkompliziert, nie zickig, hat alles anstandslos gegessen (und getrunken), war immer höflich zu Kellnern (was ich nach der Gunnar-Episode wichtiger fand denn je), sprach perfektes Englisch, konnte genauso gut am Strand rumflaggen wie spannende Sachen machen. Ich hatte einfach eine coole Zeit mit – mir. Ich hatte festgestellt, ich war eine super Reisebegleitung für mich und würde jederzeit wieder mit mir in den Urlaub fahren. Allerdings hoffte ich wirklich, dass sich bis zu meinem nächsten Abenteuer ein vorwiegend männliches Individuum gefunden haben würde, das mit mir losziehen wollen würde.

Sich alleine den Rücken einzucremen war nun nicht gerade die leichteste Aufgabe der Welt, besonders wenn man wie ich den Beweglichkeitsgrad eines Stahlträgers hatte. Tatsächlich konnte ich, wieder zu Hause angekommen, einen ausgesprochen gleichmäßigen roten Sonnenbrandstreifen feststellen, der sich ungefähr zehn Zentimeter breit von meinem Haaransatz bis knapp unter meine Schulterblätter zog. Genau die „Du-bist-kein-Schlangenmensch"-Zone, für die meine Schultergelenke eine weitere Beugung meiner Arme nicht zugelassen hatten.) und auch sonst konnte männliche Anwesenheit durchaus für etwas gut sein. Manchmal.

Ich verbrachte auch den zweiten Bahamas-Tag lesend, badend und über die Nachrichten nachgrübelnd, die über den Tag verteilt so eintrudelten. Die erste war von Jakob.

„Wow, ganz schön braun. Freue mich schon darauf, Deine Urlaubsgeschichten zu hören. Guten Flug heim und bis hoffentlich bald."

Ok, ich musste es mir eingestehen. Vielleicht war dieser Typ einfach zu nett für mich? Oder er hatte, wie andere Menschen eine Rot-Grün-Schwäche haben und deshalb an jeder Ampel ihr Leben riskieren, eine Flirt-Schwäche?

Konnte er nicht ein einziges Mal irgendwas schreiben, das nicht super freundlich und völlig harmlos war? Und würde ich das ändern können? Und wollte ich das ändern? Sollte ich ihn zu „meinem Projekt" machen, wie die Handwerker in dieser Baumarkt-Werbung, die immer Jajajippiehjippehje singen?

Hm. Warum eigentlich nicht?

„Meine Zehen sind nicht das einzige gut Gebräunte an mir. Momentan könnte man eher „Finde die weißen Stellen" spielen. Bist Du eine Spielernatur?" Ich grinste, als ich auf Senden drückte.

Nils meldete sich ebenfalls irgendwann.

„Ich denke, der Griechenhund hat vor, eine Kochlehre zu machen oder selbst im Kochtopf zu enden. Erst das Salz. Als ich heut heimkam hatte sie eine Knolle Knoblauch geschält und Inhalt mit Schale dekorativ im Wohnzimmer verteilt. Außerdem hatte sie es einmal mehr auf mein Bodo Ilgner-Buch abgesehen. Was sie gegen Bodo Ilgner hat, weiß ich auch nicht so genau, aber sie attackiert von den 600 oder wieviel Büchern im Regal immer genau das Bodo Ilgner-Buch. Witzigerweise steht genau daneben "Hundeerziehung leicht gemacht". Das hat sie noch nie angegriffen. Ich glaube, sie will meine Aufmerksamkeit nicht darauf lenken. Wird Zeit, dass Du bald wiederkommst, Du Brownie!"

Oooooha. Wie interpretierte ich denn das nun? Vermisste er mich etwa? Oder wollte er nur so schnell es ging wieder aus dem täglichen Wahnsinn entfliehen, der sich mein Zuhause nannte? Ich tippte auf letzteres, hoffte aber auf ersteres.

„Klingt als würdet ihr euch prächtig amüsieren. Ich glaube, Du willst gar nicht mehr aus dem Irrenhaus ausziehen. Sag Mielchen, ich wünsche mir ein gutes deutsches Gericht bei meiner Heimkehr. Spaghetti Bolognese oder so."

Als ich auf das Schiff zurückkehrte, hatte ich das leise Gefühl, dass der blaue Himmel eine leicht gräuliche Färbung angenommen hatte und prompt wies mich eines der Crewmitglieder darauf hin, dass ich mich für die Rückfahrt bitte samt meiner Schwimmweste im Bordrestaurant einfinden möge. Ein tropischer Gewittersturm braute sich zusammen, da sei es aus Sicherheitsgründen erforderlich, alle Passagiere beieinander zu haben. Ich versuchte, mich nicht zu sehr beunruhigen zu lassen, bestimmt passierte das jeden Tag und ich hatte noch nie von einem Schiff gehört, das in der Karibik gesunken war. Oder etwa doch? Hier kam wieder mein unterentwickeltes Gedächtnis zum Vorschein.

Bewaffnet mit einer Familienpackung Reisetabletten und meiner Schwimmweste fand ich mich pünktlich zur Abfahrt im Restaurant ein und ich musste sagen, das Gefährt schwankte schon bedenklich. Wir hatten ordentliche Wellen.

Oh oh, für jemanden, der schon zum Glasbodenboot fahren eine Packung Reiseübelkeitstabletten einwerfen musste, war die Kombination Fähre plus Seegang plus vielleicht etwas zu viel Sonne auf der äußeren Hirnrinde jetzt nicht ganz so einfach zu verdauen.

Im wahrsten Sinne des Wortes.

Ich stellte fest: Lachen war und blieb die beste Medizin. Man suche sich einen bequemen Sitzplatz an einer belebten Stelle (besonders praktisch: gegenüber den Toiletten) des Schiffes und warte einfach ab. Und schon kamen sie ums Eck getorkelt als hätte es gestern Nacht in der Bar das Bier für umme gegeben. Plötzlich erklärten sich auch die Handläufe um den kompletten Kutter von allein. Die nicht so Stabilen krallten sich daran fest, während die anderen mehr oder weniger freiwillig von einer Wand zur anderen traversierten und passagierten (Ich schaute ab und zu Dressurreiten. Auch wenn ich es nicht verstand und ganz schön langweilig fand, deshalb bevorzugte ich Springen. Aber Nils war ein solcher Sportfanatiker (schauen, nicht machen), dass er vermutlich die dritte ugandische Regionalliga im

Synchronschwimmen angeschaut hätte, wenn so etwas denn in Deutschland übertragen würde).

Was ein Spaß, ich hatte lange nix Amüsanteres mehr gesehen. Bis (ich schätzte mal, sie hieß so) Birde aus Frangen meinte, sich neben mich setzen zu müssen und die ganze Zeit zu ihrer Mama (nicht das falsche Bild bekommen. Birde war dreissich, also war Mama fünfefuffzich) gesacht hat: „Oh, mir is sooo schlecht. Ich muss kotze. Is mir egal, ich kotz jetz!"

Äh, ok, aber musste das genau hier sein oder könntest Du vielleicht wo anders hinschwange?

Birde hat dann auch dauernd aus ihrn Brusdbeudel irchndwelche Kaugummis geholt und sich in die Kauleiste gestopft. Irgendwann war sie dann, leicht grünlich im Gesicht, in der Toilette verschwunden. Auftritt Babba: „Wo isse ,n?" Daraufhin Mama: „Aufn Glo, ich deng jetzt isse an Spein! Du weis doch, des verträcht se ned so richdich. In Bamberch in Grangnhaus ham sen Aufzuch, der isso schnell, da muss se immer spein!" Ach Du liebe Güte. Ich hoffte, 20 Reisetabletten würden ausreichen, um das zu überstehen.

31

Der Abschied von den USA fiel mir erstaunlich schwer, auch wenn ich mich auf daheim freute wie Bolle. Das schlimmste Erlebnis meines Lebens war vermutlich die Rückkehr aus Australien gewesen. Nach sechs wundervollen Wochen voll spektakulärer Erlebnisse waren Nils und ich nach Hause zurückgekehrt, nur um zu erfahren, dass mein Hund Ticco in der Zwischenzeit gestorben war. Ich hatte es kaum ausgehalten. Drei Tage später hatte dann Milo Einzug gehalten, ein kleiner Pfälzer, den ich einem schwulen Frisör abgekauft hatte und den ich nur erwählt hatte, weil er in einem Blumentopf saß und aus einem Farnbusch herausschaute. Irgendwie musste ich mich ja zwischen elf kohlrabenschwarzen und genau gleich aussehenden Welpen entscheiden!

(Konnte ich ja nicht wissen, dass er nur im Farn saß, weil er einfach vor allem Angst hatte, was sich irgendwie bewegte, Geräusche von sich gab oder auch einfach nur existierte).

Ich hoffte, dass mich dieses Mal keine unangenehme Überraschung erwarten würde, zumindest nicht unangenehmer als das zerkaute Schild meiner Lieblingsmütze.

Am Flughafen beschloss ich, noch schnell Schuhe shoppen zu gehen – zum einen, weil ich außer Unterwäsche noch gar nichts gekauft hatte, zum anderen, weil Schuhe dort einfach wesentlich günstiger waren als bei uns.

Und zum dritten und wichtigsten: Eigentlich HASSTE ich Schuhe kaufen. Da kamen mal wieder meine männlichen Gene durch. Mich überforderte das komplett. Ich war bekanntermaßen eine Schlecht-Absatz-Läuferin, wobei jedoch flache Schuhe nicht unbedingt zur Streckung der Gestalt beitrugen. Ich besaß keine Karottenhosen (im Ermangelung entsprechender Karottenbeine), also entfielen irgendwie auch alle süßen kleinen Stiefelchen mit Nieten und Ketten, die Karottenfrauen immer über ihre Karottenwaden zogen und die ich an anderen immer so toll fand.

Lange Rede, kurzer Sinn: es machte mir keinen Spaß. (Einmal begab es sich aber tatsächlich so, dass ich im Schuhladen meines Vertrauens (Ok, das war gelogen, ich hasste ihn genauso sehr wie alle anderen Schuhläden dieser Welt) tatsächlich ein Paar Schuhe gefunden hatte, das mir gefiel und passte, die richtige Absatzhöhe und sogar die richtige Farbe hatte und das kein Vermögen kostete. Ich also glückstrahlend bezahlt, rausgelaufen...und festgestellt dass ich minus einen Autoschlüssel war. Ist ja kein Problem, dachte man da noch, schlenderte zurück zu dem Hocker, auf dem man gesessen hatte und schaute darunter. Oh. Also dann auf der Theke. Oh. Also dann im Regal. Oh. Also dann auf dem Fußboden, in sämtlichen Schuhen, die man anprobiert hatte, in den Schuhen die neben den Schuhen standen, die man anprobiert hatte indentopfpflanzenderkimderschuhabteilunguntermregal hintermregaluffdekatzunnerdekatz....ohohohohohohoho hoooooh!!!!!!

Dreieinhalb Stunden später (also der Zeit, die ich in den 31 Jahren zuvor zusammengerechnet in Schuhläden verbracht hatte), war er noch immer nicht da, ich musste den ADAC rufen und mein Baby abschleppen lassen (Nicht dass es einer klaute. Vielleicht hatte ich den

Schlüssel ja auch auf dem Parkplatz verloren.) und durfte mir eine Mario-Barthsche-Tirade anhören (Frauen und Schuhe, haha, hihi...ich WAR nicht so, verdammte Axt) und musste mir den Ersatzschlüssel von der Firma schicken und umcodieren lassen, was eine Woche dauerte, in der ich dann Zwangsurlaub nehmen musste. Außendienst ohne Auto geht nun mal eher schlecht.)

Im Urlaub machte es mir komischerweise aber gar nichts aus. Als ich zwei Paar Nike Free gefunden hatte, die außerdem beide reduziert waren und schon im Originalzustand ungefähr die Hälfte des deutschen Preises gekostet hätten, war ich ein glückliches Mädchen.

Also ab ins Flugzeug. Natürlich wagte ich nicht einmal, darauf zu hoffen dass ein nur annähernd adäquater Ragnar-Ersatz sich neben mich setzen würde, aber ich bekam dann leider auch noch das komplette Gegenteil. Die eitelste und skurrilste Dame Ü 70 ever. Man musste es sich vorstellen: Rosefarbenes Twinset, gepflegter blonder Bob, Perlenohrringe, Longchamp-Tasche, leicht unnahbare Aura.

Jedenfalls saß die chice Omi doch einige Stunden neben mir und (ja, mir war schon klar dass ich im Allgemeinen zur Übertreibung neigte, aber das war jetzt wirklich WAHR) sie hat alle fünf (!) Minuten ein Döschen mit Kajal und Lidschatten herausgeholt, um im Spiegel den richtigen Schwung einer Haarsträhne hinter dem Ohr zu kontrollieren. Dabei machte sie jedes Mal ein Original Kim-Kardashian-Duckface und riss ihre Augen auf, mich hat's schier verrissen.

Am schönsten fand ich aber, als die rüstige Rentnerin das Pinselchen angespuckte (also „speichelte". Ohne

Brocken.), damit die schwarze Farbe in ihrem Döschen leichter streichzart wurde, und dann mit Hingabe ihren Lidstrich nachzog.

Nettes Detail am Rande war das Samsung Galaxy S irgendwas, das sie in alternierendem Rhythmus mit dem Schminkdöschen zückte, (um keine Ahnung was, ehrlich gesagt. Selfies bei Instagram zu posten, wahrscheinlich) und es jedes einzelne Mal komplett ausschaltete, wenn sie es in ihre Tasche steckte und wieder angeschaltete, wenn sie es rausholte.

Ging mich ja nix an, aber das nervte mich so, ich konnte es keinem sagen. Dann doch lieber eine Omi wie ich eine hatte, ohne Schminke, ohne Longchamp-Tasche und mit nem Wählscheiben-Telefon (kein Witz). Und keine Paris Hilton im Körper einer Ruth Maria Kubitschek. Nennt mich altmodisch, aber das war anstrengend.

Irgendwann auf meiner Reise über den Wolken wurde mir siedendheiß bewusst, dass ich mindestens seit einer ganzen Woche nicht mehr über korrektes Deutsch nachgedacht oder irgendjemanden dazu gebracht hatte, seine Kenntnisse der eigenen Muttersprache zu überdenken.

Na ja, gut, ich hatte auch ganz schön viel Zeit mit einem Menschen verbracht, der kein sch aussprechen konnte und Ragnars sehr süßes (und ansonsten auch makelloses) Deutsch zu korrigieren, wäre nun wirklich ein Sakrileg gewesen. (Er hatte übrigens auch sehr für mein Amüsement gesorgt, als er vehement beteuerte, dass Dänisch eine so leicht zu lernende Sprache sei. „Dänisch ist eine ganz einfache Sprache. Ich hab sie als Kind gelernt, da war ich zwei oder drei...also kann's ja nicht so schwierig sein, wenn sogar ein Kind das schafft!")

Ich war mir jedoch sehr sicher, dass meine nächste Chance schon sehr bald kommen sollte. Und wie meistens sollte ich auch in diesem Fall recht behalten. Mir war schon während des ganzen Flugs eine Stewardess aufgefallen, die so grundunsympathisch war, dass ich sie am Liebsten komplett ignoriert hätte – ging aber nicht, da sie nun mal genau für meinen Bereich des Flugzeugs zuständig war. Sie war groß, dürr wie ein Zaunpfahl, hatte eine künstlich gebräunte Haut, die mich sehr stark an Lederstrumpf erinnerte, trug einen modischen blonden Kurzhaarschnitt über einem langen miesepetrigen Gesicht und es war klar, dass sie sich für die Reinkarnation von Lady Di hielt.

Sie hatte eine grässlich unangenehme Stimme und ein schrilles, gekünsteltes Lachen und wenn sie redete, zog sie ihre Mundwinkel nach unten, so dass ihr Mund ganz eckig aussah. Eine halbe Stunde zuvor hatte sie mit künstlichem eingefrorenem Lächeln ein Kind angeranzt, das auf den Sitzen herumturnte und als ein älterer Herr auf dem Rückweg von der Toilette ziemlich lange den Gang blockierte, hatte sie genervt die Augen verdreht. Ich hatte noch keinen Ton mit ihr gesprochen und fand sie dennoch fürchterlich. Bitte, lieber Gott, sei gnädig und gib mir die Chance, ihr richtig einen einzubauen. Irgendwann, ich sah gerade einen Film und hatte Kopfhörerstöpsel in den Ohren (mehr um Pamela Anderson neben mir besser ignorieren zu können als aus irgendwelchen anderen Gründen), servierte Ulrike (so hieß das schreckliche Weib nämlich) Drinks. Ich war wirklich kein unhöflicher Mensch, ganz sicher nicht, aber ich wollte einfach nicht mit ihr sprechen.

170

Also wartete ich einfach ab, bis Germanys Next Senior Model neben mir ein Wasser bestellt hatte, dann deutete ich darauf, lächelte unter größer Anstrengung und gab Ulrike mit einem Nicken zu verstehen, dass ich ebenfalls ein Wasser mochte.

„Dasselbe?", fragte sie, ihre quäkende Stimme so penetrant dass ich sie trotz der Kopfhörer hören konnte. Strike. Mein inneres Biest führte einen Sambatanz auf. Sie hatte mich nicht enttäuscht.

Bedächtig drückte ich auf den Pausenknopf, nahm die Ohrstöpsel heraus und sah sie freundlich an. „Wie bitte?" Ich lächelte sie mit unschuldig hochgezogenen Augenbrauen an.

„Ich sagte: dasselbe?", wiederholte sie leicht genervt. „Nein." Ich bemühte mich um einen neutralen Gesichtsausdruck.

„Wie nein? Möchten Sie jetzt dasselbe oder nicht?" Ich hätte nicht gedacht, dass das noch möglich gewesen wäre, aber ihre Stimme klang noch schriller als zuvor. „Nein.", sagte ich ruhig.

„Also kein Wasser?" Ich konnte sehen, dass sie sichtlich um Fassung rang.

„Doch", erwiderte ich lässig und versuchte, nicht zu grinsen.

„Ja wie jetzt? Eben haben Sie noch gesagt, Sie wollen kein Wasser."

„Nee, das hatte ich nie gesagt." „Doch natürlich! Ich habe Sie jetzt dreimal gefragt ob Sie dasselbe wollen wie die Dame und Sie haben nein gesagt!"

„Stimmt."

„Wollen Sie mich verarschen?", zischte sie, ihre gute Ausbildung vollkommen vergessend.

171

„Gute Frau, ich will Sie überhaupt nicht verARSCHEN", (Ok – das war gelogen), „ich möchte nur einfach einen eigenen Becher."

„Wie bitte?" Wenn Blicke töten könnten, hätte sie mich jetzt gerade bei lebendigem Leib geröstet.

„Nein, ich möchte nicht DASSELBE wie die Dame, weil das bedeuten würde, dass wir aus einem einzigen Becher trinken müssten. Ich hätte aber gerne DAS GLEICHE, nämlich ein Glas Wasser, nur eben in meinem eigenen Becher. Das sollten Sie sich vielleicht merken für die Zukunft, kann bei Dingen wie Unterwäsche ganz schön peinlich werden." Ich lächelte süß.

Sie schnaubte nur durch die großen Nasenlöcher und stellte den Becher mit Wasser so heftig auf dem Tischchen ab, dass die Hälfte überschwappte. Ihr Pech, dass ihr Purser gerade im Parallelgang vorbeilief und sie mit scharfer Stimme zu sich zitierte. Ulrike musste das ganze Malheur aufwischen und sich natürlich bei mir entschuldigen.

„Aber das macht doch nichts", entgegnete ich verständnisvoll. „Wir waren ja alle mal neu im Job, da ist das doch klar, dass nicht alles reibungslos läuft." Der Rest des Flugs verlief ohne Zwischenfälle. Ich trug Airline-Socken und ich war ein großer Fan von Airline-Socken, die ich grundsätzlich mit nach Hause nahm und sie dort im Bett trug. Sie waren aus Frottee und unförmig und man kapierte weder, welcher der Linke und welcher der Rechte war, noch was innen und was außen war, aber Hey - sie waren warm! Und viel sinnvoller als Schlafmasken! Wen wollten sie damit eigentlich verarschen? Mein Hirn war so schlau, dass es auch kapierte, dass es hell war, wenn ich mir nen

Vorhang vor die Augen schnallte! Ich war ja nicht mein Nachbar! (Leider eigentlich, weil wenn ich mein Nachbar wäre, wäre ich netter zu mir). Ich schlummerte irgendwann ein, wachte wieder auf, aß undefinierbare Masse formerly known as Flugzeugessen, schaute einen Film, las über und dachte an Ragnar und schon waren wir in Frankfurt. Welcome home, Baby.

32

Als ich zu Hause ankam, stand Nils' Auto vor der Tür. (Oder es würde vor der Tür stehen, wenn die Mongos von nebenan nicht wieder ihr Lieblingsspiel gespielt hätten. Auto-Tetris. Wobei ich mir ziemlich sicher war, dass Ivana bei Tetris auch die Quadrate drehte. Meine, sagen wir es mal freundlich, exzentrischen Nachbarn hatten nämlich den lieben langen Tag nichts anderes zu tun, als die markierte Parkfläche vor ihrem Haus mit Zähnen und Klauen zu verteidigen und dazu ihre Gefährte halbstündlich einen halben Meter vor- oder zurücksetzen. Dabei gingen sie ganz offensichtlich nach den Regeln des Spiels Boule vor: Wer kommt am nächsten dran, ohne zu berühren? Ich wünschte mir ja, dass sie mal richtig draufrumsen und mit ihrem einen Stinkbock das leider unschuldige, zufällig nichtsahnend dort abgestellte Auto voll auf ihren anderen Stinkbock draufklatschen würden. Dann würde ich mir nen Ast lachen. Echt wahr jetzt.).
Oha.
Ich hatte irgendwie erwartet, dass er mir aus dem Weg gehen und schon verschwunden sein würde, wenn ich zurückkehrte. Ich versuchte, ein cooles Pokerface aufzusetzen, was etwa 25 Sekunden später durch die Begrüßung meiner Hunde zunichte gemacht wurde. Muppet sprang an mir hoch (ja, auch der große Stinkstiefel hatte ein paar Erziehungsmängel, aber weil er generell einfach so unfassbar toll war, sah ich darüber gerne mal großzügig hinweg) und knabberte an meinem Ohrläppchen (keine Ahnung warum, aber von seiner Seite war das der höchste Ritterschlag der Liebe und Zuneigung), während Mielchen voller Wonne auf

meinen Schuh pinkelte. Ich lachte und schimpfte und wehrte mich gleichzeitig und hatte gar nicht gemerkt, dass Nils direkt vor mir stand und mich schüchtern anlächelte.

„Hey", sagte er und für den Bruchteil einer Sekunde vergaß ich, dass er nicht mehr meiner war und ich mich jetzt nicht erleichtert und glücklich über meine Heimkehr in seine Arme werfen durfte. „Selber hey." Lächeln durfte ich ja immerhin, das konnte mir keiner verbieten.

Und dann überraschte Nils mich – und sich selbst, glaube ich, mindestens genauso sehr. Er kam auf mich zu und nahm mich fest in die Arme. Erst machte ich mich ein wenig steif, dann genoss ich das Gefühl, von einem großen, warmen und sehr vertrauten Mann an eine breite Brust gedrückt zu werden. „Schön dass Du wieder da bist", murmelte er in mein Haar. „Wir haben Dich vermisst." Ach Du lieber Gott. Meine Knie wurden weich. Doch dann dachte ich an Ragnar und seine Lass-ihn-kämpfen-Theorie und auch wenn mir lange nichts mehr so schwer gefallen war, trat ich bestimmt einen Schritt zurück und machte mich somit aus der Umarmung frei.

„Ich bin auch froh, wieder hier zu sein. Danke dass Du auf die Hunde aufgepasst hast. Komm gut heim und schlaf gut."

„Oh...äh...also, ehrlich gesagt", er war ganz rot geworden und sah mich mit einem beinahe flehenden Blick an, „ich hab was gekocht. Ich...äh...dachte mir Du bist bestimmt hungrig."

„Stimmt." Wie sollte ich da hart bleiben? „Also dann, gehen wir halt mal rein, oder?" Er sah sichtlich erleichtert aus. Wie selbstverständlich

175

trug er meinen Koffer nach drinnen, während ich abwechselnd die Hunde tätschelte und lobte und ihnen sagte, wie wunderbar sie waren.

Zum Glück hatte er wenigstens keine Kerzen angezündet oder so einen Kram, das hätte gerade noch gefehlt.

Auf dem Herd standen zwei Töpfe, die er ohne viel Aushebens auf den Esszimmertisch stellte und den Inhalt in zwei Teller verteilte. „Voila. Spaghetti Bolognese für die Dame, von Mielchen frisch gekocht wie bestellt."

Verdammt. Auch nach all den Jahren hatte er mich noch immer quasi an den Eiern, wenn er mich so anlächelte. Nils hatte Augen in einer faszinierenden Mischung aus blau und grau, weil er viel im Freien arbeitete, war er immer ein wenig gebräunt und mit seinem Dreitagebart strahlte er einfach immer einen rauen Charme aus, wie ein kanadischer Holzfäller. Ich hatte nie aufgehört, ihn attraktiv zu finden, genau wie ich nie aufgehört hatte, ihn zu mögen. Dass ich ihn liebte, war sowieso klar, noch immer und auch, nachdem er mir ein übergroßes Fleischermesser ins Herz gestoßen hatte, aber ich vermisste ihn einfach auch als Kumpel.

Nils war immer mein bester Freund gewesen, wir hatten unglaublich viel zu reden gehabt, immer miteinander gelacht und uns gegenseitig den Tag durch lustige kleine Nachrichten oder kurze Anrufe versüßt. Das war nun nicht bei jedem Paar an der Tagesordnung und am wenigsten bei denn, die schon so lange zusammen waren.

Genau deshalb war sein plötzlicher Auszug so schlimm für mich gewesen und hatte sich so sehr nach Verrat angefühlt. Nils war immer mein Fels in der Brandung gewesen, immer für mich da und hatte mich immer beruhigt, wenn mir irgendjemand wehgetan oder mich ungerecht behandelt hatte. Dass dann ausgerechnet er derjenige war, der mir wehtat, brach mir fast das Herz und war das, woran ich am meisten zu knabbern gehabt hatte.

Und ausgerechnet jetzt stand er wieder in meinem Esszimmer, hatte für mich gekocht und lächelte dieses schiefe Lächeln? Oh Mann, ich musste ganz schön stark sein.

„Ich geh nur schnell meine Pfoten waschen", entschuldigte ich mich und eilte ins Badezimmer, um mir kaltes Wasser ins Gesicht zu spritzen. Und erstaunt innehielt.

Den Wasserhahn wieder aufdrehte. Kurz wartete. Ihn wieder zudrehte.

Den Kopf schüttelte.

Die Prozedur wiederholte.

Hatte da jemand den (oder heißt es das?) Siffon repariert (heißt das Siffon, weil es immer so versifft ist? Den Abfluss halt!)?

Und was hatte die Person mit den Forellen und Walhaien gemacht, die eigentlich in meinem Waschbecken lebten und sich im extrem langsam ablaufenden Wasser einen schönen Lenz machten? Wusste ich auch nicht so genau. Ich war mir aber sehr wohl der Tatsache bewusst, dass ich wie ein Volltrottel vor meinem Waschbecken stand, immer wieder das Wasser aufdrehte und völlig fasziniert zugeschaute, wie es in einem Affenzahn den Ausguss runterstrudelte. „Kate?"

 Oh verdammt, Nils hatte ich ganz vergessen! Und die Nudeln wurden kalt!

„Komme!", rief ich zurück und trocknete mein Gesicht ab.

Das Essen verlief so, als wäre Nils nie weg gewesen. Ich erzählte ihm die spannendsten Begebenheiten aus Florida (minus Ragnar, natürlich, ich war ja nicht bescheuert) und er lachte genau an den richtigen Stellen und berichtete seinerseits von den Stinkstiefeln und was sie in meiner Abwesenheit alles getrieben hatten.

Mielchen lag selig mit dem Schwanz wedelnd neben mir auf der Bank, während Muppet beharrlich versuchte, seinen Schädel auf den Tisch zu pflanzen und einen Fleischklumpen abzustauben.

Alles wie immer also, bis auf die Tatsache, dass ich nachher alleine, abgesehen von zwei stinkenden Vierbeinern, in unser viel zu großes Bett gehen und Nils das Hoftor von außen abschließen würde.

Und dazu war das Essen auch noch einfach verdammt herrlich. Das war nämlich auch noch so etwas Fieses in Zusammenhang mit Nils: Er konnte hervorragend kochen und backen und tat dies auch noch gern. Ich schloss zwischendurch genießerisch die Augen, um die erste warme Mahlzeit seit gefühlten Tagen (wenn man den Flugzeugfraß außer Acht ließ) auf mich wirken zu lassen.

So musste der Neandertaler sich gefühlt haben, als irgendein dummer Brachiosaurus sich verirrt hatte und aus Versehen durch die Feuerstelle des Ötzis gerannt war. (Wie sonst hätte der Mensch entdecken sollen, dass man Tiere essen kann? Ich hatte mich bei ganz, ganz vielen Dingen schon gefragt: Woher weiß man das? Zum Beispiel dass man aus Milch Käse machen kann oder dass man Sahne schlagen muss? Oder wie lange man ein Ei kochen muss, damit das Weiße fest und das

Gelbe flüssig ist? Kann doch nur durch eine unfassbare Aneinanderreihung unglaublicher Zufälle entstanden sein! Und was war alles noch unentdeckt? Vielleicht musste man Ziegenkacke mit Cola mischen, um Gold zu erhalten, liebe Alchemisten? Wer weiß?)

Jedenfalls hatte ich diesen urknalligen Aha-Effekt: Essen-macht-glücklich. Und die Gesellschaft meines Noch-Mannes leider auch.

Gegen 22 Uhr war ich wirklich todmüde und mir fielen im Sitzen schon die Augen zu.

„Also, Nilsi," gähnte ich, „ich will ja wirklich nicht unhöflich sein, aber ich muss Dich jetzt leider rauswerfen. Ich brauche dringend eine Dusche und dann muss ich in die Heia, ich penn' hier gleich ein."

„Brauchst Du keinen, der Dir den Rücken schrubbt?"

Wie bitte? Mit einem Schlag war ich hellwach. Mit weit aufgerissenen Augen starrte ich ihn an. „Äh...was?"

„Na unter der Dusche!"

„Ich hab Dich schon richtig verstanden – aber das kann doch unmöglich Dein Ernst sein?"

„Hm, also eigentlich schon."

„Neenee, lass mal lieber!", entgegnete ich und fühlte mich ganz schön cool dabei. Damit stand ich auf. „Du findest ja selber raus. Gute Nacht!"

Wow. Ragnar wäre echt stolz auf mich. Mit diesem tröstlichen Gedanken wankte ich unter die Dusche und blieb so lange unter dem Strahl stehen, bis das Wasser kalt wurde.

33

„Irgendwie bin ich jetzt auch nicht weiter als vorher", sagte ich zu Suse, die ich am Handy entertainte, während ich nebenher an meinem Lebenslauf feilte. Ich hatte Ragnar versprochen, dass ich Bewerbungen schreiben würde und wenn ich etwas versprach, war es mir heilig.

„Wie meinst Du?"

„Na, ich hab' einen großartigen Typen kennengelernt, wir hatten eine fantastische Zeit zusammen und ich fühle mich, was mein Selbstwertgefühl angeht, wenigstens wieder halbwegs repariert – aber was hat es mir schlussendlich wirklich gebracht?"

(Sollte ich wohl erwähnen, dass ich ein Semester Biologie studiert hatte, aber absolut nur Bahnhof verstanden hatte und deshalb sang- und klanglos durch sämtliche Prüfungen gerauscht war? Oder sollte ich einfach so tun, als hätte ich ein nach dem Abi einfach ein halbes Jahr lang gar nichts getan?)

„Hör auf zu heulen", befahl Suse streng. „Du hattest wenigstens Sex und Du hättest noch viel mehr haben können, wenn Du nicht so ein sturer Esel wärst!"

„Entschuldigung mal! Hätte ich tatsächlich mit Nils unter die Dusche hüpfen sollen?"

„Warum nicht? Was hätte es geschadet?"

„Nee, anders – was hätte es gebracht?"

„Also...Sex mit dem Mann, den man eigentlich liebt, ist doch keine so schlechte Sache. Oder hast Du Dich anderweitig verguckt?"

„Bis jetzt nicht. Ich finde Deinen Jakob ja wirklich süß, aber irgendwie hat er einen Stock im Hintern."

„Das ist nicht MEIN Jakob!", beteuerte sie automatisch, aber ich hatte schon die ganze Zeit das Gefühl, dass sie gar nicht richtig bei der Sache war.

„Suse?"

„Hm?"

„Was treibst Du eigentlich?"

„Wieso meinst?"

„Ich glaube irgendwie, Du hörst mir nicht richtig zu."

„Oh…hm…nee, ich schau nur nebenbei Titanic und ich bin so neidisch auf diese dumme Rose. Ich will auch jemanden, der mich vergöttert und verehrt und am Ende für mich stirbt!"

Spinnst Du jetzt?"

Ich war ehrlich geschockt.

„Na ja, sterben muss er vielleicht nicht unbedingt, aber er sollte zumindest bereit dazu sein", sagte sie schwärmerisch.

„Ganz ehrlich: Der hätte gar nicht sterben müssen."

„Schon klar, wenn das Schiff nicht untergegangen wäre, würde er jetzt noch leben."

„Das meine ich doch gar nicht, Du Horst. Ich wollte damit eher sagen, dass auf diese blöde Tür am Ende zwei Leute draufgepasst hätten und dass Rose und Jack einfach hätten heiraten und glücklich werden können bis an ihr Lebensende und den blöden Diamanten verhökern und ne Oben-Ohne-Bar auf Honolulu eröffnen und vier süße Kinder kriegen. Oder, was wahrscheinlicher ist, in ner Mietswohnung in Basington-on-Stoke auf 36 Quadratmetern wohnen und sich nach zwei Jahren entnervt scheiden lassen. Bei meinem Glück."

„Hä? Ehrlich jetzt?"

„Na klar, schau mal genau hin, wenn er am Ende tot an dieser Tür hängt und sie sich darauf ausbreitet wie ein Seestern, da wäre noch jede Menge Platz für den gewesen!"

(Leo hätte nicht als stinkende, aufgedunsene Wasserleiche enden müssen, wenn Kate Winslet nicht so ne Egoistin wäre. Aber Leo hatte eh kein Glück mit den Frauen, oder hätte Julia sich nicht ein bisschen beeilen können mit dem Aufwachen in der Kirche? Jedes Mal wenn ich's anguckte, hoffte ich, dass sie es dieses Mal rechtzeitig schaffen würde, aber sie lernte einfach nicht dazu. Dumme Pflunz. Wahre Liebe gab's eben nicht mal im Fernsehen.)

„Ok, ich muss mich konzentrieren. Meld mich morgen. Bis dann. Tschau."

Damit legte sie auf. Hm. So war das nicht gedacht.

Aber es war gar nicht so unpraktisch, so konnte ich immerhin meine Bewerbungen fertig machen. Ich hatte nämlich zwei Stellen gefunden, die mich interessierten und die auch auf mein Profil passen würden – eine in München und eine in Hamburg. Das versprach, mächtig interessant zu werden.

Als ich so schön vor meinem PC saß, surfte ich natürlich auch ein wenig auf Facebook herum und stieß dabei auf eine ganz schön interessante Seite.

„Spotted: Landwirtschaft", da suchten Landwirte die Frau fürs Leben. Bauer sucht Frau ohne Inka Bause, quasi.

Die gaben dann anonym Kontaktanzeigen auf und man konnte „Gefällt mir" klicken oder das Ganze kommentieren. Leider schrieben die meisten auf bayerisch und waren noch dazu 18 oder 19 Jahre alt, aber es war tatsächlich einer dabei, der von Interessen bis IQ passen könnte.

Studierter Tierarzt, der jetzt aber den Milchviehbetrieb seiner Eltern übernommen hatte und der auch nur ein Jahr jünger war als ich. Er züchtete Labradore, rein hobbymäßig, und klang ziemlich vernünftig.

Jedenfalls hatte ich vor ein paar Tagen mal auf Daumen hoch geklickt und mich schon etwas gewundert, dass keine Nachricht kam (HALLO? Also ehrlich!) – bis, ja bis ich darauf gekommen war, dass es bei den Nachrichten ein „Sonstiges"-Fach gab!

Und siehe da: Ich hatte nicht nur eine Nachricht vom männlichen Milchviehbauern, sondern eine seit Monaten dort schlummernde von einem ehemaligen Kommilitonen, den ich schon in der Uni sehr schnuffelig fand, aber weil ich natürlich bereits an Nils gebunden war, hatte ich diesen Punkt nicht weiter verfolgt. Sie lautete zwar lediglich „Hey Kate, long time no see! Wie geht es Dir? Kannst Du Dich noch an mich erinnern? Meld Dich doch mal ☺", aber ich freute mich trotzdem.

„Klar, wie könnte ich Dich je vergessen? Dank Deiner Nachricht geht's mir gleich viel besser. Und bei Dir so?"

Der Bauer hatte ebenfalls geschrieben: „Danke für das Gefällt mir! Von Deinem Profilbild muss ich sagen – Du gefällst mir auch! Und dass Rinder, Hunde und Landwirtschaft Dich nicht abschrecken, gefällt mir noch viel mehr! Lass doch mal von Dir hören, ich würde mich freuen."

Ich dachte nicht lange nach und tippte darauf los:

„Ich liebe Rinder – besonders medium gebraten und mit handgeschnittenen Pommes Frites. Nein, Spaß, lebend sind sie mir tatsächlich noch lieber. Und was Besseres als Hunde gibt es sowieso nicht (wobei ich jetzt einfach mal davon ausgehe, dass die aus Deiner Zucht keine Schuhe und Bücher fressen, im Gegensatz zu meinen). Jetzt bist du dran mit dem hören lassen, viele Grüße aus dem Süden in den Norden!"

Und weil ich gerade so kreativ am Schreiben war, sandte ich gleich noch eine Whats App an Nils: „Na, heute schon geduscht?"

Grinsend schaltete ich den Computer aus und ging ins Bett.

34

Ich konnte es nicht fassen. Jakob hatte sich von sich aus gemeldet. Und er hatte von sich aus vorgeschlagen, dass wir was essen gehen könnten. Es geschahen noch Zeichen und Wunder!

Ich hatte aber einen noch viel besseren Plan. Ich würde ihn zu mir nach Hause einladen. Das wäre praktisch, weil

a) Ich meinen Fußboden ziemlich gut kannte und die Wahrscheinlichkeit, dass ich auf die Fresse fliegen würde, eher gering war

b) Er gleich meine Hunde kennenlernen konnte (mit denen ich vorher einen Iron Man absolvieren würde, damit sie sich einigermaßen benahmen) und ich ihn, wenn er sie nicht mochte, gleich des Grundstücks verweisen konnte

c) Es keine peinlichen Momente geben würde, wenn die Rechnung kam, weil es auch keine Rechnung geben würde.

Und weil ich aus mehreren Gründen ein kluges Köpfchen war, würde ich nicht selbst kochen, sondern meinen Cousin dazu bringen, alles für mich vorzubereiten, so dass ich völlig stressfrei und unverschwitzt und souverän ein viergängiges Menü aus dem Ärmel zu schütteln.

Mein kleiner (ok, eigentlich war er einen halben Kopf größer als ich) Cousin war jetzt nämlich ein Sternekoch (na ja, genau genommen lernte er Koch in einem Restaurant, das einen Stern hatte) und ich war schon öfter in den Genuss seiner einzigartigen Kreationen gekommen.

Und ich hatte viel gelernt dabei! Zum Beispiel, dass die Bezeichnung von Arla Kaergarden als Butter die reinste Blasphemie war (Ich tu's nie wieder! Ich ess' auch kein Butterbrot mehr (sowieso nicht. Nur noch Brot mit Honig vom Imkerrr), sondern Streichfett-Brot, was eh gleich wesentlich unattraktiver klang).

Also lieber Gourmet-Kartoffelbrei, 60 Mal geschlagen (Der zählte mit, der Brei, das gewitzte kleine Ding!) und hochkompliziert zubereitet mit Kräutern, die extra angebraten wurden und dann durch ein Sieb gejagt und mit den Kartoffeln verquirlt. Er war also ein echter Profi und er würde mir sicherlich dabei helfen, mich ins noch etwas kalte Herz dieses Herrn zu kochen.

Aber eins nach dem anderen. Ich antwortete ihm: „Gerne. Komm doch zu mir, ich bereit eine Kleinigkeit zu essen vor. Morgen um 19.30 Uhr?"

Ha, das klang so herrlich nonchalant. Unter Kleinigkeit stellte er sich sicher Schnittchen mit Mettwurst vor und ich würde hier ein kulinarisches Feuerwerk abfeuern, da würde ihm Hören und Sehen vergehen!

Dann brachte ich meine Bewerbungen zur Post und sandte sie in die weite Welt hinaus. Im Geiste schickte ich ein kurzes Stoßgebet an Ragnar, auf dass seine positive Denkweise mir helfen möge.

Dann checkte ich kurz meine Sonstiges-Nachrichten. Oha. Eine von Dirk, dem Bauern aus dem Norden.

„Du bist ja süß. Und schlagfertig, das gefällt mir. Wann darf ich Dich denn mal in natura sehen? Mein Gästehaus steht jederzeit zu Deiner Verfügung. Sag einfach Bescheid, wann Du kommen magst, dann lasse ich alles für Deine Ankunft vorbereiten. Vielen Dank im Vorraus."

Oha. Drei Dinge. Erstens, der Gute ging ganz schön ran. Zweitens, er hatte ein Gästehaus. Wie mochte da sein normales Haus wohl aussehen? Drittens, im Vorraus schrieb man einfach nicht mit zwei r. Wieder so etwas, das so viele Menschen immer wieder falsch machten.

Im Voraus bedeutete ja so etwas wie „Im Vorhinein" oder „schon jetzt". Vorausschauend fahren hieß, dass man den Blick weit nach vorn auf die Straße richtete und auf alles gefasst war. Es hieß ja nicht, dass man durch die Scheibe „vor raus schaute". Na ja, wie auch immer, es hieß eben einfach voraus und nicht vorraus. Man konnte es sich merken, indem man sich überlegte, dass sich die Person für etwas bedankte, das man zuVOR AUSgemacht hatte. Voraus. Punkt.

Doch zurück zu Dirk und seinem Gästehaus. Er konnte unmöglich glauben, dass ich tatsächlich durch die halbe Republik reisen und bei einem wildfremden Menschen im Gästehaus übernachten würde? Was WAR ein Gästehaus überhaupt?

Womöglich klang es nobler, als es tatsächlich aussah und er hatte einfach ein Einmann-Zelt in den Vorgarten seines Bauernhauses gestellt?

Dank Bauer sucht Frau war man ja, wahrscheinlich zu unrecht, doch ein wenig voreingenommen, was landwirtschaftliche Domizile in der Bundesrepublik betraf. Was sollte ich dem Guten denn jetzt antworten?

„Ach so, Du willst mich erst kennenlernen? Ich dachte eigentlich, wir würden uns direkt in Las Vegas treffen zu unserer Hochzeit. Nächste Woche hätte ich Zeit gehabt und ein Kleid hab' ich auch schon ausgesucht."

Mal gespannt, was da jetzt wohl zurückkäme.

187

Als mein Handy das nächste Mal tutete, war es jedoch nicht der muntere, majestätische, mutige, mitteilsame Milchviehhalter, sondern Jakob.

„Alles klar. 19.30 Uhr passt. Bis dann!"

Argh! Wäre es zu viel verlangt, wenigstens einmal ein kleines „Ich freu mich" dranzuhängen?

Vielleicht musste man den Kerlchen einfach tatsächlich noch ein bisschen was beibringen.

„Super!", antwortete ich daher. „Ich freu mich!"

Tut-tut.

„Ich mich auch."

Na immerhin.

Bevor Jakob mich aber mit seinem Besuch beehrte, gab es noch eine Menge zu tun.

Schritt eins: gründlicher Hausputz. Suse hatte mir erzählt, dass Jakob ein extrem ordentlicher Mensch war und ich befürchtete, dass er sogar der Sorte angehörte, die die Quittungen aus dem Supermarkt nach Läden und Datum sortiert in einen Ordner einhefteten.

Ich war mehr von der Sorte „Kreativer Chaot", ich fand aber alles wieder, was nicht gerade von einem wolfsähnlichen Säugetier an einen anderen Ort verschleppt worden war.

(Da fiel mir ein: Meine verschwundenen Schuhe waren mittlerweile alle wieder aufgetaucht. Mein Arsch-Schuh, der verschollene, der meine Gesäßmuskulatur straffen und mir anmutige Rundungen verschaffen sollte und den der kleine cremeweiße Übeltäter verschleppt hatte, war der erste Treter gewesen, den ich wieder gefunden hatte. Zum Glück – ich schaute schon täglich in den Spiegel, ob mein Bobbes bereits der Schwerkraft nachgab. Übrigens hatte das ausgebuffte kleine Biest ihn an der einzigen Stelle des Grundstücks versteckt, an der ich nicht gesucht hatte. Und wo konnte das wohl sein? Hm? Nein, nicht in dem Schrank, in dem das Putzzeug lagerte, sondern – im Schuhschrank! Wie das Griechen-Monster den aufgekriegt hatte, um dann den Schuh fein säuberlich ins dafür vorgesehene Regal zu stellen, würde mir immer und ewig ein Rätsel bleiben. Aber Hauptsache er war wieder da und ich konnte wieder tänzeln wie auf Wolken.

Aber auch meine normalen Asics, der lila und der blaue, waren back for good. (Und nee, back for good hieß nicht, wie es eine Mitschülerin von mir jahrelang dachte, „Tasche für Gutes" (mit so nem Liedtext hätten „Nimm das" wahrscheinlich auch keine Millionen verdient), sondern bedeutete in diesem Fall dass ich meine Latschen wirklich und tatsächlich wieder gefunden hatte und auch nicht beabsichtigte, sie so schnell wieder aus den Augen zu lassen.

Sie waren weder im Kühlschrank noch im Bücherregal, sondern Nummer eins in der Waschküche versteckt in einem Stapel Dreckwäsche (Ich sagte doch, Frau Griechin würde mich tatsächlich zur perfekten Ordnung erziehen...irgendwann) und Nummer zwei schön taufeucht und vereinsamt im Garten im...äh...sagen wir mal vorsichtig „knöchelhohen" Gras (der Knöchel reichte doch bis etwa zwei Zentimeter unters Knie, nich?).

Jetzt befanden sie sich beide wo sie hingehörten – bei ihren jeweiligen Partnern im Schrank.

Ich war äußerst gespannt, was der kleine Sack sich jetzt einfallen ließe. Jedenfalls musste sie einen leichten Ohrfetisch haben, als ich tags zuvor heimkam hatte sie nicht nur (wie üblich) eine Packung Ohrenstöpsel gefressen, sondern auch ein Päckchen Wattestäbchen im

Hof verteilt. Sie konnte auch gar nicht verstehen, dass ich das nicht so eine beachtliche Leistung fand wie sie. Ich war halt auch ein Spielverderber!) Ich fand aber wirklich, dass ich viel ordentlicher geworden war, seit der tasmanische Teufel bei mir wohnte.

Sie zeigte mir jedoch Tag für Tag: Ich war noch nicht ordentlich genug!

Die Tüte mit den Brötchen, die sie aus meiner Handtasche geklaut, in 20.000 Fetzen zerlegt (die Tüte) und gefressen hatte (den Inhalt) fand ich ja noch halbwegs verständlich, aber meine Kontoauszüge?

Konnten so viele rote Zahlen denn schmecken?

Antwort: Sie hatte sie nicht gefressen, sondern unter der Truhe versteckt. Da gehörten sie auch hin.

Zum Thema Hausputz konnte ich nur sagen, dass ich da irgendwie ein kleiner Perversling war.

Mir machten alle Sachen Spaß, die andere Frauen furchtbar fanden wie bügeln oder Fenster putzen. Leider sind diese Sachen aber auch irgendwie scheußlich unnötig, da meine Hunde selten die Fenster vollhaarten und ich zum Bügeln nie Zeit hatte.

Und saugen und wischen brachte mich nicht nur in Zeitverzug, es machte mir auch keinen Spaß.

Was anderes, bei dem ich den Prozess hasste, aber das Resultat liebte, war Betten überziehen (Ich hatte mir ja schon überlegt, ob ich nur noch meine Seite überziehen und auf Nils' Seite einfach immer die gleiche Bettwäsche drauflassen sollte, wurde ja eh nicht benutzt, aber wie sah denn das AUS? Was sollte James denn von mir denken, wenn er demnächst vorbeikommen würde, die Hoffnung starb schließlich zuletzt? Oder, minimal wahrscheinlicher, aber immerhin wahrscheinlicher, dass Jakob und ich irgendwann in leidenschaftlicher Umarmung dort herumtollen würden.) und das stand heute auf dem Programm. Dumm nur, dass die zwei Tölen meinten, immer genau dort ihren Wrestling-Contest austragen zu müssen, wo ich gerade versuchte die Decke in die Hülle zu stopfen, ohne dass es am Ende auf einer Seite ein riesiger fetter Klumpen war und auf der anderen Seite aussah wie ein Blatt Papier.

Da half dann wirklich nur noch der „Wer kommt?"-Trick (gemein, aber wirkungsvoll. Gut, dass heute tatsächlich jemand kam, meine Mum nämlich, schlecht dass sie dies nicht schon fünf Minuten früher tat!) und irgendwann hatte ich es dann auch geschafft.

James: Notiz an Dich: Bettenbezieherin einstellen. Als meine Mum, die ich übrigens sehr lieb hatte und die eine gute Freundin für mich war, dann also in meinem Haus stand, stellte ich mir (nicht zum ersten Mal, übrigens) die Frage: Wann hören Kinder auf, Kinder zu sein?

Nie.

Sie bleiben immer die Kinder ihrer Eltern. Auch mit 80 noch.

Und auch wenn ich alle Heiligen anflehte, dass meine Eltern beide meinen 80. Geburtstag mit mir feiern würden, so hoffte ich doch, dass sie bis dahin kapiert haben mochte, dass Wäsche nicht denken konnte und auch keine Gefühle hatte. Ich versprach meiner Mama andauernd, dass meine Kleider nicht merkten, ob sie in meinem Kleiderschrank hingen oder im Wäschekorb lagen. Wirklich, ehrlich, garantiert NICHT.

Und wenn sie es merken würden, wärs ihnen egal. Nee, wahrscheinlich waren sie sogar lieber im Wäschekorb, denn wenn sie fühlen konnten, konnten sie auch sehen und dann war es im Gästezimmer im Korb doch wesentlich interessanter als in der Dunkelheit meines Schranks, ne?

Genaugenommen flehten mich meine kecken Blusen und die abenteuerlustigen Strickjacken deshalb auch andauernd an, sie bitte nicht aufzuhängen, sondern noch ein bisschen zusammen mit den kommunikativen Jeans und den quasselstrippigen Jogginghosen im Gästezimmer rumchillen zu lassen.

Ich machte das also ganz uneigennützig.

Und sie musste sich keine Sorgen machen. Ganz bald zog die next Generation Bekleidung aus der Waschmaschine ins Gästezimmer, also musste die Wäsche aus dem Gästezimmer in den Schrank und die Wäsche aus dem Schrank an meinen Astralkörper und danach in die Waschmaschine.

Circle of Life, das hatte schon der weise Papa im König der Löwen gesungen, bevor die Gnus über ihn drübergetrampelt waren.

Oder vielmehr Elton John.

Also gesungen, nicht drübergetrampelt.

Jedenfalls war alles im grünen Bereich, und weil ich Angst hatte, dass Jakob und mich so sehr die Leidenschaft übermannen könnte, dass wir es nicht mehr bis ins Schlafzimmer schaffen, sondern uns bereits auf dem Weg dorthin die Kleider vom Leib reißen würden (Nee. In Wirklichkeit dachte ich das nicht. Aber man konnte ja nie wissen, der Teufel ist bekanntermaßen ein Eichhörnchen), räumte ich auch wirklich alle meine Kleider auf. Sicher war sicher.

Als wirklich alles spiegelte und blitzte und blinkte, hüpfte ich noch schnell unter die Dusche und dann in meinen Lieblingsschlafi, mein meistunterschätztes und meistverteidigtes und eines der meistgeliebten Kleidungsstücke überhaupt.

Ich hatte noch nie über etwas zum Anziehen so viel diskutiert wie über diesen Schlafanzug und zwar, oh Wunder, mit Männern.

(Nicht dass ihn schon so viele zu Gesicht bekommen hätten, aber Nils hatte mal bei einem gemütlichen Abendessen mit Freunden unbedachterweise eine Bemerkung in die Runde geworfen, was eine Art spanischer Inquisition zur Folge gehabt hatte.)

Es handelte sich dabei nämlich um einen Einteiler, ähnlich der Strampelanzüge für Babies, mit langen Ärmeln und langen Beinen und vorne kleinen Druckknöpfen zum Verschließen.

Hallo? Was für John Wayne früher recht war, konnte für mich nur billig sein (Durfte ich hier mal kurz anmerken, dass ich den Sinn dieses Spruchs noch nie kapiert hatte?! Im Gegensatz zu "wer zuerst kommt, mahlt zuerst", liebe Mama, da ging es um mampfen und nicht um Bilder!) und so unerotisch wie man denken konnte, war das Ding gar nicht.

Es hatte ja immerhin Druckknöpfe. Die man sowohl langsam als auch schnell öffnen konnte. Ich mochte es jedenfalls, wenn ich mich nachts umdrehen konnte, ohne dass ich blöd auf meinem Oberteil lag und dann entweder meinen halben Arm amputierte oder mich eben nicht wirklich umdrehen konnte. Und ich hasste nichts mehr als nen plutten (wie meine Uroma zu sagen pflegte) Rücken, da dachte ich immer es ziehe mir an den Nieren.

Dann doch lieber so ein Ganzkörperkondom. Hatte fast nur Vorteile, außer beim nächtlichen Pipimachen, da hatte es John Wayne bedeutend einfacher. Na ja.

Erleichtert seufzend und entzückt von meinem Tagwerk sank ich in mein frisch bezogenes Bett und malte mir aus, was der morgige Tag wohl so bringen konnte.

35

Es war 17.30 Uhr und ich hatte alles unter Kontrolle.
Das war nun auch noch nicht allzu oft vorgekommen.
Das Haus war sauber, ich hatte die Köter bei einem 15
Kilometer-Spaziergang über Stock und Stein gejagt, so
dass sie nun komatös auf der Couch lagen und keine
Anstalten machten, das sorgfältig verdeckte Loch auf
derselben wieder auszugraben, mein Cousin würde um
19.15 Uhr ein delikates und fertig gekochtes Menü
bestehend aus Brokkolisuppe, Salbei-Risotto und
Lachsfilets sowie Zabaione hier abliefern und ich fühlte
mich gut.
Zeit für letzte Vorbereitungen an mir selbst. Lush-Time.
Ich liebte Lush. Das war der Laden mit den bunten
Käselaiben, der schon 199 Meter vor der Tür für einen
olfaktorischen Naseninfarkt sorgte.
Ich hatte Lush ja vor Urzeiten in England entdeckt, dem
Mutterland der Wunderbarkeiten, und war völlig aus
dem Häuschen, als es nach Deutschland kam. Man
durfte sich nicht abschrecken lassen, Wäscheklammer
auf die Nase und ab dafür!
Einmal, direkt nach dem Studium in der
orientierungslosen Phase, als ich noch keinen Job hatte
und auch noch nicht so recht wusste, was ich eigentlich
überhaupt tun wollte, hatte ich dort sogar mal nen Tag
probegearbeitet.
Oh, das war peinlich.
Ich musste dazu sagen – ich kannte mich wirklich,
wirklich, wirklich gut aus.
Mit großer Wahrscheinlichkeit gab es kein einziges
Produkt, das ich nicht schon besessen hatte, von dem
Peeling-Riegel, der eine babyzarte Haut machte, aber

das Bad in ein ruhrpottlerisches Kohlebergwerk verwandelte, über das Shampoo das aus Salzkristallen bestand und dessen durchsichtig-glibberige Konsistenz ich nicht näher beschreiben mochte, bis hin zu den komischen kleinen Tabletten, die man zerkauen musste, damit sie sich als Zahnpasta entpuppten: Ich kannte die Namen, die Preise, teilweise sogar die Inhaltsstoffe – ich hatte wohl echt einen Schaden!

Jedenfalls wollte ich mich tatsächlich mal dort bewerben und musste einen Tag zur Probe arbeiten.

"Kennst Du Dich ein bisschen aus bei uns?"

Ähm, ok, wie erklärte ich denen jetzt, dass ich die Produkte wahrscheinlich besser kannte als nicht nur sie oder ihre Kollegen, sondern wahrscheinlich Herr und Frau Lush höchstpersönlich? Schwierig. Ich tat also ein wenig bescheiden und wartete, bis sie mich auf den ersten lebenden Kunden losließen. Blond und Blümchenrock.

Was ich ihr empfehlen könnte.

Mööööp, falsche Frage. Da sind echt die Gäule mit mir durchgegangen.

Ich empfahl und empfahl und redete mich dabei so in euphorisch-begeisterte Rage, dass Blondi munter in ihr Weidekörbchen packte und mal geschwind für 140 Euro festes Shampoo und Massagebars und Wackelpudding-Duschgel kaufte. Und das ging den ganzen Tag so.

Ende vom Lied: Ich als Aushilfsdepp hatte mehr Umsatz als alle fest angestellten Verkäuferinnen zusammen. Musste ich dazu sagen, dass ich den Job NICHT bekam und nicht mal ne verkackte Badekugel für fünf Stunden Arbeit???

Vermutlich waren meine Lippen nicht gepierct und meine Haare nicht bunt genug.

Seither ging ich auch nur noch vor Weihnachten in den Laden, war einfach so ein kleines Jingle-Jingle-Ritual für mich, und bestellte sonst alles online.

Ich liebte es nämlich, dass die statt Styropor-Kügelchen Popcorn zum Verpacken verwendeten, was nicht nur herrlich roch, sondern biologisch auch noch wunderbar abbaubar war.

Konnte man zum Beispiel in den Garten kippen und ein paar Vögelchen erfreuen.

Konnte man allerdings nicht in den Garten kippen, wenn man ein Mielchen hatte, weil die sonst Seifenblasen pupsen würde.

Heute also gab es zur Entspannung und Belohnung für meine effiziente Vorbereitung ein Schaumbad in meiner Lieblingsduftrichtung Angel's Delight, ein waschechter (im wahrsten Sinne des Wortes) Traum.

Als ich aus der Wanne kletterte, hatte ich noch eine Stunde Zeit, bis Jakob ankäme und ich nutzte diese, um meine Haare zu föhnen, meinen Körper einzucremen und meine Augenbrauen zu zupfen, was ein ganz und gar sinnloses Unterfangen war, da ich die kleinen Härchen im Badezimmerspiegel daheim sowieso nie sah und immer das Haus in der irrigen Annahme verließ, mein Augenlid sei so glatt und samtig wie ein Babypopo.

Bis ich dann irgendwo hinkam, wo die Beleuchtung besser war (zum Beispiel in Umkleidekabinen, als hätte ich mich dort nicht ohnehin schon schlecht genug gefühlt. Umkleidekabinen waren die fürchterlichsten Orte der Welt und ich tröstete mich immer damit, dass kein Sonnenlicht der Welt so grell und erbarmungslos war wie das in diesen kleinen Folterkammern) und dann feststellen musste, dass da zwei Seidenspinnerraupen über meinen Augen klebten. Na toll.

Ich zupfte und ziepte und zerrte dennoch so eifrig, dass ich zehn Minuten später aussah, als hätte ich einen bösen Sonnenbrand auf den Augenlidern und schlüpfte dann in meine schönste Jeans und eine halbtransparente dunkelblaue Seidenbluse.

Etwas dezentes Make Up, dann ein Blick in den Spiegel: gar nicht mal so übel.

Ich war bereit, Jakob konnte kommen!

Ich vermied es, mich auf die Couch zu setzen, um keine cremefarbenen oder rötlichen Hundehaare (die einen waren lang und weich und klebten an sämtlichen Kleidungsstücken als seien sie mit Honig überzogen, die anderen waren kurz und drahtig und hatten winzige Widerhaken, mit denen sie sich an allem festkrallten, was nicht teflonbeschichtet war) und loggte mich in Facebook ein.

Holla die Waldfee, zwei neue Nachrichten!

Dirk schrieb: „Gib mir Deine Kontodaten, dann überweise ich dir das Geld für den Flug und das Kleid, ich will doch nicht dass meine zukünftige Frau das alles selbst bezahlen muss. Welche Ringgröße hast Du? Wäre der Trinity von Cartier ein angemessener Ehering oder hattest Du Dir etwas Extravaganteres vorgestellt?"

Hä?

Also entweder der Kerl hatte einen fast schon sensationellen Sinn für Humor oder er war ein riesiger kapitalistischer Angeber. Jetzt lag es wohl an mir, herauszufinden, mit was ich es genau zu tun hatte.

Wobei – der Trinity von Cartier…

Die zweite Nachricht war von Caspar, meinem ehemaligen Studienkollegen. Er schrieb mir, dass er jetzt in Hamburg lebe und dort Lehrer sei. Und Single. Und dass ich ihm auf jeden Fall Bescheid sagen sollte, wenn es mich je in den Norden verschlagen sollte. Klang doch ganz interessant.

Ich könnte ja auf den Weg zur Bauernhochzeit den Lehrer besuchen und meinen Junggesellinnenabschied mit ihm feiern. Früher war der echt süß gewesen, so ein Lausbub mit strubbeligen Haaren und schönen, frech blitzenden Augen.

Die Türklingel unterbrach meine Träumereien.

36

„Ah, Essen auf Rädern!", sagte ich begeistert, als ich meinem Cousin die Tür öffnete.

Morten war genau zehn Jahre jünger als ich und ungefähr 2,50 Meter groß. Er sah überhaupt nicht aus wie ein Koch mit seiner coolen Justin-Bieber-Frisur und er war echt ein spindeldürrer Lulatsch.

„Hahaha, bin ich Dein Lieferservice oder was?", grinste er, als er die ersten Töpfe in meine Küche trug.

„Na klar, die Luxusversion", erklärte ich nachdrücklich, um ihn in die Arme zu nehmen, als seine endlich frei waren.

„Schon gut", brummelte er verlegen und rannte wieder nach draußen, um die restlichen Köstlichkeiten einzusammeln.

„Also, gut zuhören!", erklärte Morten feierlich, als alle Behälter ordentlich aufgereiht in meiner blitzsauberen Küche standen. „Die Brokkolisuppe langsam erhitzen. Und immer schön rühren, damit nichts anbrennt. Den Lachs kannst Du in den Ofen schieben, während ihr die Suppe esst, dann müsste er genau perfekt sein. Zum Risotto gibst Du etwas heiße Brühe dazu, dann wird das auch wieder warm. Die Zabaione ist so weit fertig, die stellst Du einfach kalt und servierst sie dann später. Alles klar soweit?" Er grinste.

„Tipp topp, wird schon schiefgehen."

„Ganz sicher. Sagst mal Bescheid, wie es ankam."

„Aber logisch!" sagte ich und drückte ihm zum Abschied einen Schmatzer auf die Wange, wofür ich mich ganz schön auf die Zehenspitzen stellen musste.

Morten war noch keine zwei Minuten gegangen, klingelte es schon wieder an der Tür.

Jakob stand davor und für einen winzigen Moment setzte mein Herz aus.

Er sah schon echt gut aus.

Diese Augen, wie ein tiefer Bergsee in Irland, grün und strahlend und unergründlich. Und dann dieses 1000-Watt-Lächeln, das jetzt sein attraktives Gesicht überzog! Was war denn nur mit mir los? Seit wann fand ich denn bitte kleine dünne Männer gut?

Sonst stand ich doch eher auf große, breite Beschützertypen, möglichst sogar mit Drei- oder Mehrtagebart, kräftig und stark, gerne mit einem kleinen Bäuchlein, die deutlich größer und schwerer waren als ich und die mich im Notfall locker mal eben über ihre Schulter hätten werfen können.

Als aber Jakob jetzt vor mir stand und mich anstrahlte, fand ich schmale Handtücher plötzlich ganz schön anziehend.

Er streckte die Hand aus und ich überraschte uns beide, indem ich sie ergriff und dazu benutzte, ihn an mich zu ziehen und ihn auf beide Wangen zu küssen.

„Schön dass Du da bist", sagte ich schnell, bevor er entsetzt die Flucht ergreifen konnte, und zog ihn ins Haus. „Hast Du es gleich gefunden?"

„Na klar, ist ja nicht zu verfehlen!"

Mein Haus war signalrot. Oder hätte es zumindest ursprünglich werden sollen, hätte der Maler nicht eigenmächtig entschieden, dass „Himbeere" ein viel besserer Farbton für mein altes Schlösschen wäre. Mittlerweile hatte ich mich echt daran gewöhnt und mochte die Farbe, die kombiniert mit den weißen Klappläden so schön frisch und fröhlich wirkte.

„Das stimmt allerdings. Setz Dich doch! Was möchtest Du trinken?"

Er setzte sich auf einen der Stühle im Esszimmer, die ich selbst restauriert hatte und die mein ganzer Stolz waren.

„Nett hast Du es hier", sagte Jakob höflich und sah sich interessiert um, „ist wirklich sehr gemütlich."

Das fand ich auch. Ich liebte meinen uralt aussehenden Holzboden aus rohen Brettern, den anheimelnden Holzofen und die vielen bunten Farbtupfer. Dass ihm mein Zuhause gefiel (oder dass er zumindest so tat), nahm mich natürlich für ihn ein.

„Danke! Was möchtest Du trinken?", wiederholte ich und öffnete die Kühlschranktür. „ich hätte Bier, Wein, Saft, Wasser, Cola – ganz wie du willst."

„Oh. Hm, ich muss ja noch fahren, aber ein Bier wird gehen, denke ich."

Aha, er musste also noch fahren. Bei jedem anderen hätte ich behauptet, dass das nur so daher geredet war, bei Jakob glaubte ich es tatsächlich.

Ich drehte die Hitze am Herd ein wenig auf, um die Suppe zu erhitzen, stellte zwei kalte Bier auf den Tisch und rutschte gegenüber von Jakob auf die Bank, die an meiner Esszimmerwand stand.

„Also", sagte ich ein wenig unorignell.

„Also", erwiderte er und lächelte. „Prost!"

„Prost. Schön dass Du hier bist. Auf einen netten Abend!"

Wir schlugen die Hälse unserer Bierflaschen sanft aneinander und bevor wir in unbehagliches Schweigen verfallen konnten, plapperte ich darauf los.

„Und, erzähl mal, wie war Dein Tag denn so? Ich hab heut so was Ulkiges erlebt, ich könnte jetzt noch lachen. Ich war heute im Rewe und hab mir dort beim Bäcker gleich ein Brot mitgenommen. Hinter mir in der

Schlange stand eine beleibtere junge Dame. Und ich mein „beleibt" jetzt aus meiner Perspektive. Für manche Leute bin ich wahrscheinlich schon beleibt."

An dieser Stelle machte ich eine kleine Pause, um Jakob die Gelegenheit zu geben, vehement zu beteuern, dass ich natürlich nicht beleibt war. Was er jedoch nicht tat, sondern mich interessiert musterte.

„Na ja, jedenfalls hat sie vier Stück Linzertorte am Stück gekauft. Ich war wenige Minuten später am Einladen meiner Einkäufe ins Auto, als sie zum Auto gewatschelt kam, in dem Mama auf dem Fahrersitz auf sie wartete. Die Dame hat den Kuchen genau über dem Beifahrersitz auf dem Dach des Autos abgestellt - und hat sich ins Auto gehievt."

„Oh nein, sind sie etwa losgefahren?" fragte Jakob und beugte sich vor.

„Nee. Ich grade, das könnte interessant werden, da steigt Mama auf der Fahrerseite aus, läuft um die Karre herum, nimmt den Kuchen vom Dach, läuft wieder um die Karre herum, steigt ein und fährt los. Ich wusste echt nicht, lach ich jetzt oder heul ich?"

Jakob lachte.

„Wahnsinn, was für Leute es gibt, oder?"

„Ja, da hast du Recht!", antwortete ich und stand auf, um den ersten Gang zu servieren.

Das Essen verlief ganz nett. Ich mochte sein Lächeln und sein seltenes Lachen so sehr, dass ich mich in der Hoffnung, ihm das eine oder andere zu entlocken, vermutlich ziemlich zum Affen machte. Zum Glück hatte ich doch viele recht amüsante Dinge erlebt in letzter Zeit, so dass uns die Gesprächsthemen nicht ausgingen.

Oder vielmehr mir, Jakob beschränkte sich weitestgehend auf Nicken, kurze Zwischenfragen, bestätigende Laute und dieses wunderbare Lachen, wenn ich etwas ganz besonders Amüsantes gesagt hatte. Als es Zeit für den Nachtisch war, erwischte er mich kalt.

„Was ist Zabaione eigentlich?", fragte er, während er genießerisch den letzten Rest aus seinem Glas kratzte.

Scheiße, scheiße, scheiße.

„Äh, also, das ist…ähm….so eine Creme", da fielen mir die Bildchen auf den Joghurtdeckeln im Kühlregal glücklicherweise wieder ein, „mit Trauben!"

„Oh ehrlich?" Jakob sah verdutzt aus der Wäsche.

„Ja, klar."

„Schmeckt gar nicht nach Trauben", bemerkte er und ich entschuldigte mich unter dem Vorwand, mir sei so heiß, ich brauche etwas frische Luft, um nach draußen zu rennen und fieberhaft Mortens Nummer zu wählen.

„Sag nicht, Du hast es verkackt", meldete er sich, „das war eigentlich idiotensicher."

„Mo, sag schnell", ignorierte ich ihn, „sind in Zabaione Trauben?"

„Trauben? Nee. Wie kommst Du denn darauf?"

„Bei Joghurt sind immer Bilder von Trauben drauf." Oh verdammt. „Könnte man denn Trauben in Zabaione machen?"

„Theoretisch schon, aber theoretisch könntest Du auch Hackfleisch oder Rote Beete in Zabaione machen, die Frage ist nur, was Du damit bezwecken willst."

„Aber was IST denn dann in Zabaione drinnen?", wollte ich verzweifelt wissen. Jakob fragte sich bestimmt schon, wo ich blieb.

„Eigelb, Zucker und Wein, hauptsächlich."

„Keine Trauben?"

„Keine Trauben.", bestätigte er trocken.

„Aber Wein wird doch aus Trauben gemacht?"

„Da hast du wohl recht." Ich konnte seiner Stimme anhören, dass er sich königlich amüsierte.

„Also doch Trauben. Danke, Mo, Du bist ein Schatz!"
Ich legte auf und kehrte wieder ins Haus zurück, wo Jakob sich auf die Couch gesetzt hatte (zum Glück genau neben das Loch, das mittlerweile so tief war, dass es bis zu den Sprungfedern reichte und dass ich eine komplette Fleecedecke reinstopfen musste, um es einigermaßen zu verdecken, sonst wäre er mit seinem schmalen Hintern vermutlich hineingerutscht und ich hätte die Feuerwehr rufen müssen, um ihn wieder zu befreien) und freundete sich mit meinen Hunden an, die sich ausnahmsweise von ihrer Schokoladenseite zeigten. Ich schenkte uns jeweils ein kleines Glas Wein ein und gesellte mich zu den Dreien. War ein netter Anblick, Jakob umringt von meinen schlafenden Krambolen, da konnte ich mich daran gewöhnen.

Wir saßen kaum fünf Minuten, als es am Fenster, klopfte, was die Hunde dazu brachte, ekstatisch aufzuspringen, Jakob beinahe von der Couch zu werfen und frenetisch brüllend zur Terrassentür hinauszurennen, die Muppet selbst öffnen, aber leider nicht mehr schließen konnte.

Ich trat ans Fenster, um erschrocken zurückzuweichen, als mir ein länglicher weißer Gegenstand quasi direkt unter die Nase gehalten wurde.

Ein Duschgel.

Ein teueres.

Mist.

Nils.

„Ich – ich bin gleich wieder da"; stammelte ich und witschte ebenso schnell zur Tür hinaus wie vor mir die beiden Hunde. Jakob musste wirklich denken, dass ich nicht mehr alle Tassen im Schrank hatte.

37

Nils stand bereits im Hof und versuchte, beide Hunde gleichzeitig abzuwehren, die ihr Glück kaum fassen konnten, ihn schon wieder sehen zu dürfen.

„Ich hab heut noch nicht geduscht und du sicher auch nicht, also dachte ich-"

Er hielt inne, als er meinen Gesichtsausdruck sah.

„Oh, ich komme ungelegen, oder?"

„Hm…also, es ist so- "

„Du hast Besuch", unterbrach er mich leise und ich war erstaunt, so etwas wie Enttäuschung in seinen Augen aufflackern zu sehen.

Ich nickte langsam. „Jap."

„Von…äh…also…von wem denn?"

„Kennst Du nicht", sagte ich und überkreuzte die Arme unter der Brust, teils weil mir kalt war und teils als defensive Geste.

„Oh". Er schien ehrlich betroffen. „Eine Frau?"

„Nein, Nils, keine Frau. Ich sollte besser wieder reingehen. Tut mir leid, dass du jetzt umsonst hier hergefahren bist."

Ich rief den Hunden, die dankenswerterweise zum ersten Mal in ihrem Leben tatsächlich kamen und ging wieder hinein.

Ich musste endlich anfangen, die Vergangenheit hinter mir zu lassen und mich in Richtung Zukunft zu orientieren.

„Wer war das denn?", fragte Jakob, als ich wieder auf der Couch saß.

„Ach – nur meine Mutter", log ich und hoffte, dass er nicht aus dem Fenster gesehen hatte.

„Ich denke, ich werde mich dann auch mal auf die

Socken machen.", sagte er und mein Mut sank.

„Wirklich? Aber es ist doch noch nicht mal 22 Uhr!", protestierte ich.

„Ja, ich weiß, aber ich fahr ja noch ne Stunde und muss morgen auch echt früh raus."

Er erhob sich.

„Danke für den schönen Abend, es war wirklich sehr nett und das Essen war toll."

Dieses Mal war ich vorbereitet und warf mich quasi an seine Brust, bevor er wieder die Hand ausstrecken konnte. Er drückte mich kurz an sich und war zur Tür hinaus, bevor ich mir überlegen konnte, ob es Sinn machte, ihn in einen wilden Kuss zu verwickeln oder nicht.

Ich brachte ihn noch bis zum Hoftor, wo er grüßend die Hand hob, dann war er verschwunden.

Verdammt, was machte ich denn nur falsch?

Ich kehrte nach drinnen zurück, schenkte mein Weinglas randvoll, setzte mich auf die Stelle, die noch warm von Jakobs Hinterteil war und rief Suse an.

„Suse, ich glaube, er hasst mich", sagte ich ohne einleitenden Satz und ohne Begrüßung. „Und das Schlimme ist – je mehr ich denke, dass er mich nicht will, desto mehr bilde ich mir ein, dass ich ihn eben doch will."

„Ach Quatsch, Du Dackel, der hasst Dich doch nicht! Überhaupt nicht! Er hat mir gesagt, dass er Dich toll findet. Sehr witzig und unterhaltsam."

„Na toll, das ist ein Clown auch!", schnaubte ich.

„Sei kein Frosch. Er ist einfach ein wenig reserviert. So war er schon immer. Er ist kein Draufgänger und Weiberheld, aber das ist der dann auch nie, verstehst Du? Wenn Du mit ihm zusammen bist, musst Du keine

Angst haben, dass er jedem Rockzipfel nachsteigt. Er ist eine treue Seele."

„Ich weiß überhaupt nicht, was ich tun soll, um ihn aus der Reserve zu locken."

„Sei einfach du selbst. Mehr kannst Du nicht tun. Es bringt ja auch nichts, wenn Du Dich jetzt mordsmäßig verstellst."

„Das stimmt", stellte ich fest, „entweder mag er mich so, wie ich bin, oder es hat eh keinen Wert."

„Eben."

„Danke, Suse. Du bist echt ein Schatz."

Ich legte auf und trank die komplette Flasche leer. Dann stolperte ich, flankiert von den beiden Elefanten, die Treppe hinauf und sank in einen tiefen, traumlosen Schlaf.

38

Am nächsten Tag konnte ich meinen Bruder tatsächlich dazu überreden, sich mit mir in der Öffentlichkeit sehen zu lassen, genauer: auf dem Weihnachtsmarkt in Karlsruhe, und es war wirklich schön!

Zum einen tat es ausgesprochen gut, mit einem überaus gutaussehenden jungen Mann in der Öffentlichkeit gesehen zu werden, zum anderen war Franz auch einfach ein lustiger Typ und wenn wir zusammen etwas unternahmen, hatten wir immer eine Menge Spaß.

Los ging es damit, dass ich mal wieder eine neue abstruse Theorie erläutert bekam (irgendwie hatte bei ihm eine Woche nur zwei Minuten, weil der Tag schon vorbei war, wenn man eine Minute wach war und Montag, Mittwoch und Freitag zählten eh nicht...ich hatte KEINE Ahnung, ich hab's nicht geschnallt, aber interessant war es definitiv) und als ich ihn fragte, wie das Schaschlik schmeckte – zur Auswahl standen gut, mittel oder scheiße – bekam ich die Antwort "mittelscheiße", was ich echt irgendwie süß fand.

Dann landeten wir unweigerlich bei unserem Lieblingsthema: unsere Eltern.

Wir hatten eine sehr liebe Mama, ich liebte meine Mum über alles, sie war die Beste und ohne sie würde ich rein gar nix auf die Reihe kriegen, schon gar nicht jetzt als alleinerziehende Rudelführerin einer pubertären Flohschleuder und eines überdimensionalen Löwenhundes.

Eines unserer Lieblingsthemen, was unsere Mutter betraf, waren ihre Fahrkünste.

Autofahren und Mum waren...ähm...vorsichtig ausgedrückt...nicht kompatibel.

Sie war jetzt, sagen wir mal, 15 Jahre älter als sie aussah (also müsste sie etwa 50 sein) und war in ihrem ganzen Leben ungefähr fünf Mal Autobahn gefahren.

Dreimal davon wahrscheinlich in der Fahrschule (wo sie, wie sie selbst gerne erzählte, an Luftballons das sanfte Kuppeln geübt hat. ICH vermutete, es waren Medizinbälle).

Außerdem fuhr sie grundsätzlich drei km/h langsamer als erlaubt war, vermutlich damit sie noch Reserve hatte, wenn sie mal auf dem Gaspedal ausrutschten sollte (Wie eine liebe alte Freundin, die immer nur bis zum vierten Gang geschaltet hat, damit sie noch „einen Gang Reserve hat" - falls einer kaputt geht, oder wie? Ah prima, der erste Gang geht nicht mehr, nehm ich doch mal den fünften! Wie GUT, dass ich noch einen übrig hatte!) und war daher auf der B36 schon von Weitem zu erkennen an der kilometerlangen Schlange, die sich verzweifelt hinter ihr her wand. In Baustellen links (und dann aus Sicherheitsgründen 10 km/h langsamer als erlaubt) fahren konnte sie übrigens auch ganz gut und freute sich über die vielen netten Leute, die ihr so freundlich hupten und aufblinkten.

Als wir gerade unseren dritten Glühwein pichelten (vielmehr, Franz tat es, ich konnte nur Kinderpunsch trinken wegen einer Fehlfunktion meiner Schleimhäute. Wenn ich die Tasse Glühwein unter der Nase hatte und der würzige heiße Dampf aufstieg, musste ich so husten, dass ich nicht trinken konnte. Unpraktisch. Aber Glühwein schmeckte mir generell nicht so gut), fiel mir eine Idiotie meinerseits ein:

„Ach Gott, ich hab Dir ja ganz vergessen zu erzählen, was ich gemacht habe!"

„Herrje, was hast Du dieses Mal wieder angestellt?",

brummelte er und sah mich über den Rand seiner Tasse hinweg mit tiefschwarzen Augen an.

„Ich habe Vadder mein altes Iphone gegeben."

Er prustete so los, dass er um ein Haar seinen ganzen Glühwein über mir versprüht hätte.

„Du musst verrückt geworden sein! Unserem Vater? Dem Menschen, der das Nokia 3210 für die genialste und modernste Erfindung seit dem Automobil hält und bis vor drei Monaten noch gedacht hat, ein Ei-Pott sei etwas, aus dem man seine Frühstückseier löffelt?"

„Genau dem." Ich grinste. „Aber er hat genaue Vorstellungen, was er damit machen will: Er will nicht mehr als 14,95 Euro im Monat zahlen und braucht es nur, um Wotts Äpp drauf zu installieren, damit er sich mit seinen Modellflieger-Homies zum Fliegen verabreden kann."

Es dauerte eine Weile, bis Franz sich so weit beruhigt hatte, dass er weitersprechen konnte.

„Bis gestern hat er das noch per Flaschenpost gemacht, jetzt muss es What's App sein? Bei dem Mann, der eine Allergie samt juckendem Hautausschlag bekommt, wenn mein Handy beim Mittagessen aus Versehen mal pingt? Ich wette, in nem Monat postet er Bilder seiner neuen Flugzeuge bei Facebook und zockt Quizduell mit seinen Kumpels."

„Vermutlich! Und dann kann ich die Augenbrauen hochziehen und sagen „LEGSCH sofort des Ding weg? Sonschd kommt's uff de Amboss!"

Wir lachten beide.

„Und, was war sonst so los bei Dir? Hast Du endlich einen gescheiten Mann gefunden?"

„Hm, geht so. Es gibt da einen, der mir wirklich gefallen würde, aber der kommt nicht in die Pötte.

Wenn es so weitergeht, bekomme ich an meinem 50. Geburtstag den ersten Kuss von ihm."

„Oha. An was liegt es? Denkst Du, er ist eingeschüchtert von Dir? Du bist schon ne ziemliche starke Frau und hast viel Persönlichkeit – vielleicht macht ihm das einfach Angst?"

Er zündete sich eine Zigarette an. Mittlerweile gab er wenigstens zu, dass er rauchte und sagte zu meinen Eltern nicht mehr, so wie damals mit 15 oder 16, der Rauchgestank in seinen Klamotten käme davon, dass er hinter dem Mofa eines Kumpels gestanden hatte.

„Ich weiß es echt nicht. Angeblich findet er mich toll, nett und witzig, aber wenn ich mit ihm alleine bin, kriegt er die Kiemen nicht auseinander."

„Tja, ich kann Dir auch nicht helfen. Aber ich würde mir keine Sorgen machen. Irgendwann findest Du schon wieder einen, ganz verkehrt bist du ja auch nicht."

„Oh, herzlichen Dank!", entgegnete ich und bedeutete der Dame in der Glühwein-Bude, uns noch einen Punsch und einen heißen Apfel mit Schuss fertigzumachen.

„Aber was gibt es denn Neues?" Er wohnte seit Kurzem in Bayern und kam nur an den Wochenenden heim, die er dann bevorzugt mit seiner (natürlich) wunderhübschen model-artigen blonden Gazellen-Freundin verbrachte.

„Nix eigentlich. Mielchen hat echt schon lange nix mehr kaputt gemacht. Oh – aber Mama dafür!"

„Und was?"

„Meinen verdammten Lieblingspulli von Superdry. Den hatte ich echt, echt gern. Und er war auch in meiner verdammten Lieblingsfarbe lila. Und er hat den Waschgang mit dem abfärbenden verdammten Kackorangenen Kack-Scheiß Schal auch echt gut überstanden, aber das verdammte Entfärbemittel war einfach keine gute Idee. Die Farbe, die sie erschaffen hat, gab es vorher jedenfalls noch nicht."

„Ähm, wie wäre es denn, wenn Du Deine Kleider einfach selber waschen würdest?"

„Das mach ich jetzt auch, darauf kannst Du Gift nehmen. Ich trage meinen Pulli formerly known as lila trotzdem weiter und tu so, als müsste das so sein. Könnte auch ne neue Batik-Technik sein, bestimmt löst das einen weltweiten Hype aus."

„Ich hoffe Du warst nicht blöd zu ihr deswegen?" Er sah mich fragend an. Er kannte mich einfach schon ein paar Jährchen.

„Hm, geht so. Sie hat mir mittlerweile schon wieder verziehen, dass ich die Tür zugeschmettert und dagegengetreten habe – obwohl es a) sowieso meine Tür und b) mit Hausschuhen auch noch wenig befriedigend war, weil es einfach nur so ein dumpfes Plopp-Geräusch gemacht hat. Wir haben uns jetzt geeinigt: Ich wasche ab sofort immer alles selbst und übernehme somit die volle Verantwortung, sie kauft mir bei Gelegenheit einen neuen Pulli und wir sind wieder Freunde."

39

Dezember

Ich hatte soeben einen Anruf bekommen, der möglicherweise mein Leben verändern würde und ich konnte es kaum erwarten, Suse davon zu erzählen.

Ausnahmsweise ging sie tatsächlich sogar mal nach dem vierten Klingeln direkt ran.

„Suse, halt Dich fest", sagte ich ohne Umschweife, „wir fahren nach Paris!"

„Noch mal langsam – was?"

Oh nein. Das könnte wie erwartet etwas kompliziert werden. Suse war ein herzensguter Mensch, aber – gelinde gesagt – ein wahnsinniger Stubenhocker und es war fürchterlich schwer, sie aus ihrer Komfortzone zu holen.

Mit Suse ein paar Tage wegzufahren, brauchte in etwa dieselbe Vorbereitung wie eine komplizierte militärische Geheimoperation.

„Wir fahren nach Paris. Und zwar schon nächstes Wochenende. Ich muss da geschäftlich etwas abholen und Du kommst mit."

„Oh, aber da kann ich nicht."

Geduld, Kate. Langsam von 10 rückwärts zählen und alles würde gut.

„Da kannst Du sehr wohl. Mein Chef zahlt das Hotel und wir fahren mit meinem Geschäftswagen, Du hast also keinerlei Kosten. Wir haben genügend Zeit, uns alle Sehenswürdigkeiten anzuschauen, lecker essen zu gehen und einen schnuckeligen Franzosen abzuschleppen. Nichts kann wichtiger sein als das!", schnauzte ich.

„Aber ich hab meiner Mutter versprochen, dass ich mit ihr ins Kino gehe!"

„SUSE!"

„Ok, ok, ich frag sie, ob wir eine Woche später gehen können."

„So ist es brav. Das wird ein Spaß!"

„Deinen Spaß kenne ich! Aber ich geh nicht mit einem wildfremden Typen ins Nest, das sag ich Dir gleich!"

Ich musste lachen. Als ob ich diese Aussage noch nie zuvor gehört hätte.

Suse war Mitte 40, stand mit beiden Beinen fest im Leben und war dennoch hoffnungslos unrealistisch, was Männer betraf.

Statt ihr Leben zu genießen und Spaß ohne Verpflichtungen zu haben, war sie auf der Suche nach der einen ganz großen Liebe, obwohl einige Enttäuschungen in der Vergangenheit sie eigentlich eines Besseren hätten belehren müssen. Das war nun an sich nur ziemlich naiv und kein Verbrechen, aber Suse weigerte sich auch strikt, mit einem Typen ins Bett zu gehen, mit dem sie sich in keiner festen Beziehung befand, was ich nun wiederum ein wenig dämlich fand.

Ich vermutete, dass sie dadurch eine Menge potentieller Traumprinzen verpasste, manchen Frosch musste man einfach mehrmals küssen bis er sich in den Ritter mit strahlender Rüstung verwandelte. Ich hatte es mittlerweile aufgegeben, sie bekehren zu wollen und freute mich einfach auf paar schöne Tage mit ihr in einer meiner Lieblingsstädte.

Als sie vier Tage später auf meinen Beifahrersitz rutschte, konnte ich es tatsächlich kaum fassen.

„Du bist wirklich dabei! Das gibt's ja gar nicht! Muss ich damit rechnen, dass Du an der ersten Tankstelle aus

216

dem Auto springst? Dann binde ich Dich nämlich am Sitz fest."

„Blödian." Suse streckte mir die Zunge heraus.

„Wenn ich mich einmal überwunden habe, wegzugehen, dann ändert sich an meiner Entscheidung auch nichts mehr."

„Dann ist ja gut. Anschnallen, festkrallen, los geht's!", sang ich munter und wir brausten Richtung Westen.

Abgesehen von diversen Pinkelpausen verlief die Fahrt tatsächlich ereignislos und wir kamen am frühen Nachmittag in unserem zum Glück sehr schönen und ausgesprochen tierfreien Hotel in der Stadt der Liebe an. (Ich erinnerte mich an eine andere Lieblingsstadt und eine andere Freundin. Ich war nämlich vor Kurzem in London gewesen. Mit dem Auto nach England fahren war vielleicht generell eine eher etwas seltsame Idee, aber es wurde gleich ungemein viel spannender, wenn man Pippilotta Viktualia Rollgardina Efraimstochter Langstrumpf als Passagier mit sich führte und dann so ungefähr einen Kilometer vor der Grenze erfuhr: „Du, aber nen Ausweis hab ich nicht dabei, gell?"

„HÄ? Ähm...und WARUM nicht?"

„Ha den hab' ich verloren!"

Ruuuuhig, Kate, einfach lässig rückwärts zählen (von ungefähr 10.000 in diesem Fall) und dann die Charmeschublade gaaaanz weit aufmachen. Ein freundliches Grinsen und viel Wimperngeklimper später und dank eines offiziell aussehenden Dokuments waren wir dann auf der Fähre. In London, meiner allerliebsten Herzensstadt des Universums angekommen, mussten wir feststellen, dass unser Zimmer ungefähr die schäbigste Kloake jenseits des Berg Sinai war, wo ich vor Jahren einmal in ein bis zum Rand mit Exkrementen gefülltes Klo hatte pieseln müssen. Die Wände waren mit Schimmel bedeckt, die hölzerne Klobrille hatte einen 5 cm breiten Sprung, in der Dusche fanden wir die Körperbehaarung der letzten 21 Gäste und der Rezeptionist kam nachts um 2 in unser Zimmer, weil er checken wollte, ob wir auch wirklich die waren, für die wir uns ausgegeben hatten. Schön war aber, dass Pippilotta am Abend unserer Ankunft einem reichen Geschäftsmann so von unserer Misere vorjammerte, dass wir tatsächlich sein Zimmer erbten. In einem Fünf-Sterne-Hotel, in dem die Nacht 900 britische Pfund kostete. Er musste nämlich früher abreisen, das Zimmer war aber noch für zwei weitere Nächte gebucht. Das bedeutete ein Kingsize-Bett auf dem wir ungelogen lagen wie die Seesterne (ohne uns zu berühren), 15 Zentimeter dicke Plüschhandtücher (Es ist so flauschig! Ich will es streicheln!) und Enorm-Plünderung der Minibar. Bombay Sapphire, 12 Jahre alter Whisky, Cranberry-Saft und Kokosmilch. Hä? Reiche Leute, was macht ihr mit Kokosmilch im eurem Hotelzimmer? Es war wunderbar.)

Jetzt aber war ich in Paris, nicht in London und zwar mit Suse und nicht mit Pippilotta und wir beschlossen, zuerst den blöden Prototypen einer neuen Hundefuttermischung abzuholen und dann gleich das ganze Touristenprogramm zu absolvieren, da Suse noch nie zuvor in Paris gewesen war.

Eiffelturm, Champs Élysées, Triumphbogen und Notre Dame wurden also brav und der Reihe nach abgeklappert.

Wenig später saßen wir in einem sehr niedlichen kleinen Straßencafé, schlürften Kaffee (ja, sogar ich) und hatten eine Etagere mit Macarons und Petit Fours vor uns stehen und ließen es uns gut gehen.

Paris war einfach die Stadt der Liebe. Ganz eindeutig. Und zwar nicht nur der romantischen (Ehrlich gesagt hatten mich die Schlösser an der Brücke schon ein wenig traurig gemacht. Ich hatte auch immer gedacht dass meine Liebe zu Nils ewig halten würde und der Zyniker in mir hatte sich gleich gefragt, wie viele der Paare, die dort ein Schloss angebracht hatten, wohl noch zusammen waren? Oh, aber noch viel trauriger machte es mich, dass wir in den Galeries Lafayette im Gegensatz zu ungefähr 5000 kleinen Japanerinnen, keinen begeisterungsfähigen Ehemann dabei hatten, der nichts lieber tat als ihr in jedem der vielen kleinen Shops wie Louis Vuitton, Chanel und Dior jeweils ein Teil nach Wahl zu spendieren. Warum ihr, Japanerinnen? Warum nicht wir? Was habt ihr, was wir nicht haben?), sondern auch der körperlichen. Alle 100 Meter ein Kondomautomat von Durex. Auf Flughafentoiletten, ok – aber in der Pariser Metro? Geht's da so ab oder was?

Wie wir am Abend feststellen mussten, nahmen unsere Zimmernachbarn es wohl wörtlich. Zwei Stunden lang waren die entweder fröhlich bei der Sache, oder aber die panierten ein noch lebendes Schnitzel. Es klang nach Fleischklopfen und ekstatischem Geschrei und obwohl wir schon unsere Kissen über die Köpfe gezogen hatten und hysterische Tränen in unsere Zudecken lachten, hörten wir doch, als sie Runde zwei in der Dusche einläuteten.

„Sollen wir uns auch ins Bad stellen und rumkreischen und an die Wände schlagen?", japste ich und wischte mir die Lachtränen aus dem Gesicht.

„Au ja, lass mal machen!" Suse grinste diabolisch.

Die nächste halbe Stunde war wahrscheinlich die lustigste unseres Lebens. Wir tranken die komplette Minibar leer (die bei weitem nicht so gut ausgestattet war wie die des Luxusdomizils in London) und veranstalteten im Badezimmer das größte Spektakel, das diese Herberge je gesehen hatte.

Wir stöhnten und ächzten, schrien und kicherten und schlugen gegen die Wände. Es war unglaublich.

Wir überlegten uns erst hinterher, dass wir morgen beim Frühstück wahrscheinlich ein paar seltsame Blicken ernten würden, aber wir hatten beide so gelacht wie wahrscheinlich seit Jahren nicht mehr und das alleine war es schon wert gewesen.

40

Es gab ja kaum eine Sehenswürdigkeit in Paris, die nichts mit einem Film zu tun hatte, aber ich hätte um alles in der Welt wetten können, dass (peinlicherweise genau wie wir) 99 Prozent der Besucher des Moulin Rouge den ganzen Tag „gitschi gitschi ja ja da daaa, gitschi gitschi ja ja hiiiii" vor sich hin sangen.

„Könntest Du mal damit aufhören?", rügte ich Suse freundlich, als sie eine Stunde später noch immer die berüchtigte Melodie summte.

„Mit was denn?" Sie sah mich unschuldig an.

„Mit diesem Lady Marmelade-Zeug!"

„Aber Du singst es doch auch schon den ganzen Tag!", sagte sie und warf mir einen beleidigten Seitenblick zu.

„Oh. Echt?"

„Klar!" Sie knuffte mich in die Seite, ich knuffte zurück und schon war unsere gute Stimmung von gestern Abend wieder da.

Die Sonne strahlte von einem blassen, blauen Winterhimmel, wir hatten noch kein Geld ausgegeben außer für Essen, und bei der heiteren, vorweihnacht-lichen Stimmung in Paris kam automatisch gute Laune auf.

Als wir auf den Stufen vor Sacre Coeur saßen und gebrannte Mandeln aus einer Papiertüte mit Herzchen knabberten, fragte Suse mich:

„Und, wo feierst Du Weihnachten dieses Jahr?"

Ich lehnte mich mit geschlossenen Augen zurück, um die Wärme der Sonne auf meinem Gesicht zu genießen und sagte:

„Hm, gute Frage. Ich glaube, das fällt dieses Jahr für mich aus. Ich bin nicht so in Feierlaune. Und bei Dir?"

Ich linste aus dem Augenwinkel zu ihr hinüber, wie sie da saß mit den langen blonden Haaren, die unter einer cremefarbenen Strickmütze hervorlugten und einer überdimensionalen Sonnenbrille auf der Nase und hätte sie am Liebsten geknuddelt.

„Ich werd' wohl zu meinen Eltern gehen, wie immer. Die erwarten das einfach."

„Aber doch nicht drei Tage lang?"

„Ich hab keine bessere Idee, Du?" Sie klang traurig.

„Uns wird schon noch was einfallen."

Ich klopfte mir auf die Schenkel und stand auf.

„So, hopp, Schnecke, die Stufen warten. Irgendwie müssen wir ja von diesem verdammten Berg wieder herunterkommen!"

Paris bestand nämlich aus mega vielen Stufen, die wir gefühlt ausnahmslos alle erklommen hatten. Wenn wir am Ende des Tages keine 34er-Ärschlein hatten, dann wusste ich auch nicht.

Ich streckte ihr die Hand hin und zog sie hoch. Der Louvre war unser nächstes Ziel, weil Suse so gerne einmal die Mona Lisa sehen wollte und (Was ihr wichtiger war, sie aber niemals zugegeben hätte) den Ort, an dem der Da Vinci Code gedreht worden war.

Ich musste einmal mehr feststellen, würde ich in Paris leben, dann würde ich wahrscheinlich ganz dünne selbstgedrehte Zigaretten rauchen, Ringelshirts, eine seltsame Datschkappe und eine riesige schwarze Nerd-Brille tragen und mir ständig ein Baguette unter den Arm klemmen. Dabei rauchte ich gar nicht und was sollte ich mit dem Baguette anfangen?

Aber bei mir war das ganz komisch, schon nach wenigen Stunden in der Stadt fühlte ich mich selbst unfassbar französisch. Na gut, ich gab zu, ich würde auch in England mit Tweedrock und Hunter-Gummistiefeln herumstapfen und in Australien in Muschelkette und Bikini (...obwohl...vielleicht eher nicht).

Und ich merkte auch gleich, wie ich auf die anderen Touristen runterschaute und dachte „Oh, Du DUMMER, DUMMER Tourist!", obwohl ich selber einer war. Heute waren wir ja auf Selfie-Tour (obwohl ich Selfies eigentlich voll bescheuert fand. Aber der Zweck heiligt bekanntlich die Mittel) und wir hatten eine Viertelstunde nur damit verbracht, die ganzen Idioten zu beobachten, wie sie versuchten, sich genau so zu positionieren, dass die Spitze der Pyramide des Louvre genau unter ihrem Finger war.

In Deutschland dürfte man das nicht machen mit dem Arm und so, da säße man sofort im Knast. Was das denen brachte? Keine Ahnung, aber es trug bei uns erheblich zu guter Laune bei.

Am nächsten Morgen mussten wir schon wieder heim und kaum hatten wir die Grenze überquert, war auch mein alter Freund wieder da: der Stau.

Wenn ich mathematisch nicht ein notorisch unterentwickeltes Gehirn hätte, müsste ich doch tatsächlich mal ausrechnen, wie viele Monate meines Lebens ich bereits stehend auf der Autobahn verbracht habe. Da ich jedoch bekanntermaßen schon beim Ausrechnen von Zehnersprüngen die Finger brauchte, ließ ich das lieber. Viele auf jeden Fall.

Zum Leidwesen oder auch der Erheiterung meiner Mitgestauten nutzte ich die Zeit jedoch gerne zum Tanzen. Nein, natürlich stieg ich nicht aus! Man konnte auch im Sitzen optimal tanzen, idealerweise zu einem

Song aus den 80ern oder 90ern wie „Rhythm is a dancer".

Ich konnte nämlich auch mega viele Instrumente spielen wie Lenkrad-Bongo, Oberschenkel-Keyboard oder Armaturen-Schlagzeug. Und dass ich eine vorzügliche Stimme hatte, war sowieso selbstredend, nicht wahr?

Ich konnte sogar mehrstimmig singen – was ich ja aber nicht mal brauchte, da ich Suse neben mir sitzen hatte.

Zum Glück brauchten wir für 150 km drei Stunden, da konnten wir doch mal wieder richtig ordentlich abhotten!

Zum Abschluss unseres Kulturprogramms ging es noch in den Supermarkt. Ich liebte ausländische Supermärkte. Sainsburys in England war für mich das Paradies, ehrlich.

Zugegeben, dabei stellte ich mich vollkommen irrational an, bewunderte zum Beispiel minutenlang die Kühltheke mit Kassler oder die getrockneten Tomaten (und jeder wusste ja, wie ich Tomaten verachte) und machte dabei noch entsprechende Geräusche wie Ooooh und Aaah, wobei ich selbst nicht so genau wusste, was an Kassler plötzlich toll sein sollte.

Heute waren wir jedenfalls im Carrefour und ich rate jedem, sich dieses Spektakel mal zu gönnen. Im Carrefour gab es ungelogen Hunderttausend verschiedene Sorten an (Trommelwirbel) Hausschuhen! Mir wäre jetzt noch nie aufgefallen, dass der Durchschnittsfranzose zu jedem Outfit passend die Pantoffeln spazieren trägt (Ich hatte ehrlich gesagt auch noch nie einen Franzosen in einem blau-weiß geringelten Langarmshirt gesehen und schon gar keinen mit so ner flachgedrückten Mütze auf dem Schädel und nem Baguette unterm Arm. Aber vielleicht schaute ich einfach nicht genau genug hin?!)

Jedenfalls gab es etwas, das mich wirklich in Verzückung versetzte: das große, herrliche und prall gefüllte Dessert-Regal! Ein ganzes, komplettes Regal NUR mit Mousse au Chocolat, Tarte au Citron, Crème brûlée...(Hatte ich je erwähnt, dass ich definitiv einen Nachtisch-Fetisch hatte?) Ooooh...aaaah!

Zum Glück fuhr ich keinen Kühllaster, sonst wäre ich wahrscheinlich rückwärts in den Laden gefahren und hätte die komplette Kühltheke einfach eingepackt.

Das Highlight des Tages befand sich jedoch an der Kasse. Eine Endvierzigerin mit Farah Fawcett-Wasserstoff-Mähne und Außenwelle, Solariumteint, Oberlippenpiercing (das komische, was aussah wie ein großer Pickel), pinkfarbenen Lippen mit (jetzt kommt's) SCHWARZEM Lipliner.

Ich konnte nicht mehr aufhören, draufzustarren. Zum Glück war mein Französisch nicht gut genug, sonst hätte ich sie (so war ich halt) gefragt ob sie zum Schminken in den Spiegel geschaut hat oder ob sie aus Versehen einen Kajal erwischt hat und ob sie tatsächlich dachte, das sähe gut aus???

Es war wirklich schwarz. Nicht dunkelrot oder aubergine oder so. Schwarz.

Ich konnte gar nicht beschreiben wie's aussah, das ging über meinen beschreiberischen Horizont. Und ein Foto konnte ich natürlich auch nicht machen, wahrscheinlich hatte sie nen anabolisierten Bodybuilder-Freund. Jedenfalls war's gruselig. Wir lachten zwei Stunden später immer noch. Brrrr.

41

Einmal in der Woche erlaubte ich mir einen Bürotag, an dem ich meinen ganzen Papierkram erledigte, aufschrieb, welche Kunden ich besucht hatte und „Reports" für meinen Chef verfasste. Ich hasste es. Aber im Winter war es trotzdem besser, als im Dunkeln auf spiegelglatten Straßenunterwegs zu sein. Und dabei gewann ich einmal mehr eine neue Erkenntnis:
Gutmütigkeit wurde bestraft.
Na ja, ok, reine Freundlichkeit war es von meiner Seite auch nicht, aber trotzdem!
Also, ich saß am Schreibtisch (brav noch um 18.45 Uhr, wohlgemerkt) als das Festnetz klingelte. Hamburger Vorwahl.
Ich dachte, so, Kate, jetzt ist es soweit: Der Mann Deiner Träume ruft an. Vielleicht war es ja Caspar, mein schuckeliger Ex-Kommilitone, der mir seine immerwährende Liebe gestand?
Ich mich also innerlich gewappnet und meine schönste Marilyn-Monroe-Stimme ausgepackt und dann war's irgendein Heini von nem Marktforschungsinstitut.
Ob er mir ein paar Fragen zum Radioprogramm in Karlsruhe stellen dürfe.
Ich überlegte kurz: Verpasste ich dem jetzt nen Einlauf, weil er so spät abends noch anrief, oder machte ich ihm einfach nur das Leben zur Hölle? Ich ranzte ihn dann erstmal kurz an, weil er so leise redete und entschied mich für Hölle. Das bedeutete bei mir unfassbare Freundlichkeit im Ironie-Modus mit ausführlichster Fragenbeantwortung. Sollte (laut ihm) ja nur höchstens 10 bis 15 Minuten gehen. Geil, dachte ich, ich hatte ja grad nichts Besseres zu tun.

Dann fragte er mich ob er mit einer Person zwischen 14 und 49 sprechen könne.

„Moment, ich ruf grad schnell meine Urenkelin!" Nee, das hab' ich dann doch nicht über mein rabenschwarzes Herz gebracht!

„Tun Sie bereits".

(Hallo? Klang ich wie 12? Oder wie 52?)

Ob die Person hier wohnen würde.

„Nein, es ist mein perverses kleines Hobby, mich in fremde Häuser zu schleichen, ans Telefon zu gehen und Umfragen zu beantworten!"

(Ich hielt es ihm zugute, er musste lachen).

Ob jemand aus meiner Familie oder meinem Bekanntenkreis in einem Marktforschungsinstitut arbeiten würde.

"Ja, in Hamburg."

(Er war verwirrt).

Ob jemand aus meiner Familie oder meinem Bekanntenkreis in einem Verlag arbeiten würde. "Ja, ich."

(Stimmte zwar strenggenommen nicht mehr, aber ich wollte unbedingt wissen was passierte, wenn ich das sagte).

„Oh, Danke, damit ist das Gespräch hier beendet."

Hallo? Bitte was? Es fing gerade an mir Spaß zu machen!

Die kriegten echt Angst, wenn tatsächlich mal jemand nett zu ihnen war! Schade.

Ich hatte kaum aufgelegt, da klingelte das Telefon schon wieder. Hamburger Vorwahl.

„Was haben Sie denn jetzt noch vergessen? Mich nach meiner BH-Größe zu fragen oder was?"

„Oh, guten Abend, nein, die wollte ich eigentlich nicht wissen.", sagte eine kultivierte und unverkennbar amüsierte männliche Stimme, „eher, ob Sie zum Vorstellungsgespräch zu uns kommen möchten. Es tut mir sehr leid, dass ich mich erst so spät melde, aber ich war den ganzen Tag in Meetings und dachte, um diese Zeit erreiche ich Sie sicher."

Oh nein.

Oh ja!

Ein Vorstellungsgespräch! In Hamburg! Wie cool!

Aber was dachte der Typ denn jetzt von mir?"

„Ach herrje, verzeihen Sie bitte, dass ich mich so bescheuert gemeldet habe!"

Ich war mir sicher, er konnte durchs Telefon hören, wie ich rot wurde.

„Ich hatte gerade einen blöden Anruf von einem Marktforschungsinstitut und ich dachte, die wären das noch mal."

Er lachte.

„Nein, wir sind ein Verlag für Special Interest Magazine und Ihre Bewerbung hat uns sehr gut gefallen. Möchten Sie vorbeikommen, damit wir Sie mal näher kennenlernen können?"

„Aber klar doch!", sagte ich begeistert. Hamburg! Ich war noch nie in Hamburg!

Wir vereinbarten einen Termin für die nächste Woche, dann verabschiedete er sich und legte auf.

Ich suchte nach einem passenden Hotel und schrieb eine Facebook-Nachricht an Caspar.

„Bin nächste Woche in Hamburg ☺ Ging jetzt doch schneller als erwartet. Hast Du Zeit für mich? Freu mich echt, Dich mal wieder zu sehen!" Die Antwort folgte sofort: „Für Dich habe ich immer Zeit. Ich konnte Dich nie vergessen und kann kaum glauben, dass ich Dich nächste Woche nach so langer Zeit wiedersehe!" Er schickte mir noch seine Handynummer und ich war äußerst beschwingt. So beschwingt, zugegebenermaßen, dass ich auch dem Bauern gleich schrieb, dass ich mich in wenigen Tagen Richtung Norden bewegen würde und falls er Zeit für einen Kaffee hätte, könnte man sich ja mal in Hamburg treffen. War ja nicht allzu weit weg von ihm.

Seine Antwort kam ebenfalls nach wenigen Sekunden. „Das würde ich gerne, aber ich bin leider völlig ausgebucht. Ich hab viel geschäftlich zu tun und am Donnerstag muss ich mir ein neues Auto kaufen, meinen Q5 habe ich doch meiner Exfreundin geschenkt, weil sie sonst kein Auto gehabt hätte. Was denkst Du, einen X5 oder einen Porsche Cayenne? Was fährst Du denn so und welches Auto soll ich Dir bestellen, wenn wir verheiratet sind?"

Nicht wirklich, oder? War der Typ tatsächlich echt?

Apropos Auto. Es war ja nun wirklich kein Geheimnis, dass ich ein absoluter Audi-Fan war und zum Glücklichsein nicht einen Ring am Finger, sondern vier auf der Motorhaube brauchte. Gestern hatte ich meinen heißgeliebten Firmenwagen zur Inspektion bringen müssen, dafür gab's dann nen knuffigen A1 als Mietwagen. Ich hatte ja immer gedacht, schalten sei wie Fahrradfahren.

Sollte man denken.

Jetzt war ich aber seit einigen Monaten automatikverwöhnt und hatte mich leider gestern ein bisschen angestellt wie `s Kind im Dreck.

Ich wollte ganz cool vom Hof fahren und musste dann leider feststellen, dass entweder die Kupplung nen

Schaden hatte oder ich einfach nicht mehr schalten konnte.

Zum Glück kam man sich ja auch nicht so dumm vor, wenn 13 Männer in Blaumännern einem zuschauten, wie die Motorhaube aufging und der falsettartig kreischende Motor verzweifelt eine weiße Fahne herausschwenkte zum Zeichen der Kapitulation. Machte ja fast gar nix.

Bis daheim lief's dann wieder, aber es war schon erschreckend, wie schnell man sich ans Faulsein gewöhnte!

Ich klappte den PC zu und beschloss, mich zu den Stinkviechern auf die Couch zu legen (die beide bei der morgendlichen Gassirunde ein Moorbad genommen hatten, was in Mielchens Fell so einen wunderschönen Kontrast-Effekt hervorgerufen hatte. Aber zum Baden selbigen Hundes hatte ich dann doch keine Nerven. Irgendwann fiel es bestimmt von alleine ab, entweder der Schlamm oder die Pfoten), als es am Fenster im Wohnzimmer klopfte.

Wer konnte das denn sein um diese Zeit?

Es war Nils.

„Komm, zieh Dich um, wir gehen ins Kino!"

„Bitte was?"

Mir fielen fast die Augen aus dem Kopf. Nils ging überhaupt nicht gern ins Kino (im Gegensatz zu mir) und es hatte in der Vergangenheit immer eine echte körperliche Kraftanstrengung bedeutet, ihn auch nur in die Nähe eines cinematographischen Gebäudes zu bewegen.

„Ja, los, ich habe Karten reserviert, aber der Film fängt schon in einer halben Stunde an!"

„Du gehst freiwillig ins Kino? Bist Du krank?"

„Ha ha. So ein Quatsch. Ich weiß, dass Du gerne ins Kino gehst und ich will Dir eine Freude machen, so einfach ist das!"

Ich war völlig perplex. Ich raste die Treppe hinauf, zerrte wild Kleidungsstücke aus dem Schank, schalt mich selbst, weil es erstens egal war, was ich anhatte und zweitens im Kino sowieso dunkel, schlüpfte im Rennen in eine halbwegs saubere Jeans und einen Kapuzenpulli und rief auf dem Weg ins Bad:

„Nur noch Zähne putzen, dann bin ich fertig!"

Eine Sekunde später tauchte Nils grinsend in der Tür auf.

„Deinen Zahnputz-Tick hast du also noch immer nicht verloren, was?"

„Mmpf!", murmelte ich, den Mund voller Schaum und er lachte.

„Also hopp, mach hin, sonst sind wir schon wieder zu spät und ich will Dir doch noch salziges Popcorn spendieren."

Ich kam aus dem Wundern nicht mehr heraus.

Knapp drei Stunden später saßen wir wieder im Auto auf dem Weg nach Hause und ich schüttelte noch immer den Kopf über mich selbst.

Freiwillig ein deutscher Film. Jesses, Leute, was war mit mir los? Ich hatte freiwillig GELD dafür bezahlt, mir im Kino einen DEUTSCHEN Film anzuschauen! (Nun gut, Nils hatte bezahlt, aber das kam ja im Endeffekt aufs Gleiche raus. Irgendwie.)

Ich glaubte ehrlich gesagt nicht, dass das vorher schon mal passiert war (Ja, ich gehörte zu den ungefähr zwei Prozent der weiblichen Bevölkerung, die Fack Ju, Göhte noch nicht gesehen hatten (wenn der tatsächlich so hieß) und dementsprechend auch nicht beurteilen konnte, ob der Hauptdarsteller wirklich so ne geile Sau war wie alle sagten).

Jedenfalls war ich in vorweihnachtlich-sentimentaler Stimmung und hatte mir „Liebe ist alles" reingezogen, hatte ja auch nur fünf Euro gekostet, warum auch immer.

Jedenfalls war ich froh, dass ich nicht zum Date im Kino war, sondern nur mit Nils, denn in diesem Film wurde pau-sen-los geflennt und da ich von Haus aus ein empathischer Mensch war, hatte ich einfach mal mitgeplärrt.

Bei jedem einzelnen Typen und jeder Typin, der oder die geheult hatte, also quasi alle drei Minuten. Oder wie sagte mein Nils so zutreffend:

„Jo, für nen deutschen Film ging's ja, aber mussten die dauernd heulen?"

Gute Frage, ehrlich. Zum Glück war's danach schon dunkel und ich konnte mir die Mütze bis zur Nasenspitze runterziehen, daheim musste ich nämlich feststellen, dass ich echt aussah wie ein Depp.

„Darf ich noch mit reinkommen?", fragte Nils, als wir vor unsere- äh, meinem Haus standen.

Ich war hin-und hergerissen. Es war sehr süß von ihm gewesen, mich so spontan ins Kino zu entführen und ich hatte mich in seiner Gegenwart sehr wohl gefühlt, aber wohin sollte es führen, wenn er jetzt noch mit ins Haus kam?

„Ich weiß nicht", sagte ich ehrlich. „Wohin soll das dann führen?"

„Ich würde nur gerne noch etwas Zeit mit den Hunden verbringen, ich seh' sie so selten und sie fehlen mir."

„Aber Du warst doch gerade erst zwei Nächte hier, als ich mit Suse in Paris war!", bemerkte ich stirnrunzelnd.

„Na ja, also wenn's Dir nicht recht ist…"

„Also gut", sagte ich schnell, „auf einen Absacker noch."

Ich wollte jetzt nicht alleine sein. Nicht nach so einem sentimentalen, gefühlsduseligen Film.

42

Während er es sich auf der Couch bei den selig grinsenden Kötern gemütlich machte, holte ich uns eine Flasche Sekt aus der Küche und hatte dann leider den Drang, noch schnell etwas Ordnung zu schaffen, was sowohl vergeblich als auch ausgesprochen schmerzhaft war.

Mein Mielchen (wer sonst?) hatte nämlich offenbar in der Couch (fragt mich nicht, wie) einen Dorn in der Größe eines Tyrannosaurisch-Rex'schen Zehennagels versteckt.

Den rammte ich mir beim Feststecken der Couch-Hunde-Protektionsdecke dann auch prompt ungefähr 15 Zentimeter tief in meinen Daumen, wo er dann natürlich abbrach. Eklig sah das aus und fühlte sich auch so an.

Und im Gegensatz zu Nils, dessen Devise immer war „Jo alla, irgendwann eitert's schon raus", konnte ich es keine fünf Sekunden ertragen, einen Fremdkörper in meiner Haut stecken zu haben.

„Nils!", jammerte ich. „Mach das sofort raus! Ich muss spucken! Das tut echt weh!"

Er nahm behutsam meine Hand und besah sich das Malheur, während ich einen Punkt irgendwo hinter seinem linken Ohr fixierte, um nicht auf meine Hand schauen zu müssen.

„Aber das ist doch nur ein Dorn! Ist doch nicht schlimm! In zwei, drei Tagen ist der draußen!", sagte er bestimmt.

„NEIN!" Ich konnte hören, wie hysterisch meine Stimme klang. „Ich will den jetzt SOFORT da draußen haben, Ist mir egal wie Du das machst! Und wenn Du schwere Geschütze auffahren musst! Ob Nadel,

Pinzette, Skalpell oder Kettensäge, mach das Ding jetzt aus meinem Daumen!" Mittlerweile weinte ich beinahe.

„Ok, ok, jetzt bleibst Du mal ganz ruhig. Hast Du Schnaps im Haus?"

„Das weiß ICH doch nicht", fuhr ich auf, „Du warst doch immer der Trinker hier im Haus! Und was willst Du überhaupt machen? Mich betäuben?"

„Nein, Dummerchen, eine Nadel desinfizieren natürlich", sagte er ruhig.

Er holte den guten Willy aus der Küche, eine Nadel aus der Rumpelkammer und in Nullkommanichts war das Teil aus meiner Hand verschwunden.

„So, siehst Du, alles wieder gut", sagte er sanft und ich bemerkte zum ersten Mal, dass Nils sehr nah vor mir stand, meine Hand noch immer festhielt und dass seine Augen einfach unglaublich blau waren in seinem attraktiven, freundlichen Gesicht.

Er brachte meine Hand an seine Lippen, hauchte einen zärtlichen Kuss darauf und sagte leise: „Alles überstanden, tapfere Maus."

Meine Kehle wurde eng. Er hielt meine Hand noch immer liebevoll umfasst und sah mir tief in die Augen. Dann beugte er sich vor und streifte meine Lippen mit seinen, bevor ich noch wusste, wie mir geschah.

Und plötzlich lag ich in diesen ach so vertrauten Armen, die in den letzten 15 Jahren mein Halt und mein Anker gewesen waren und küsste diesen Mann, den ich so gut kannte wir mich selbst. Wir küssten uns ewig als gäbe es kein morgen, dann löste er sich vorsichtig von mir, ergriff meine Hand und führte mich langsam hinauf in das Schlafzimmer, das wir so viele Jahre miteinander geteilt hatten.

Kurz dachte ich darüber nach, was Ragnar wohl dazu gesagt hätte. Von wegen kämpfen lassen und so. Doch dann warf ich meine Bedenken über Bord und ließ mich einfach von einer Welle des Verlangens hinwegspülen.

Es war, als wäre er nie weg gewesen. Ich kannte diesen großen, kompakten Körper in- und auswendig. Jeden Zentimeter, jedes Haar, jede Narbe und jede Geschichte, die dahintersteckte. Ich kannte seinen Geruch, ich wusste genau, wie er sich bewegen würde und mir wurde schmerzlich bewusst, was ich in den letzten Monaten vermisst hatte. Es war einfach schön. Liebevoll, zärtlich und trotzdem leidenschaftlich. Genau das, was ich wollte.

Danach lag ich in seinem Arm, er streichelte mein Haar und ich merkte, dass er kurz davor war, wegzudösen.

Abrupt richtete ich mich auf und rückte von ihm ab.

„Schön war es. Du hast nichts verlernt. Aber jetzt wäre es mir recht, wenn Du gehen würdest. Ich muss morgen früh raus und ich bin sehr müde."

An Nils' erstauntem Gesicht konnte ich ablesen, dass ihn mein Verhalten verletzte.

„Ich...ich dachte ich könnte – Du weißt schon – hier bleiben", stammelte er und zog, plötzlich schüchtern geworden, das Laken über seinen Körper.

„Du wohnst hier nicht mehr, schon vergessen?" schoss ich zurück, schärfer als beabsichtigt und stieg rasch aus dem Bett. „Ich springe schnell unter die Dusche, Du findest ja alleine hinaus."

In dieser Nacht weinte ich mich in den Schlaf. Was machte ich da nur? Mein Bett roch noch nach Nils, vertraut und einfach gut und er fehlte mir so sehr, dass ich ihn beinahe angerufen und gebeten hätte, zurückzukommen.

Das Handy hatte ich schon in der Hand und ich erschrak beinahe zu Tode, als es plötzlich tutete.

„Ich würde den netten Abend von neulich gerne wiederholen. Essen geht dieses Mal auf mich. Sag Bescheid, wann Du kannst. Jakob."

Ich tippte schnell eine Antwort und schrieb auch gleich Ragnar: „Ich vermisse Deine Nähe und Deine guten Ratschläge. Teil 1 hat schon mal funktioniert, habe ein Vorstellungsgespräch. Ob ich das mit den Männern hinkriege, steht noch in den Sternen."

Als ich am nächsten Morgen aufwachte, hielt ich mein Handy noch immer in der Hand und es war eine Nachricht meines Lieblingsdänen eingegangen: „Immer ruhig bleiben. Wird schon alles. Bist ne starke Frau und ich bin stolz auf dich! Melde Dich nach dem Gespräch. Alles Liebe, Dein Wikingerfürst."

43

Ich war auf dem Weg, eine Bildungslücke zu schließen und tuckerte mit meinem beringten Wundergefährt das erste Mal in meinem Leben in Richtung Hamburg.

Und dabei konnte ich mir selbst wieder einmal auf eindrucksvolle Art beweisen, dass ich eigentlich auf einer einsamen Insel leben und Kokosnüssen beim Wachsen zuschauen sollte.

Und das gleich in doppelter Hinsicht und beide Male kam ich richtig ins Schwitzen. Fall eins hatte mit meinem frisch inspizierten silbernen Liebling zu tun, mit dem ich mich auf dem Weg in die Hansestadt auch durch Hessen quälen und dabei feststellen musste, dass es in diesem gar reizenden Bundesland genau eine einzige Tankstelle gab.

Die sich ungeschickterweise am anderen Ende Hessens befand als ich mich.

Mein Silberpfeil sagte mir ja (eigentlich) rechtzeitig, also 80 Kilometer vorher: „Hallo, Schwachmat, ich habe demnächst Durst." Mittlerweile ja sogar auf Deutsch, nachdem ich es geschafft hatte, den Bordcomputer von Französisch umzuprogrammieren (was schwieriger war, als es sich anhörte, weil ich ja überhaupt nicht kapierte, was da stand. Wie Nils damals, der aus Spaß sein Handy auf Japanisch umgestellt hatte und es fast in die Tonne klopfen musste) .

Ich hatte es ja in der Theorie auch verstanden, aber an der praktischen Umsetzung mangelte es ein wenig. 80 Kilometer waren ja auch echt weit. Eigentlich.

70, 60, 50, 40 und sogar 30 ebenfalls. Bei 20 stiegen aus der Motorhaube schon leichte Fragezeichen auf.

Bei 10 dachte ich, oh, Kate, es könnte eng werden, vor allem als die gierigen Schlürfgeräusche immer lauter wurden.

Und in dem Moment als ich auf die Idee kam, mein Navi nach einer Tankstelle zu fragen (die Antwort lautete 2,5 km), sprang die Anzeige auf 0 Kilometer.

So.

Fahren ohne Gas zu geben: 1000 Euro.

Beten ohne wirklich an himmlische Kräfte zu glauben: 2000 Euro.

Hinter der nächsten Kurve eine Tankstelle erspähen: unbezahlbar.

Ich hätte auch getankt, wenn der Liter Diesel 2,89 Euro gekostet hätte, so hatte ich mich gefreut das Ding zu sehen.

Fall zwei hatte mit meinem Krüppelrücken zu tun, dem ich was Gutes tun wollte und folglich ein ABC-Wärmepflaster draufgeklebt hatte.

Das taugte wenigstens was, im Gegensatz zum archaischen 1-Euro-Urzeit-Wärmepflaster, das tatsächlich noch mit echtem Pfeffer gefüllt war, ungefähr 5 Zentimeter dick und das anscheinend nur für die Benutzung gedacht war, wenn man vorhatte, vier Stunden regungslos auf dem Bauch liegenbleiben zu wollen.

Bei normaler Bewegung rutschte nämlich der ganze Kack-Pfeffer südwärts, so dass man nach einer halben Stunde einen vorteilhaften Pfefferwulst am Rücken hatte.

Jedenfalls, das Luxuspflaster war flach und anschmiegsam und toll und sauheiß. So heiß, dass meiner Meinung nach ein Warnhinweis auf der Packung sein sollte: Nicht im Auto sitzend anwenden!

Meine Güte, mir hatte es alles weggebrannt. Zum Glück hatte mein Liebling keine Sitzheizung, sonst hätte es wahrscheinlich einen Fall von spontaner Selbstentzündung gegeben.

Spontaneous combustion auf englisch, übrigens, das würde ich auch nie vergessen nach einer aberwitzigen Diskussion zu eben diesem Thema. Aber das war eine andere Geschichte.

Nach einer schier endlosen Fahrt durch beinahe die gesamte Länge Deutschlands hatte ich es geschafft. (Eigentlich war ich ein großer Fan vom Zugfahren, auch wenn ich täglich über die degradierende Gentlemanness weinen könnte. Ich war ja nun wirklich keines dieser unfähigen Weibchen, das ohne einen Mann an seiner Seite, der finanzielle oder spirituelle Unterstützung leistete, nicht überleben konnte. Musste ich ja nun verstärkt beweisen, seit Nils sein Sabbatjahr genommen hatte. Trotzdem war ich auch nicht so feministisch zu behaupten, dass es ohne Männer irgendwie besser wäre. Manchmal waren sie nämlich ganz nützlich. Oder wären es, wenn sie sich daran erinnern würden, dass sie Männer waren. Ich kam noch immer nicht über den Mangel an Ritterlichkeit hinweg, der einem von den heutigen Männern als kofferschleppende Frau entgegengebracht wurde. Neulich hatten mir sage und schreibe fünf Typen zugeschaut, wie ich versuchte, meinen 16 Kilo schweren Koffer in die Gepäckablage zu hieven. Ok, ich war keine süße, niedliche, hilflose Meg Ryan (obwohl die heutzutage auch nur noch hilflos schaute, weil ihre Stirn am Hinterkopf festgetackert war) und mein Oberarmumfang überstieg den der meisten Anwesenden um einiges (und der IQ sowieso), aber trotzdem! Mir hatte schließlich eine Frau (!)

geholfen! Also ehrlich! Schämt ihr Euch nicht, Testikelträger? Gut zu wissen, dass die mir näherstehenden männlichen Wesen sich eher das Kreuz für die Dame mit dem Koffer ausrenken würden, als ungeduldig mit der Zunge schnalzend im Gang hinter ihr zu stehen und Angst zu haben, dass sie nicht rechtzeitig aus dem Zug kamen, weil die Olle so lang brauchte. Mein persönliches Highlight war jedoch, als ich eine sehr lange Zugfahrt vor mir hatte und so von Migräne zerrüttet wurde, dass ich spucken wollte. Oder sterben. Oder beides. Und während ich verzweifelt versuchte, den Nahrungsbrei aufzuhalten, der sich nordwärts meine Speiseröhre entlang bewegte, packte eine vollschlanke Dame neben mir ihr chinesisches Essen aus und schaufelte es sich genüsslich in den Mund. Ich zählte jeden Bissen, bis sie endlich fertig war und ich aufhören konnte, die Luft anzuhalten, da kam der Auftritt des Nagellackentferners, mit dem sie sich das Pink von den Krallen kratzte, um Platz für fesches Rot zu machen. Ich machte gedanklich schon mein Testament, weil ich mir ziemlich sicher war, das nicht zu überleben.)

Nun, wie dem auch sei, nach sieben Stunden nahezu staufreier Fahrt erreichte ich die Perle des Nordens.

Und ich war begeistert. Herrliche Stadt und freundliche Nordlichter. Übrigens sagte Pinocchio, mein cleverer Ex-Chef, mal völlig entsetzt zu mir: „Nordlichter? Um GOTTES Willen, das dürfen Sie niemals schreiben oder auch nur sagen! Das ist die SCHLIMMSTE Beleidigung, die es gibt! Im der gleichen Liga wie Fischköppe!"

Ah ja, ganz logisch. Nordlicht war ja schon ein schreckliches Wort.

Vielleicht fand ich es auch nur schön, weil das Wetter so strahlend und ultramarinblau war (was war eigentlich ultramarin? Nur so als Anmerkung?) war und ich keinen Stress hatte, aber Hamburg war definitiv ne Reise wert.

Ich nutzte den restlichen Tag für einen Bummel um die Binnenalster, ging fein essen und früh ins Bett.

Über Caspar hatte ich mich übrigens geärgert. Ich hatte mich bei ihm gemeldet, als ich in Hamburg angekommen war. Er hatte sich mit einer Konferenz und Nachmittagsunterricht herausgeredet und hinzugefügt, dass er jedoch die ganze Nacht für mich Zeit hätte. So was brauchte ich dann auch nicht, das sagte ich ihm relativ deutlich.

Gerade als ich am Einschlummern war, kam eine Nachricht: „Ich wünsche Dir viel Erfolg. Sei einfach Du selbst, dann werden sie Dich lieben. Ich drück Dir die Daumen. Nils". Oh wow.

Ich wachte früh auf, schaffte es entgegen aller widrigen Umstände, meine Haare zu bändigen, sah in meinem adretten dunkelblauen Hosenanzug ausgesprochen geschäftstüchtig und normalgewichtig aus und ich freute mich über eine Whats App von Ragnar, der mir schrieb, dass er an mich glaube und dass ich sie umhauen würde. Was war nur auf einmal mit den Männern los?

Mit einem solchen Booster fürs Selbstbewusstsein konnte das Vorstellungsgespräch nur laufen. Und es lief. Es lief einfach. Ohne eingebildet klingen zu wollen – die fanden mich toll, das merkte ich einfach. Ich war äußerst guter Laune, als ich mich auf den Heimweg machte.

Und unfassbarerweise kam auch noch eine dritte Nachricht: „Wie lief es? Und wie siehts morgen Abend bei Dir aus mit Essen?"

242

Jakob. Nochmal wow. Dreifach wow. Heute schien mein Glückstag zu sein.

44

Flammkuchen mit Crevetten und Spinat, Flammkuchen mit Räucherlachs und Dill, Flammkuchen mit karamellisierten Walnüssen und Ziegenkäse, Flammkuchen mit Speck und Feldsalat (oben drauf, Spaß ohne), Flammkuchen mit Oliven, Peperoni und Schafskäse, Flammkuchen mit Spargel und gekochtem Schinken, Flammkuchen mit Rucola und Krebsfleisch, Flammkuchen mit Zwiebeln und Münsterkäse, UND Flammkuchen mit Himbeeren, Mousse au Chocolat und Blattgold und Flammkuchen mit Calvados und Apfelscheiben – ich war im siebten Himmel. Nun ja, ich wusste genau, dass es die Hölle werden würde, weil mein Magen bereits den höchsten Grad seiner Ausdehnungskapazität erreicht hatte, aber ich war ein großer Flammkuchenfreund und ich ging gerne zum All you can eat zur Marianne.

(Die noch kein lebender Mensch je gesehen hatte, im Gegensatz zu ihrer verbitterten Namensvetterin, die ich in meiner Kindheit sehr oft gesehen und noch viel öfter gehört hatte und die mich für den Rest meines Lebens eigentlich gegenüber allen Personen mit demselben Namen traumatisiert hatte. Egal. Lange Geschichte.)

Natürlich praktizierte ich All you can eat nicht alleine, wir waren zu viert. Ich, oder vielmehr wir (als es noch ein Nils-und-Kate-Wir gegeben hatte) besaßen nämlich Flammkuchen-Freunde. Julius und Christina waren ein befreundetes Paar, das wir eigentlich immer nur trafen, um Flammkuchen essen zu gehen, ein sehr nettes und meist auch witziges Ritual, bei dem die beiden Männer immer die abartigen Sorten bestellten wie Flammkuchen mit Leberkäse und wir Mädchen uns auf die Nachtisch-Flammkuchen freuten.

(Einmal hatten wir auch einen Weiber-Ausflug zu Marianne gemacht, also zu der lieben, unsichtbaren und es war ein Heidenspaß mit zehn Frauen. Bei Marianne galt nämlich die Regelung, dass man nur weitere belegte Teigscheiben bestellen durfte, wenn man von der vorherigen nicht mehr als ein Drittel übriggelassen hatte. Da wir aber noch so viele Sorten probieren wollten, wanderte das jeweils zu besagtem Drittel überzählige Stück in Chrissis Handtasche. Das gab zwar eine unglaubliche Matsche, löste bei uns aber hysterische Lachkrämpfe aus. Ach, was waren das noch für Zeiten.)

Ich nutzte die Gelegenheit und die relative entspannte Atmosphäre, um Jakob meinen Freunden vorzustellen – und er machte sich nicht schlecht.

Er war zwar generell ein eher ruhiger Geselle, aber er lachte an den richtigen Stellen, trug auf freundliche Art zum Gespräch bei und obwohl er ja ein eher schmächtiges Kerlchen war, hatte er einen gesunden Appetit, was mir gefiel.

Später rollten wir zurück zu unseren Autos auf dem Parkplatz und ich überlegte ernsthaft, ob ich ihn einfach mit einer Kussattacke überfallen sollte. Ich mochte ihn echt gern und ich konnte mir tatsächlich vorstellen, dass das mit uns etwas werden könnte – aber nicht in dem Tempo, das er vorlegte. Und dann geschah etwas Unglaubliches. Jakob öffnete den Mund, um etwas zu sagen und ich war urplötzlich die Heldin in meinem eigenen Hollywoodfilm.

Ich war in der Arena und wartete darauf, dass der Kaiser seinen Daumen hoch oder runter streckte. Was mir nix ausgemacht hätte, wenn ein verschwitzter, halbnackter Russell Crowe in seiner Lederrüstung dabei gewesen wäre, aber nee. Der züchtete ja Rinder in Australien.

Außerdem wartete ich darauf, dass Heath Ledger (Ja. Ich wusste es. Zu spät. Aber ich fand den Dunkelhaarigen eh immer besser, auch wenn er böse war) zu mir sagte: „Du wurdest gewogen...Du wurdest gemessen...und Du wurdest...für nicht gut genug befunden!"

(Ging ich eigentlich zu oft ins Kino? Und wieso zitierte ich nur Filme, in denen Männer mit Schwertern aufeinander losgingen und Sandalen oder Rüstungen trugen?)

Was Jakob nämlich nach tiefem Luftholen sagte war:

„Kate, also, ähm, ich weiß jetzt nicht genau wie ich das sagen soll. Also, es ist so...Du bist wundervoll. Ich mag Dich wahnsinnig gerne, Du bringst mich zum Lachen, Du bist nett und schlau und eigentlich meine absolute Traumfrau."

Eigentlich??? Oh Gott, ich ahnte, dass da jetzt ein dickes „Aber" kommen würde. Und ich wurde nicht enttäuscht.

„Aber es ist nun mal so, dass ich..äh..also ich...hm, also – ich stehe eigentlich auf ganz dünne Frauen."

Ich war so perplex, dass ich ihm nicht einmal böse sein konnte.

„Das bin ich nicht. Wie Du siehst. Und das werde ich auch nie sein."

„Ja", er wirkte beinahe erleichtert, „und ich weiß nun eben nicht, ob ich mir trotzdem eine Beziehung mit Dir vorstellen kann."

Ich musste lachen. Ehrlich.

„Moment, lass mich noch mal zusammenfassen. Du findest mich toll und ich bin Deine Traumfrau, aber du gehst mit mir ausgerechnet zum Flammkuchen-All-you-can-eat und wartest, bis ich mir 200 Millionen Kalorien und Kohlenhydrate hinter die Binde gestopft habe, um mir zu sagen, dass Du mich zu fett findest und noch nicht weißt, ob Dir das was ausmacht oder nicht?"

Er sah betreten zu Boden und scharrte mit der Schuhspitze im Kies des Parkplatzes.

„Jakob, ganz ehrlich – bitte sei mir nicht böse, aber die Entscheidung kann ich Dir abnehmen. Ich bin vielleicht kein Model, aber ich bin ganz sicher auch nicht fett. Es gibt wirklich genug Männer, die mich so zu schätzen wissen, wie ich bin. Und wenn Du nur nach dem Aussehen gehst und nicht nach dem Charakter, bist du eh nicht der Richtige für mich."

Er sah todunglücklich drein, fast tat er mir leid.

„So hab ich's doch gar nicht gemeint. Du bist ja auch total hübsch, aber ich mag einfach dünnere Mädels. Aber vielleicht kann sich mein Geschmack ja ändern, ich mag Dich ja und - "

„Ist schon gut." Ich schaffte es tatsächlich, zu lächeln. Ich beugte mich sogar vor und drückte ihm einen leichten Kuss auf die Wange.

„Ich wünsche Dir viel Glück bei der Suche. Ciao, Jakob."

Ich drehte mich mit dem letzten verbliebenen Rest meiner Würde um und stieg in mein Auto. Die Heimfahrt verbrachte ich zwischen ungläubigem Kopfschütteln, wütendem Gefluche und einer tiefen Traurigkeit.

Ach und zur Krönung des Tages verlor ich auch noch einen Blinzel-Wettbewerb gegen meinen Ridgeback, bei dem es in einem wortlosen Kampf darum ging, ob er im Bett bleiben durfte oder nicht und da wurde mir bewusst, dass er wohl der einzige Mann auf der Welt war, der mich wirklich, ehrlich, vorbehaltlos und zu 100 Prozent so liebte, wie ich war (solange ich ihm sein Fressen pünktlich gab und nicht noch so ein Griechenmonster anschleppte) und dass er schon vier war und dass ich ihn auch so liebte wie er war und dann fing ich echt an zu heulen.

45

Ich stand in meiner Küche und rührte wie wild in einer Schüssel mit Plätzchenteig, um mich abzureagieren. Plätzchen waren das einzige, was ich mir an vorweihnachtlicher Rührseligkeitsstimmung gestattete. Eigentlich war ja die Zeit der Adventsdeko. Ich liebte dekorieren. Theoretisch. Praktisch hatte ich nicht wirklich einen silbernen oder goldenen Daumen dafür. Bei anderen fand ich es immer toll, wenn sie ihre Häuser jahreszeitlich passend gestalteten und versuchte das ja auch immer sehr emsig, aber ich war dann doch eher so der Typ, dem im August beim jährlichen Blumengießen der Schneemann mit dem „Merry Christmas"-Schild im Azaleen-Kübel auffiel.

Jedenfalls hatte Mielchen mich auf eine Mega-Idee für die diesjährige Weihnachtsdeko gebracht. Es gab keine! Es sei denn, ich fände jemanden, der Lust hatte, mir einen an die Decke tackerbaren Adventskranz zu bauen. Alles musste sich außer Reichweite des Spiderhunds befinden, der leider die glatten Wände hochgehen konnte und sämtliche Gegenstände vertilgte, die nicht festgedübelt waren. Also gingen wir mal mit dem puristischen Trend. Damit ich trotzdem ein wenig in Jingle-Jingle-Stimmung kam, backte ich jetzt wie eine Geistesgestörte, obwohl ich backen eigentlich hasste und das Aufräumen der Küche nach einer Back-Aattacke noch viel mehr und am allermeisten würde ich es hassen, wenn ich auf meiner Couch sitzen würde, belagert von den Krambolen, die ihre Schädel auf meinen Brustkorb pflanzen und mich mit seelenvollen blicken aus traurigen, halbverhungerten Augen hypnotisieren würden, während ich die Plätzchen in mich hineinstopfen und Jakob damit so richtig eins auswischen würde.

Aber so weit war es ja noch nicht, ich bearbeitete gerade wütend einen Teigklumpen mit dem Nudelholz, als die Hintertür aufflog. Nils stand in der Küche, mit geröteten Wangen und brachte einen Schwall kalter Luft mit herein.

Ich kniff argwöhnisch die Augen zusammen und wartete mit in die Hüften gestemmten Händen ab, bis die Hunde sich so weit beruhigt hatten, dass ich ihn verstehen konnte.

„Ok, vergiss es", stieß er hervor, als die beiden Verräter endlich von ihm abließen und sah mich trotzig an.

„Vergiss was?"

„Das alles hier." Er machte eine weit ausholende Handbewegung, die die ganze schlachtfeldartige Küche umfasste und mich einschloss.

„Möchtest Du vielleicht ETWAS konkreter werden?", fragte ich sarkastisch und sah ihn bohrend an.

„Das war eine Scheißidee mit dem Ausziehen. Ihr fehlt mir. Ich – ich will wieder hier wohnen."

Das konnte wohl kaum sein Ernst sein. Ich lehnte mich an die Arbeitsplatte (Ein nicht ganz ungefährliches Unterfangen, schließlich hatte der Mann, der gerade schwer atmend vor mir stand, es in den letzten fünf Jahren nicht geschafft, diese mal ordnungsgemäß und TÜV-normgerecht am Rest der Küche zu befestigen) und starrte ihn an.

„Gehen Dir Deine Eltern auf den Keks oder was?" Ich konnte nicht verhindern, dass meine Stimme bissig klang.

„Nein. Ich meine, ja, schon, natürlich. Aber das ist nicht der Grund. Ich will einfach wieder zurückkommen zu

Euch. Wenn ich darf", fügte er, plötzlich schüchtern geworden, hinzu und konnte mir nicht in die Augen sehen.

„Nils, spinnst Du jetzt?" Ich war echt wütend.

„Du haust einfach hier ab, lässt mich mehr oder weniger ohne eine Erklärung hier alleine sitzen. Ich weiß bis heute nicht genau, warum Du eigentlich gegangen bist. Und jetzt, so kurz vor Weihnachten, willst Du wieder hier einziehen? Nach einem halben Jahr? Einfach so?"

Ich merkte, dass ich immer lauter wurde und meine Stimme schrill klang.

„Nicht einfach so", stammelte er, „Sondern weil ich Dich liebe. Ich hab nie aufgehört, Dich zu lieben und ich werde auch nie aufhören. Und ich will, dass wir wieder zusammen sind und eine Familie und-"

Weiter kam er nicht. Ich sah rot. Ich sprang (erstaunlich geschmeidig für meine Verhältnisse) auf ihn zu und attackierte ihn. Ich trommelte mit meinen Fäusten wie eine Irre gegen seine Brust und schrie ihn an.

„Nie aufgehört, was? Nie aufgehört? Deshalb warst Du auch einfach weg, in einer Zeit, die eh schwierig für mich war?" Ich merkte, dass ich anfing zu heulen, aber ich konnte nicht aufhören, zu kreischen.

„Du warst immer mein Fels in der Brandung, immer der Mensch, dem ich am meisten vertraut und den ich immer gebraucht habe. Dann verpisst Du Dich einfach und lässt mich mit der ganzen Scheiße hier allein und wenn ich es gerade schaffe, mich irgendwie wieder im Griff zu haben und es langsam auszuhalten, dann tauchst Du wieder hier auf und tust als sei nichts gewesen?"

Er versuchte vergeblich, meine Fäuste abzufangen, die inzwischen stakkatoartig auf ihn eintrommelten, während ich vor Tränen nicht mehr sah, wo ich eigentlich hinschlug.

„Verschwinde einfach von hier!", brüllte ich. „Geh weg und lass Dich nie wieder hier blicken!"

Durch einen Tränenschleier sah ich, dass er sich umdrehte, zwei Sekunden später hörte ich die Tür hinter ihm zufallen. Ich ließ mich am Küchenschrank hinabgleiten, vergrub meine Nase in Mielchens dichtem Fell und ließ meinen Tränen freien Lauf.

Später am selben Tag, als ich wieder einigermaßen rational denken konnte, mir am helllichten Abend (helllicht war auch echt ein komisches Wort. Unsinnig, oder? Konnte Licht auch dunkel sein?) ein Glas Whisky eingeschenkt hatte und mit meinen treuen Stinkstiefeln auf der Couch lag, überlegte ich, was ich wirklich, ehrlich wollte. Verletzten Stolz und die Wunden auf meiner Seele mal außen vor lassend, hörte ich in mein Herz hinein.

Wollte ich, dass Nils wieder zurückkam?

Liebte ich ihn noch?

Konnte ich ihm verzeihen?

Würde ich ihm je wieder vertrauen können?

Musste ich nun auf immer und ewig Angst haben, dass er, wenn ich etwas tat, das ihm nicht passte, wieder das Weite suchen würde?

Sein Auszug hatte nichts mit einer anderen Frau zu tun gehabt, das hatte er mir bei einem Gespräch vor einigen Wochen hoch und heilig geschworen. Ihm war einfach alles zu viel gewesen, die Verantwortung, die ein Haus und zwei arbeitsintensive Hunde mit sich brachten und er hatte selbst nicht mehr gewusst, was er vom Leben wollte.

Die Antwort auf meine Fragen lautete – ich wusste es nicht. Ich hatte tatsächlich keine Ahnung.

Natürlich liebte ich ihn noch und ich würde ihn immer lieben – wir waren fast mein halbes Leben zusammen gewesen, hallo?

Ungewollt drängte sich Jakob in meinen Kopf. Hätte es mit ihm etwas werden können? Von meiner Seite aus sicherlich, aber wollte ich einen Mann, der sich nur für Äußerlichkeiten interessierte?

Ragnar, ja, er war einfach wundervoll – aber eben auch verheiratet. Und zu alt. Und er lebte am anderen Ende Deutschlands.

Blieb eigentlich nur der reiche Bauer, wenn man es genau nahm. Er hatte mir wieder geschrieben, ich solle ihn zu Weihnachten besuchen kommen, er hätte mir ein kleines Goodie in Form einer Louis Vuitton-Handtasche besorgt, er wolle es mir aber unbedingt selbst überreichen. Und er wollte mir laut eigener Aussage „den Hof machen", was sich vermutlich und bedauerlicherweise wohl eher nicht auf die allmählich verrottenden Laubhaufen unter meinem Nussbaum bezog sondern auf irgendeine Form seelischer oder körperlicher Zuwendung. Auf die ich verzichten konnte, stellte ich gerade fest. Und da ich so in ballantineslastiger Weltuntergangsstimmung war, beschloss ich, ihm das auch gleich mitzuteilen. Ich loggte mich in Facebook ein und schrieb ihm, dass ich kein Interesse an einer Louis Vuitton-Tasche hätte, keinen Porsche wollte, nicht mit einem Learjet über Silvester nach Barbados fliegen wollte, nicht seinen LKW fahren und nicht den Heißluftballon sehen wollte, der angeblich noch in „einer seiner Hallen stand", nicht den Imbiss besichtigen mochte, den er vor kurzem gekauft hatte,

„weil ich gerade durch unsere Stadt gefahren bin und der gerade leer stand" und dass ich es auch ganz schön uncool fand, dass er „für unsere Hochzeit bereits eine Kutsch gekauft" hatte. Und dass ich sowieso die Schnauze voll hatte von ihm und seiner Angeberei. Punkt. Hinterher fühlte ich mich echt gut und irgendwie erleichtert.

Vielleicht sollte ich Jakob auch sofort meine Meinung sagen. Ich tippte schnell: „Schade dass ich mich so in Dir getäuscht habe. Ehrlich gesagt brauchst Du Dich aber so auch nicht wundern, dass Du noch keine Frau fürs Leben gefunden hast. Du bist nett und alles, aber diese Einstellung ist echt zum Kotzen. Wenn ich jetzt schlank wäre wie ein Reh und wir wären zusammengekommen und dann würde ich durch einen Unfall ein Auge verlieren oder einen Arm, würdest Du mich dann verlassen? Sorry, aber das ist echt armselig. Denk mal drüber nach."

Es wunderte mich ein wenig, dass wenige Sekunden später eine Antwort kam.

„Du hast recht und es tut mir auch furchtbar leid. Ich wünschte, es wäre anders und ich hätte keinen solchen Knall in dieser Beziehung, aber ich bin eben keine Maschiene."

Ich las das letzte Wort dreimal. Fünfmal. Achtmal. Dann lachte ich laut und führte ein kleines Freudentänzchen neben der Couch auf.

Danke, Gott, dass du mich vor einem Mann bewahrt hast, der Maschine mit ie schreibt! Großes, böses No-Go!

Ich atmete tief durch und nahm mein Handy wieder in die Hand, um mit Bedacht die letzte Nachricht des heutigen Tages zu schreiben.

„Hey. Sorry dass ich so extrem reagiert habe heute Mittag. Das liegt daran, dass ich mich in einem echten Gefühlschaos befinde und überhaupt nicht mehr weiß, was ich denken und fühlen soll. Ich kann Dir nichts versprechen, aber wir sollten zumindest einmal reden, richtig ausführlich. Möchtest Du Weihnachten mit uns verbringen? Dann sehen wir weiter."
Seine Antwort kam noch schneller als die von Jakob.
„Nichts lieber als das. Ich freue mich wahnsinnig. Bis dann."

46

Es war Heiligabend. Ich hatte mich ganz schön herausgeputzt, der Tisch im Esszimmer bog sich unter den (viel zu vielen) Köstlichkeiten, die ich fürs ganz-und-gar-nicht-weihnachtstypische Raclette eingekauft hatte und ich wartete nervös auf Nils. Als er schließlich eintrudelte, frisch rasiert (What? Aber warum? Dreitagebart ist doch viel sexier!) und in Jeans und Hemd mit hochgekrempelten Ärmeln und sogar mit frisch geschnittenen Haaren und sehr gut duftend (aber offensichtlich ohne Geschenk, manche Dinge ändern sich eben nie), fiel die Nervosität von mir ab. Das war mein Mann, verdammt. Er küsste mich schüchtern auf beide Wangen und wir machten höflichen Smalltalk, während er den Wein entkorkte und ich die restlichen Sachen auf den Tisch stellte. Wir setzten uns, begannen unsere Pfännchen zu füllen und in meiner typischen Gier konnte ich nicht abwarten, bis der erste Käse geschmolzen war und stopfte mir ein Stück Baguette in den Mund – da musste ich wieder einmal feststellen, Dass ich einfach ein Idiot war und auch immer einer bleiben würde.

Ich war der Mensch, der schon von Pfeffer Tränen in die Augen bekam, nur durch die Berührung einer Flasche Tabasco rot anlief und beim Anblick einer Chili-Schote Atemnot bekam.

Was also hatte mich nur geritten, einen Chili-Ring (Das war ein Brot, nix für den Finger und uuuuh, jaaaa, Jakob, mir war schon klar: böse Kohlenhydrate!!!) zu erwerben? Musste sich um einen akuten Bescheuertkeits-Anfall gehandelt haben. Wäre bestimmt sogar lecker gewesen, hätte ich ihn denn vertilgen können.

Ich lernte einfach nicht dazu. Scharf ging nicht. Auch wenn ich's mir selbst manchmal nicht glaubte und von den kleinen Salamischeiben auf der Wagner-Pizza Speziale schon Röchelungen bekam. „Mild" für andere hieß schon Höllenfeuer für mich. Ich litt an akuter Schnappatmung und war froh, als Nils mir ein Stück ungefährliches Brot zur Linderung meiner Schmerzen reichte, als es an der Tür klingelte.

Ich hatte ja bereits am Rande erwähnt, dass ich Überraschungen liebte (Ich musste es in Großbuchstaben wiederholen, um den ungeheueren Wert des Wortes noch einmal zu betonen: LIEBTE).

Für mich gab es nichts Besseres, als irgendwelche Geschenke zu bekommen, mit denen ich nicht gerechnet hatte, also zum Beispiel wenn nicht gerade Weihnachten, Ostern oder mein Geburtstag war (Den Valentinstag finde ich doof, übrigens) und obwohl mein Gehirn ganz genau wusste, dass ich dort nur und wirklich nahezu ausschließlich Rechnungen vorfinden würde, freute ich mich doch jedes Mal (wie bescheuert eigentlich), wenn was im Briefkasten lag.

Einer der größten Wünsche meines Lebens bestand darin, einfach mal durch ein Paket überrascht zu werden, das ich nicht selbst zuvor bei Zalando, Amazon oder in irgend einem Inneneinrichter bestellt hatte.

Man musste sich also mein Gesicht vorstellen, als ich während des heiligabendlichen Festschmauses durch die Klingel überrascht wurde. Nicht wahr, oder? Kam jetzt mein heiß ersehntes ungeahntes Geschenk?

Ich also zum Hoftor gehüpft und wer stand wohl draußen? Hm?

Ja, es hatte einen Bart und ja, es hatte eine hässliche Mütze auf, also wer war es?

Nein, nicht der Weihnachtsmann, sondern meine dämliche osteuropäische Nachbarin.

„Kate, warum steht Auto von Nils schon wieder auf meine Parkplatz?"

Nicht-Dein-Ernst-oder-Alte?

„Ähm, es ist Weihnachten, wir sind grad am Essen, geht's eigentlich noch?"

„Warum steht Auto auf meine Parkplatz?" Moment. Ganz ruhig.

„Du HAST doch jetzt einen Parkplatz, also wo ist das Problem?"

Ruuuuuhiiiig, Kate, Fest der Liebe und so...

„Ja, aber Deine Auto ist auf meine Parkplatz!"

Ey, es gibt keine "Deine Parkplatz, meine Parkplatz", das sind alles ordnungsgemäß markierte Parkbuchten!

„Wenn Du willst, dass es DEIN Parkplatz ist, musst Du ihn bei der Gemeinde kaufen und ein Schild mit Deinem Namen draufstellen!"

„Aber Nils darf nix parken auf meine Parkplatz!"

Da reichte es mir. Ich drehte mich um und rief laut und vernehmlich: „Nils, komm mal raus, da will Dich eine Geistesgestörte sprechen!"

Bis Nils am Hoftor angekommen war, hatte sie schon das Weite gesucht und wir konnten unsere Mahlzeit fortsetzen.

47

Natürlich blieb Nils über Nacht, obwohl ich mich noch nicht entschieden hatte, ob ich ihn wieder in mein Haus und mein Herz lassen würde. Ich redete mir selbst ein, dass ich ihn ja einfach für unverbindlichen und spaßigen Sex ausnutzen konnte, was ich mir jedoch selbst nicht so richtig abnahm.

Am nächsten Morgen überraschten wir uns selbst indem wir beschlossen, einfach ganz spontan an die Ostsee zu fahren, um einfach mal rauszukommen und etwas Zeit für uns zu haben. (Und das Auto hatte ich für ganze vier Tage somit auf „ihrem Parkplatz" stehen lassen. Har har). Die Hinfahrt war dezent abenteuerlich, weil Mielchen (Oder vielleicht auch der Rhodesian. Der Menge nach zu urteilen eher Letzterer) meinte, die einzige Jacke die ich dabei hatte, von oben bis unten vollkotzen zu müssen. (Suse schimpfte übrigens immer fürchterlich mit mir, wenn ich kotzen sagte, weil sie fand dass "spucken" sich eleganter anhörte, aber die oder der hatte nicht gespuckt, sondern richtig abgereihert.)

Zielsicher, das musste man ihr lassen, der Großteil der Pampe landete in der Kapuze und dem komplett hundefellfreien Kunstpelz, mit dem diese gesäumt war.

Wir ertrugen noch etwa fünf Stunden lang ein wahrhaft herrliches Gerüchlein, das vom Rücksitz nach vorne wehte, die Jacke durfte bei Ankunft gleich mal unter die Dusche und trocknete dann gemütlich vor sich hin.

Ich fand es jetzt generell einfach etwas kalt dort (aber ich fand es ja immer überall etwas kalt) und verbrachte viel Zeit auf der Couch und im Bett, was mir sehr gut tat.

Es war sehr sehr herrlich hier. Es schneite ganz zauberhaft, wodurch Mielchen, das Wechseltierchen, den ersten Schnee ihres Lebens und Muppet das erste Meer seines Lebens zu Gesicht bekam (bei ihr war ich mir nicht sicher, sie kam ja aus Griechenland) – und beide hatten ihren Spaß.

Wechseltierchen übrigens deshalb, weil sie ihren Geruch den jeweiligen Gegebenheiten anpassen konnte. Einen Tag roch sie nach nassem Hund (was vermutlich irgendwie an der Tatsache lag, dass sie ein nasser Hund WAR) und nach dem Strandspaziergang hatte sie ein distinktives Fischaroma. Und sie hatte es tatsächlich geschafft, in unserem schnuckeligen kleinen Ferienhäuschen noch nichts kaputt zu machen oder hineinzuurinieren oder zu spucken oder ähnliches.

Es ging uns einfach gut. Wir unternahmen endlose Spaziergänge am Strand, hielten uns an den Händen, gingen hervorragend essen.

Zum Glück konnte man selbst erfundene Feiertage nämlich so oft feiern wie man wollte. Und ich war bekanntlich ziemlich gut im Erfinden von Sachen (Jedoch nicht von Aussagen. Das war jemand anders. Aber immer wieder sehr amüsant, was man so über sich hörte und selbst noch nicht wusste!) So erfanden wir am zweiten Weihnachtstag kurzerhand den „Tag des Fisches" und waren bei "Fischdeel" in Eckernförde, wo ich den seltsamsten und zugleich leckersten Salat reinschwartete, den überhaupt jemals jemand in nem Fischrestaurant gegessen hatte.

Dreierlei Fisch mit grünem Salat mit Joghurt-Zitronendressing mit Mandelsplittern. Und ein paar Heidelbeeren haben sich auch noch drauf verirrt (Und Melonen, aber da die so tomatig waren, standen sie bei mir ja auf dem Index)...köstlich! Komisch, dass man sich am Meer verpflichtet fühlte, Fisch zu essen, oder? Wobei ich ja überhaupt gerne Flossentiere mampfte, nur in Alice Springs hatte ich es mir verkniffen, weil es da in alle Richtungen etwa 2000 Kilometer zum nächsten Meer waren.

Wir marschierten durch die Gegend wie bei „Jugend trainiert für Olympia" und kamen dabei an Dächern ohne Häuser vorbei.

Dächer ohne Häuser? Natürlich war ich mir darüber im Klaren, dass es einen guten Grund hatte, ein Haus zu bauen, das nur aus Dach bestand, ich war immerhin die Quizduell-Königin. Wind, wahrscheinlich.

Aber: Es sah trotzdem komisch aus, vor allem wenn ein ganzes Dorf nur aus Dächern bestand. Und es war so unpraktisch! Die konnten ja gar keine Schränke da reinstellen! War ja alles schräg! Und wie hängte man da ein Bild auf? Hm?

Und wenn man sehr groß war dann konnte man sich immer nur in der Mitte des Hauses aufhalten oder wie? Ich wollte da nicht wohnen, ganz ehrlich.

Als ich also in Gedanken versunken hinter meinem Mann herstapfte, hielt er auf einmal an, nahm meine Hand und sah mich ernst an.

„Wir reden jetzt", ordnete er an und ich nickte.

Wir redeten zwar quasi schon den ganzen Urlaub praktisch ohne Unterlass, aber zu des Pudels Kern waren wir irgendwie noch nicht vorgedrungen.

Wir redeten und redeten und wir wurden nicht laut, sondern waren allzeit konstruktiv und freundlich und schonungslos ehrlich.

„Es war nie so, dass ich zu irgendeinem Zeitpunkt aufgehört hätte, Dich zu lieben", sagte Nils, als wir am

Strand über ein paar Felsen hinwegkletterten und der steifen nordischen Brise heroisch trotzten. „Ich hatte nur einfach alles so satt."

„Ich habe auch oft was satt und haue trotzdem nicht gleich ab", gab ich schnippisch zurück, die Hände tief in den Taschen von Nils' gigantischer Fleecejacke vergraben.

„Ich weiß. Aber ich wusste mir nicht anders zu helfen. Wenn ich geblieben wäre, wäre es wahrscheinlich eskaliert und ich hätte irgendwann vielleicht angefangen Dich zu hassen."

„Ich dachte, das hättest Du bereits."

Er sah ehrlich schockiert aus.

„Quatsch, spinnst Du? Ich liebe dich. Wirklich. Und jetzt weiß ich wieder, was ich an Dir habe."

„Aha."

Ich war noch nicht wirklich besänftigt.

„Und das wäre?"

„Willst Du, dass ich jetzt all Deine guten Eigenschaften aufzähle? Ha, ich hab Dich durchschaut!" Er grinste schief und ich konnte nicht anders als zurückzugrinsen.

„Du bist die lustigste Frau, die ich je getroffen habe. Du hast echt einen sensationellen Sinn für Humor und das Beste daran ist, dass Du auch überhaupt kein Problem damit hast, Dich über Dich selbst lustig zu machen."

„Weiter!" Ich lächelte. Das fing an, mir Spaß zu machen.

„Du liebst Deine Tiere abgöttisch und das ist eine tolle Eigenschaft. Ich könnte nie mit einer Frau zusammensein, die keine Tiere mag. Du, ach, Herrgott", er war stehen geblieben, hatte sich zu mir umgedreht und warf in einer fast flehentlichen Geste die Hände in den Himmel, „Du gibst für Deine Freunde alles, auch wenn Du immer wieder ausgenutzt und verletzt wirst. Du bist eine Rakete im Bett."

Er grinste mich frech an und zog suggestiv eine Augenbraue hoch.

„Du bist einfach meine beste Freundin. Ich hatte wirklich kurzzeitig gedacht, ich sei ohne Dich besser dran. Aber das bin ich nicht. Ich bin ehrlich gesagt beschissen dran ohne Dich."

Er war bei den letzten Worten immer näher gekommen und hatte mich am Aufschlag meiner oder besser seiner Jacke gepackt. Jetzt schüttelte er mich bei jedem Wort ganz leicht und sah mir so tief in die Augen, dass ich ganz weiche Knie bekam.

„Frauen gibt es viele, aber meinen besten Kumpel zu verlieren, das hatte ich so vorher nicht bedacht und es war die Hölle. Immer wenn ich etwas Lustiges erlebt oder etwas Trauriges gesehen habe, wollte ich es sofort Dir erzählen. So viele Kleinigkeiten, die ich Dir erzählen wollte und nur Dir. Witze, die Du verstanden hättest, aber niemand sonst. Ich hab mich so oft morgens im Halbschlaf umgedreht und wollte mich an Dich kuscheln und dann wurde mir bewusst, dass du nicht da bist. Und dann hab ich mir überlegt: Ist es das wert? Ist es wirklich so schlimm, dass sie mich ab und zu alleine mit den Hunden gehen lässt, weil sie Kopfschmerzen hat nach der Arbeit? Macht es mir wirklich so viel aus, die verkackten Blätter zusammenzufegen, weil sie geschäftlich unterwegs ist und ich alleine rumsitze daheim?"

Sein geliebtes, vertrautes Gesicht mit dem endlich wieder nachgewachsenen Dreitagebart war nur noch Millimeter von meinem entfernt, als er flüsterte:

„Nein, es ist nicht schlimm und es macht mir nichts aus. Ich will sie nie wieder verlieren. Ich will jeden Morgen neben ihr aufwachen und jeden Abend neben ihr einschlafen. Für immer. Aber was willst Du, Kate?"

Meine Augen hatten sich mit Tränen gefüllt. Schon wieder. Wenn das mit der Stelle in Hamburg nichts wurde, konnte ich ernsthaft über eine Bewerbung als Hydrant nachdenken.

Ich blinzelte heftig, schluckte und sagte langsam:

„So geht es mir auch. Ich liebe Dich als Mann und als Geliebten und als Freund und ich will, dass Du endlich wieder bei mir bist."

Natürlich küssten wir uns, leidenschaftlich und während der Wind mir immer wieder Haarsträhnen in die Augen wehte und die kleine Hund selig grinsend nasse, glitschige Seetangsträhnen über meinen Schuhen verteilte und der große Hund seine kalte Schnauze bestätigend in meine Hand stupste und dann gingen wir mit unseren Hunden nach Hause.

48

Na ja, gut, nicht ganz. Erst besuchten wir noch ein Spaßbad, das erste Mal in 15 Jahren übrigens, und wir hatten, wie der Name schon sagt, mächtig Spaß im Bad. Freefall-Rutsche, Rutsche im Dunkeln, Rutsche auf Reifen...ein Traum. Vor allem, weil es dank meines Ehrgeizes, vor all den spargeldünnen Achtjährigen die Treppen hochzurennen sicherlich auch ausgesprochen förderlich für die Figur war. Wir kicherten und lachten wie frisch verliebte Teenager und es machte mir nicht eine Sekunde lang etwas aus, dass er mich im Bikini sah oder dass der bunte Reifen, in dem ich wagemutig den Tunnel hinunterdonnerte, nicht der einzige Schwimmring in der Nähe meines Körpers war.

Nach drei wundervollen Tagen traten wir die Heimreise an (die Hunde bekamen vorsichtshalber nichts zu fressen. Sicher war sicher) und meine Blase verdiente mir eine Bockwurst

Ausnahmsweise war nämlich ich mal ganz froh über die vielen Rabattmarken, die ich mir quasi erpieselt hatte. Auch wenn ich nicht verstand, wieso man 70 Cent zahlen musste, wenn man 50 davon wieder zurückbekam?

Man könnte doch einfach gleich 20 zahlen?

Oder hofften die, dass alle so doof waren und es nie einlösten?

Oder brachte es einfach gar nix, weil die Sachen eh so teuer waren, dass sie trotz 50 Cent Rabatt noch das Doppelte kosteten als wo anders? Jedenfalls hatte schon allein die Hin- und die halbe Rückfahrt nach und von Holstein mir eine delikate riesige Bockwurst gesichert.

Epilog

Ein Jahr später waren Nils und ich noch immer zusammen – und glücklicher als je zuvor. Wir passten viel mehr aufeinander auf und zogen wieder an einem Strang.

Schwanger war ich nicht, auch wenn ich gelegentlich noch immer so aussah.

Den Job in Hamburg hätte ich bekommen, entschied mich dann aber für München, weil ich darauf einfach mehr Lust hatte.

Ich durfte endlich wieder schreiben, was mich nicht nur ungleich mehr befriedigte als der Futterverkauf, sondern was ich einfach auch wesentlich besser konnte.

Mit Jakob waren wir beide komischerweise richtig gut befreundet mittlerweile, ich hatte ihm seine Gewichtsprobleme (also seine Probleme mit meinem Gewicht) irgendwie nie richtig übel nehmen können. Er war auch noch immer Single, was (wie ich manchmal mit einem leichten Anfall von Schadenfreude feststellen musste) meine Theorie untermauerte, dass man irgendwann anfangen sollte, auf den Charakter zu schauen statt auf die Figur. Oder alleine zu bleiben.

Wobei ich sowieso der Ansicht war, dass er irgendwann Suse heiraten würde (die kein bisschen dünner war als ich, übrigens), weil die beiden einfach füreinander bestimmt waren.

Mit Ragnar war ich in losem Kontakt, er freute sich unglaublich für mich, dass ich mein Leben endlich wieder im Griff hatte und dass mir die Sonne quasi aus dem – ach, lassen wir das.

James war mit irgendeinem komischen, reichen Model verheiratet und hatte bei der Hochzeit einen Anzug mit

Pinguinschwänzen tragen müssen. Ihre Kinder würden Multimilliardäre sein und das war wieder einmal ein klarer Fall von Reichenverschwendung.

Gunnar lief mir tatsächlich noch einmal über den Weg, wieder in einem Restaurant, als er unglaublicherweise schon wieder einen Kellner erniedrigte und um es noch unfassbarer zu machen, hatte er eine spindeldürre Blondine an seiner Seite, mit der ich einmal lose „befreundet" gewesen war, bis sie zu mir gesagt hatte: „Ach, Kate, es ist so anstrengend, so gut auszusehen wie ich. Sei froh, dass DU nicht so hübsch bist wie ich!" Ich war so froh. Aber dass ich beide rechtzeitig aus meinem Leben verbannt hatte. Diese beiden hatten sich wirklich verdient.

Das Wichtigste war jedoch: Unsere Hunde waren topfit, zufrieden und vor allem LIEB. Mielchen hatte beschlossen, dass ihre pubertäre Zerstörungsphase lange genug angedauert hatte und echt schon sehr lange nichts mehr kaputt gemacht (Vielleicht lag das aber auch einfach daran, dass wir wahnsinnig ordentlich geworden waren) und hatte auch ihre Toilettengänge weitestgehend im Griff.

Trotz aller Widrigkeiten (ohne e, wohlgemerkt. Wieder mit e nur bei Dingen, die erneut geschehen. Wiederholung, zum Beispiel. Wider ohne e bei Dingen, die gegen etwas geschehen. Widerstand. Wider besseren Wissens. Widersacher), trotz aller Probleme, die wir gehabt hatten und trotz unendlich vielen dummen Geschwätzes, das es überall auf der Welt gibt, aber auf dem Dorf ganz besonders: Wir hatten es geschafft. Wir hatten wieder zueinander gefunden. Wir hatten die Verletzungen überwunden, die wir einander zugefügt hatten und wir hatten unseren falschen Stolz hinuntergeschluckt. Wir hatten gemerkt, dass wir zueinander gehören und dass man manchmal extreme Maßnahmen einschlagen musste, um zu merken, was man aneinander hatte.

Wir waren glücklich.

Danksagung

Oh je, wie beginnt man bloß eine Danksagung? Schließlich will man keinen verärgern, weil man in der falschen Reihenfolge angefangen hat…

Also beginne ich wirklich bei meinen Hunden, die mich jeden Tag amüsieren, beschäftigen, dafür sorgen, dass es mir nie langweilig wird und die mir mit ihrer bedingungslosen Liebe durch so manchen schweren Moment geholfen haben.

Ich danke meinem Mann Lars, dass er immer für mich da ist, mich genau so nimmt, wie ich bin und mir jederzeit den Rücken frei hält – gerade in der Entstehungsphase dieses Buchs, als ich mich stundenlang hinterm Laptop verschanzt hatte und einiges an ihm hängen blieb.

Ähnliches gilt für meine Mum, die zwar gar nicht wusste, dass ich überhaupt ein Buch schrieb, mir aber jeden Tag trotzdem unheimlich viel abnimmt.

Meinen Freunden oder auch Nicht-Freunden danke ich für die unzähligen Steilvorlagen, die einfach danach geschrien haben, in Buchform verewigt zu werden, ganz besonders Stephi, die mindestens ebenso gut darin ist, neue Worte zu erfinden wie ich („Sprechen die überhaupt asylantisch?").

Wie heißt es so schön: „Es gibt keine zufälligen Treffen. Jeder Mensch in unserem Leben ist entweder ein Test, eine Strafe oder ein Geschenk."

Praktischerweise konnte ich alle drei Kategorien verwenden, um die Erfahrungen mit ihnen zu Geschichten in meinem Buch zu verwandeln, aber zum Glück überwiegen bei mir eindeutig die Geschenke!

Ein riesiges Dankeschön gebührt Frau Dr. Michaela Weber-Herrmann – für ganz viele Dinge. Sie war ganz entscheidend mitverantwortlich, dass aus mir ein halbwegs ordentlicher Schreiberling wurde (behaupte ich jetzt einfach mal ganz subjektiv), sie hat mich durch eine gar nicht mal so harte Schule geschickt und mich dann auch noch aufgefangen, als ich dachte ich dürfe nie wieder auch nur ein einziges Wort schreiben. Ela, das werde ich Dir nie vergessen! Sie hat immer an mich geglaubt und dann auch noch mal eben so das komplette Buch Korrektur gelesen, ohne herumzukritteln oder zu meckern – herzlichen Dank, liebe Ela!

Jannik Frank hat trotz enormen Stresses an der Uni ein Titelbild gemalt, das meines Erachtens nach den Charakter des Buchs genau einfängt und das ich mir auch in 78 Jahren noch gerne anschauen werde.

Franziska Berger, die bald nicht mehr so heißt (also Franziska schon noch, aber Berger halt nicht mehr) hat das Cover gestaltet und dabei so perfekt meine Vorstellung getroffen, dass mir der Mund offen stand (und das kommt bei mir wahrlich nicht oft vor).

Frau Marshmallow hat das schöne Bild von mir und den Krambolen gemacht, was gar nicht so einfach war, aber trotzdem total Spaß gemacht hat. Auch dafür ein dickes, fettes Dankeschön.

Silke und Martin haben mich (hoffentlich) vor dem Knast bewahrt. Merci!

Alle, die ich vergessen habe – nicht sauer oder traurig sein. Es passieren weiterhin täglich verrückte Sachen, die Fortsetzung ist schon in Arbeit!

https://www.facebook.com/positivexperiment/